OLAF NÄGELE

Goettle und der Kaiser von Biberach

DER KAISER IST ZURÜCK! Zwei Schwimmer machen im Badesee bei Ummendorf einen grausigen Fund: In einem Plastiksack verpackt, treibt ein toter Mann an der Oberfläche des Gewässers. Hinweise auf seine Identität gibt es nicht. Hauptkommissarin Greta Gerber hofft, durch die Veröffentlichung eines Fotos des Toten Hinweise aus der Bevölkerung zu erhalten. Der Plan geht auf. Biberachs Gemeindepfarrer Andreas Goettle erkennt in dem Toten Karlheinz Kaiser, einen der führenden Köpfe beim 1. FC Oberschwaben, der kurz vor dem Aufstieg in die 3. Fußball-Bundesliga steht. Nur: Kaiser ist vor Jahren bei einem Segeltörn in der Ägäis ertrunken. Als wenig später der Mittelfeldspieler Maik Riemenschneider schwer verletzt aufgefunden wird, scheint die Spur unweigerlich zu dem Fußballclub zu führen. Doch nicht nur beim 1. FC Oberschwaben geht es um viel, das es mit allen Mitteln zu verteidigen gilt. Je näher Greta Gerber und Andreas Goettle der Wahrheit kommen, desto gefährlicher wird ihre Situation.

Olaf Nägele, 1963 in Esslingen geboren, hat nach langen Aufenthalten in München, Stuttgart und Hamburg den Weg in seine Heimatstadt zurückgefunden. Dort feilt der Kommunikationswirt (KAH) an PR- und Werbetexten, verfasst als Journalist Artikel für diverse Zeitungen und arbeitet als Redakteur bei der Landeshauptstadt Stuttgart. Der Spaß, Geschichten zu erzählen, hat ihm Beiträge in Anthologien eingebracht, Hörspiele für den SWR, Kurzgeschichtenbände, Romane und Radio-Kolumnen für Neckaralb Live Reutlingen folgten. Für die Kurzgeschichte »Die Sache mit Gege« erhielt er einen Ehrenpreis der Akademie Ländlicher Raum in Baden-Württemberg und seine Radiokolumne »Ingo lernt schwäbisch« wurde 2020 für den Medienpreis der Landesakademie für Kommunikation nominiert.

OLAF NÄGELE

Goettle und der Kaiser von Biberach

Kriminalroman

GMEINER

Immer informiert

Spannung pur – mit unserem Newsletter informieren wir Sie regelmäßig über Wissenswertes aus unserer Bücherwelt.

Gefällt mir!

Facebook: @Gmeiner.Verlag
Instagram: @gmeinerverlag
Twitter: @GmeinerVerlag

MIX
Papier aus verantwortungsvollen Quellen
FSC® C083411
www.fsc.org

Besuchen Sie uns im Internet:
www.gmeiner-verlag.de

Im Ehnried 5, 88605 Meßkirch
Telefon 07575/2095-0
info@gmeiner-verlag.de

1. Auflage 2021
»Goettle und der Kaiser von Biberach« erschien erstmals 2015 beim Silberburg-Verlag.

Herstellung: Mirjam Hecht
Umschlaggestaltung: U.O.R.G. Lutz Eberle, Stuttgart
unter Verwendung eines Fotos von: © bajo57 / stock.adobe.com
Druck: CPI books GmbH, Leck
Printed in Germany
ISBN 978-3-8392-2826-5

Personen und Handlung sind frei erfunden.
Ähnlichkeiten mit lebenden oder toten Personen
sind rein zufällig und nicht beabsichtigt.

1

Das Telefon klingelt. Schrill.

Eine Hand ergreift den Hörer, führt ihn langsam zum Ohr.

»Ja?«

»Er ist wieder da!«

Die Stimme am anderen Ende klingt rau, gebrochen.

Knisterndes Schweigen.

»Wer?«

»Na, er. Frag doch nicht so bescheuert. Er ist wieder da! Er!«

Was folgt, ist Stille. Eine Ruhe, die schmerzt.

»Das gibt es doch nicht. Dieser Idiot. Was soll das?«

Heiseres Keuchen, wie der grollende Atem eines wilden Tieres.

»Was will er?«

»Was wird er wohl wollen? Er ist nicht dumm. Er bietet uns ein reines Gewissen, hat er gesagt. Und dafür will er zwei Millionen.«

Empörungsstöhnen.

»Wo ist er?«

»Ich weiß es nicht. Er will uns auf dem Stadionparkplatz treffen. Morgen um Mitternacht. Mit dem Geld.«

»Das geht jetzt nicht. Unmöglich.«

»Das habe ich ihm auch gesagt. Aber er klang sehr entschlossen.«

Wieder Stille, endlos.

»Vielleicht gäbe es da noch eine andere Lösung …«

»Aber wir können ihn doch nicht …?«
»Fällt dir etwas Besseres ein? Er muss wieder weg!«
Ein Knacken unterbricht die Verbindung.
Ruppig, es klingt fast wie ein Schuss.

2

»Und jetzt konzentriert euch. Der Atem fließt direkt in eure Muskeln, der Körper ist angespannt. Bündelt eure Energie und nehmt sie mit in den Schlag. Eure Hände werden zu geschärften Äxten, die sich butterweich durch das Holz arbeiten.«

»Jetzt leg scho des Brettle na. I han a g'scheite Wuat, da muss i koi Energie mehr bündla, um Kleinholz draus zum macha.«

Karatetrainer Daniel Bischoffsberger öffnete die Augen und sah den Eleven strafend an, der es gewagt hatte, seine Konzentrationsphase auf das Empfindlichste zu stören.

Andreas Goettle erwiderte seinen Blick in seiner ureigenen Weise, die man fast als rebellisch bezeichnen konnte. Es hatte keinen Zweck, den etwas untersetzten Mittfünfziger mit hohem Haaransatz, dessen dunkle Augen unter buschigen Brauen angriffslustig funkelten, zurechtzuweisen. Goettle, der in seinem weißen Kampfanzug wie eine unkolorierte Version seines sonstigen Erscheinungsbilds wirkte – schließlich trug er als katholischer Gemeindepfarrer von Biberach ausschließlich schwarze Kleidung –, ließ sich von nichts und niemandem in die Schranken weisen, und schon gar nicht, wenn er im Harnisch stand.

Bischoffsberger seufzte, legte ein Holzbrett auf die dafür vorgesehene Vorrichtung, machte eine einladende Geste und überließ dem Geistlichen mit dem blauen Gürtel den Vortritt. Mit stoischer Miene und ausgeprägter Zornesfalte auf der Stirn brachte sich Goettle in Position, presste die schmalen Lippen aufeinander, holte mit dem rechten Arm weit aus und zerschmetterte unter dem Ausstoß eines wilden Schreis – der sich rein lautmalerisch an der Kante eines beliebten schwäbischen Fluchs entlanghangelte – das Brett. Die anderen Karateschüler applaudierten.

»Reschpekt, Herr Pfarrer. Des Brettle hot koi Schahs ghet«, befand Renate Münzenmaier, mit 65 Jahren die älteste Teilnehmerin des Kurses. Eigentlich hatte die rüstige Dame gar keine Karateausbildung nötig. Sie hatte eine Zunge, die schärfer war als eine geschliffene Axt. Wenn sie sich in eine ihrer gefürchteten Litaneien hineinsteigerte, dann ermüdete jegliches Material. So sah es zumindest Andreas Goettle, der sich tagtäglich mit seiner Haushälterin konfrontiert sah und sich nicht selten ihrer bissigen Angriffe erwehren musste.

»I kann mir des scho denka, wem der Schlag g'olta hot«, krächzte die agile Seniorin und kicherte. Wenn sie lachte, dann schien es, als rollte eine Welle durch ihren massiven Leib, die sich langsam von unten ausdehnte, Bauch und Busen ergriff und schließlich den Kopf zum Wackeln brachte. 94 Kilogramm, ohne Schuhe.

Die anderen Karateschüler grinsten. Es war ein offenes Geheimnis, dass es vor allem einer war, der das Blut des Gemeindeseelsorgers in Wallung bringen konnte. Landrat Helmut Mössinger. Durch seine unbestreitbare Nähe zur Industrie – schließlich hatte er lange die Geschicke der IHK geleitet – förderte er so ziemlich jede Idee, die das Zeug hatte, das oberschwäbische Idyll aus seinem Dornröschenschlaf zu wecken. Auf sein Geheiß wurden Wellness-Tempel inmitten von Naturschutzgebieten errichtet und für den Stadion-Neubau des 1. FC Oberschwaben vor den Toren Ummendorfs waren mehrere Hektar landwirtschaftliche Nutzfläche vernichtet worden. Mobilfunkmasten und Windräder wurden in die Landschaft gesetzt, als gälte es, sein Revier zu markieren. Die Steuergelder wurden mit offenen Händen ausgegeben, als kämen sie aus einer nie versiegenden Quelle, und selbst Umweltschützer und Naturfreund Goettle hatte wenig Verständnis für die sündhaft teure Errichtung der beiden Fledermausbrücken, die über die Nordwestumfahrung führten. Offenbar wollten auch die kleinen Vampire nicht mit dem Bauwerk in Verbindung gebracht werden, denn bislang nutzten sie es so gut wie nicht.

Für Andreas Goettle war jeder Eingriff in die Schöpfung eine unverzeihliche Sünde. »Niemand vergeht sich ungestraft am Werk Gottes«, lautete seine Devise, und wann immer Landrat Mössinger mit einer neuen Idee aufwartete, scharte der rührige Geistliche Oppositionelle um sich, um einen Sturm der Revolte anzuzetteln. Mal mit Erfolg, mal ohne.

»Welche Idee ist es denn dieses Mal, die dich so aufbringt, Andreas?«, erkundigte sich Daniel Bischoffsberger. Ihm war klar, dass er das Training so nicht fortführen konnte. Der aufgebrachte Pfarrer würde jede Gelegenheit nützen, um die Aufmerksamkeit auf sich zu ziehen.

Goettle strich sich mit der linken über die schmerzende Schlaghand und verzog das Gesicht. »I sag bloß oins: Fracking. Der Siach verhandelt mit a paar Engländer, die hier in der Region nach Erdgas sucha wellet. Dabei presset se an Haufa Gift in de Boda, damit Risse em Stoi entstandet ond des Gas entweicha kann. Des Gift hemmer dann au em Trinkwasser, ond irgendwann laufet mir älle mit zwoi Köpf rum.«

»Bloß net. Bei meiner Migräne halt i des net aus«, warf Renate Münzenmaier ein.

Der Karatelehrer legte seinem Schüler die Hand auf die Schulter und hoffte, ihn durch diese versöhnliche Geste beruhigen zu können.

»Ja, wir haben alle gesehen, wie sehr dich das aufregt. Aber du solltest dich da mehr aus der Energie nehmen.«

Goettle betrachtete einen Moment lang die zwei Hälften des Brettes, das er eben zerschlagen hatte, und senkte mit schuldbeladener Miene den Kopf, als wollte er das Holz um Verzeihung bitten.

»'s isch doch wohr. Die machet älles he, als dät denne älles g'höra. Und des bloß, weil der Schofsegg… des verirrte Schaf seinen Hals net voll g'nuag kriaga kann. Ond sei Kumpel, der Erlbacher von der Sparkass, isch sofort mit a paar Milliona dabei.«

»Das stimmt. Aber wenn unsereins einen Privatkredit will, dann wird erst ein umfangreiches Rating durchgeführt, bei dem immer nur ein Ergebnis herauskommt: Nix gibt's«, meldete sich Eleni Theadopoulo zu Wort.

Die Deutschlehrerin mit griechischen Wurzeln am Pestalozzi-Gymnasium gehörte einer Vereinigung von Naturschützerinnen an, die sich den exotischen Namen »Grüne Minnen Oberschwaben« gegeben hatten. Zehn Damen hatten sich zu einer schlagkräftigen Truppe zusammengerottet, die, wann immer sich die Gelegenheit bot, durch Störaktionen von sich reden machte. Besonders unter dem Engagement der Frauen zu leiden hatte der Erlebnistierpark Jägerhof in Pfullendorf. Bereits drei Mal war es ihnen gelungen, nächtens einzudringen und die Tiere aus ihren Stallungen zu befreien. Sehr zur Freude von Pfullendorfs Bevölkerung, die sich kräftig amüsierte, als ein Lama in die Bäckerei Schockenrieder hineinspazierte und eine ordentliche Pfütze auf den Streuselkuchen aus eigener Herstellung spie. »Des Tierle hot halt G'schmack«, hieß es da, und: »Des war's erschde Mol, dass der Kucha net furztrocka war.«

Die Ordnungshüter wiederum hatten für die Aktionen der Widerständlerinnen kein Verständnis. Einen ganzen Tag lang pirschten sie Hasen, Meerschweinchen, einem Esel und drei Ponys hinterher, die den Verkehr in der Stadt lahmlegten.

Eigentlich wäre ein Diener des Herrn, wie es Pfarrer Goettle nun mal war, zu mehr Neutralität verpflichtet gewesen, aber er unterstützte die »Minnen«, so gut er konnte. Und wenn er nur während seiner leidenschaftlichen Sonntagspredigten in St. Frieder zum Sympathisantentum aufrief.

»Oifach mol a bissle mitdenka«, brüllte er die Kirchgänger zuweilen an, wenn sie ihm zu viel Lethargie an den

Tag legten. »Au mol nolanga. Wenn der liebe Gott g'wollt hätt, dass ihr bloß bled guckat, no dätet ihr als große Glotzbebbel durch die Landschaft kugla. Er hot euch aber au a Hirn geba, ond des darf mr au mol benutza.«

Gleichgültigkeit, Diplomatie oder Zurückhaltung gehörten nicht zum Portfolio der Eigenschaften, die Goettle in sich vereinte. Er war einer, der sich einmischte, der den Menschen Hoffnung gab, der in seinem Leben viel bewirkt hatte. Schon als Schüler hatte er sich in der Katholischen Kirchenjugend engagiert. Er hatte sich für die Belange von älteren oder sozial schwachen Menschen eingesetzt und damit den Grundstein für sein Engagement in praktizierter Nächstenliebe gelegt. Als Referendar hatte er die Friedensaktivitäten der katholischen Kirche in der ehemaligen DDR begleitet, und später zog es ihn in die Favelas von Rio de Janeiro, in denen er Schulen aufgebaut hatte.

Andreas Goettle war einer, der seinen Worten Taten folgen ließ. Wenn er verkündete, dass es an der Zeit sei, die Kindertageseinrichtung im Ort auf Vordermann zu bringen, dann stand er am nächsten Morgen mit seinem Werkzeugkasten vor der Tür und legte Hand an. Wenn er den Senioren im Altenstift versprach, einen Ausflug zu organisieren, den sie so schnell nicht vergessen sollten, dann konnten die Damen und Herren schon die Rucksäcke packen. Die Bierverkostung in der Schussenrieder Brauerei vor einigen Jahren war noch allen Beteiligten in bester Erinnerung geblieben, zumal sich der Geistliche einen Zweiliterkrug aus dem Bierkrugmuseum mit Gerstensaft füllen ließ und diesen tatsächlich in einem Zug leerte. Ja, Andreas Goettle wusste, wie man sich Respekt bei den Gemeindemitgliedern verschaffte. Und demzufolge war er auch sehr beliebt. Anders konnte man es wohl nicht erklären, dass er seit Jahren den Beinamen »Liebs Herr Goettle von Biberach« hatte.

3

»Sieh mal einer an. Welche Ehre. Ich hätte nicht gedacht, dass ich euch hier treffe.«

»Es wäre gelogen, wenn ich sagen würde, dass ich mich freue, dich zu sehen. Was willst du? Warum bist du hier?«

»Oh, ich dachte, das hätte ich schon am Telefon erwähnt. Zwei Millionen Euro. Zurzeit sind ein paar Zahlungen fällig. Einige Leute werden sehr ungeduldig und haben mir schon ihren Besuch angedroht. Das ist gar nicht gut.«

»Du hast Geld bekommen. Genug, um unterzutauchen. Alles andere geht uns nichts an. Das ist dein Ding. Es ist eben eine schwierige Zeit.«

»Schwierige Zeiten gibt es immer. Ich will davon nichts hören. Ich bin an Lösungen interessiert. Genau wie meine

Kunden. Und dafür brauche ich Geld. Schnell. Ist das klar?«

»Du hättest nicht hierherkommen dürfen. Es hat sich viel verändert, seit du weg bist. Du machst alles kaputt.«

»Aber nein. Ihr gebt mir mein Geld, und schon tauche ich wieder unter. Ich löse mich praktisch in Luft auf.«

»Wir haben das Geld nicht. Wir haben investiert. Außerdem lief es in letzter Zeit nicht so, wie wir es geplant haben. Wir brauchen Zeit.«

»Das interessiert mich nicht. Ich will meinen Anteil, und zwar sofort.«

»Bist du verrückt? Steck die Waffe weg!«

»Zwingt mich nicht, sie zu gebrauchen. Und sag dem Bürschchen, er soll stehen bleiben, sonst puste ich ihm das bisschen Hirn weg, das er mit sich spazieren trägt.«

»Lass den Scheiß. Los, nimm ihm die Knarre ab … Sei vernünftig … Das ist doch Wahnsinn … Wir können doch noch mal reden … Hört auf … Nein … Nicht … Aufhören! Sofort!!!«

…

»Oh mein Gott. Das wollte ich nicht. So viel Blut. Ist er … tot?«

4

»Du bist also auch nicht aus Biberach. Genau wie ich. Ursprünglich stamme ich aus Hannover, aber die letzten Jahre habe ich in New York zugebracht. Eine geniale Stadt, am liebsten würde ich da sofort hinziehen. Die Leute dort sind so offen und frei, so ganz anders als hier. Allein dieser Dialekt, den sie hier reden. Furchtbar.«

Greta rührte mit dem Strohhalm in ihrem Hugo und betrachtete das Pfefferminzblatt, das auf der Oberfläche schwamm, als wäre darauf eine geheime Botschaft zu entdecken. Zum Beispiel, wie sie diesen Kerl gegenüber wieder loswerden konnte, der seit einer geschlagenen halben Stunde ohne Punkt und Komma aus seinem ereignislosen Leben erzählte. Natürlich hatte sie sich mit Joachim getroffen, um ihn kennenzulernen, aber war davon ausgegangen, dass auch sie einmal zu Wort kommen würde. Das war bislang noch nicht der Fall gewesen.

Der sportliche, schlanke Mittdreißiger ohne Altlasten, der »mit beiden Beinen im Leben stand, der in Anzug und in Jeans eine gute Figur machte, mit dem man lachen und auch mal weinen konnte, der sich für Kunst, Theater und Musik interessierte, gerne reiste und auch kulinarischen Freuden nicht abgeneigt war«, hatte sich in einen Rausch geredet. Davon hatte nichts in seinem Profil gestanden, das er im Flirtportal »www.ausgesinglet.de« eingestellt hatte, um ein weibliches Pendant zu finden.

Greta fragte sich, warum sie immer wieder auf diesem Wege versuchte, jemanden kennenzulernen. Konnte sie nicht einfach in eine Kneipe gehen, ein bisschen flirten, sich auf einen Drink einladen lassen?

Nein, konnte sie nicht. Wenn sie von einem Mann angelächelt wurde, sah sie sofort an sich herunter, um einen Fehler an sich zu suchen. Einen Fleck auf der Bluse zum Beispiel oder einen offenen Reißverschluss der Jeans.

Das Selbstbewusstsein, das Greta im Job an den Tag legte, schien sie jeden Abend an der Pforte des Kriminalkommissariats abzugeben. Dann verwandelte sich die toughe Hauptkommissarin in ein unscheinbares Mäuschen, das so gar nichts mit sich anzufangen wusste und so wirkte, als existierte es gar nicht.

Dabei hatte sie sich fest vorgenommen, in der neuen Stadt alles besser zu machen als in ihrer Heimatstadt Freiburg. Der Job in Biberach hatte der erste Schritt in diese Richtung sein sollen. Es war nicht der berufliche Aufstieg, den sie sich gewünscht hatte, aber die Stelle hatte Vorteile: Neue Kollegen, ein interessantes Aufgabengebiet und vor allem war sie schnell verfügbar gewesen. Hier konnte Greta einen Neuanfang wagen, ohne die Last der Erinnerung, die sie in den ruhigen Momenten niederdrückte.

Wenn der Boden zu rutschen beginnt, muss man die Zelte abbrechen, um sie auf festem Grund wieder zu errichten, hatte ein Freund geraten.

Das hatte sie getan und bereute diesen Schritt keinen Moment. Von Anfang an hatte sie sich in das malerische Städtchen verliebt. Die bunten Fassaden in der Innenstadt, die Fachwerkbauten, die Türme und Erker der Häuser am Marktplatz. Dieser ruhige, unaufgeregte Strom, in dem sich die Menschen durch die Stadt treiben ließen, oder dieses Laisser-faire, mit dem sie in den zahlreichen Cafés saßen, um sich dem Müßiggang hinzugeben. Allerdings, und das war wohl das berühmte Haar in der Wohlfühl-Suppe, verwandelte sich das Zentrum nach Ladenschluss in ein Postkartenmotiv. Schön anzusehen, aber viel zu ruhig für Gretas Geschmack, die etwas mehr Umtriebigkeit von der einstigen badischen Heimat gewohnt war.

Eine Wohnung hatte sie sofort gefunden: zwei Zimmer, Küche, Bad in einem lindgrün gestrichenen Haus mit roten Fensterläden in der »Neuen Gasse«, ganz nah am Zentrum. Das Beste daran, fand Greta, war jedoch die räumliche Nähe zur Chocolaterie Maya, gleich um die Ecke. Dort genehmigte sich die Hauptkommissarin hin und wieder eine der »süßen Versuchungen«. Das half ihr beim Nachdenken.

Und doch war sie auch nach vier Monaten im Oberschwäbischen noch nicht so richtig heimisch geworden, geschweige denn, dass sie in ihrer neuen Stelle gefordert gewesen wäre. In Biberach und Umgebung dachte anscheinend niemand daran, ein Verbrechen zu begehen, das über einen Einbruchdiebstahl, eine Körperverletzung oder einen Raub hinausging.

Auch den Kollegen oder den Nachbarn war sie nicht nähergekommen, was mitunter an deren Sprache lag. Greta mochte den warmen Klang des Schwäbischen, was aber nicht hieß, dass sie alles verstand. Ständig musste sie sich das Gesagte wiederholen lassen, und dieses stetige Nachfragen nervte wohl auch die Mitarbeiter, die sie deutlich spüren ließen, dass sie eine »Reig'schmeckte« war. Eine Badenerin obendrein.

In dem Bemühen, Anschluss zu finden, war sie in den katholischen Kirchenchor eingetreten. Nicht, dass sie besonders gläubig gewesen wäre, aber der Ruf, der dem Sangeskollektiv vorauseilte, hatte sie neugierig gemacht.

Denn der Leiter, Pfarrer Andreas Goettle, war ein eingefleischter Rockfan, und entsprechend war die Auswahl der Songs eher modern ausgerichtet.

Für das nächste Sommerfest hatte er die Aufführung der Rockoper »Jesus Christ Superstar« geplant. Greta war als Besetzung der Prostituierten Maria Magdalena vorgesehen. Pfarrer Goettle hatte das als »Pfondsidee« eingestuft, dass ausgerechnet eine Hauptkommissarin diese verruchte Rolle bekleiden sollte. »Da könnet Se au mol die donkle Seite ausleba«, hatte er ihr augenzwinkernd zugeflüstert. Ungewöhnliche Worte aus dem Mund eines Geistlichen.

»Weißt du, die Leute denken immer, Versicherungsmakler sei so ein langweiliger Beruf. Aber das stimmt gar nicht. Wenn man erfolgreich sein will, muss man sehr individuell auf die Wünsche der Kunden eingehen. Das erfordert ein hohes Maß an Kreativität. Ich hatte da mal eine Unternehmerin, die den Betrieb des Vaters übernommen hatte …«

Von Versicherungsmakler hatte in dem Inserat ebenfalls nichts gestanden, und auch in der sonstigen Beschreibung hatte Joachim selbstgefällig beide Äuglein zugedrückt. Eine gute Figur würde er weder in Jeans noch im Anzug machen, über dem Gürtel seiner Hose spannte ein prächtiger Bauch den Stoff seines Hemds. Die Brille, den Schnauzbart und die Halbglatze hatte er auch nicht erwähnt, und für welche Art von Literatur und Musik er sich interessierte, das wollte Greta eigentlich schon nicht mehr wissen. Dem bisherigen Gespräch nach zu urteilen, kam Joachim über die Lektüre der Micky Maus nicht hinaus und zählte bestimmt Andrea Berg zu seinen Lieblingsinterpretinnen.

»Ich muss mal kurz für kleine Mädchen«, unterbrach Greta das Geschwurbel des Gegenübers und erhob sich. Sie zog den engen Rock, der hochgerutscht war, nach unten und stakste auf den für ihre Verhältnisse hochhackigen Schuhen in Richtung Toilette. Sie spürte Joachims Blicke auf ihrem Hintern und schwor sich, zum nächsten Blind Date, sollte es je wieder zu einem kommen, in Jeans und Sneakers zu erscheinen. Das fehlte noch, dass sich dieser personifizierte K.-o.-Tropfen an ihrem Outfit aufgeilte, während sie Mühe hatte, nicht ins Wachkoma zu fallen.

Im Vorraum des WCs baute sie sich vor einem Spiegel auf, strich mit einem Finger eine Verwischung ihres Kajalstrichs weg und sah sich kritisch an. Gut, die Nase war ein bisschen zu spitz, was die schmalen Wangen noch mehr betonte. Und ja, ein Friseurbesuch konnte auch nicht schaden, und sei es nur, um die ersten grauen Strähnchen wieder in den dunklen Fluss der schulterlangen Haare zu integrieren. Aber sonst sah sie doch gut aus. Nicht zu dick, nicht zu dünn, die wenig ausgeprägten Rundungen saßen zumindest an den richtigen Stellen, und schließlich gab es ja textile Mittel und Wege, diese zu betonen. Hatte sie es wirklich nötig, noch mehr Abende wie diesen mit den männlichen Vertretern der Resterampe zu verbringen?

Greta schüttelte den Kopf.

Sie zog ihr Handy aus der Tasche und wählte die Nummer des Kollegen Schneider. Nach einigen Sekunden nahm er ab und versuchte, das Gebrüll im Hintergrund zu übertönen. Offenbar hatte er mehr Spaß als sie.

»Hallo, Herr Schneider, hier ist Greta Gerber. Hören Sie. Sie müssen mir einen Gefallen tun.«

Schneider war wenig begeistert von dem Vorschlag, aber die Hauptkommissarin wusste, dass sie sich auf ihn verlassen konnte. Als sie wieder an den Tisch trat und sich setzte, wurde sie von Joachim aufmerksam gemustert.

»Was machst du eigentlich so? Ich meine ... beruflich.«

Diese Pause, dieser süffisante Ton gab seiner Frage eine anzügliche Note, und einmal mehr bedauerte Greta, ein Outfit gewählt zu haben, das ihre Weiblichkeit so eindeutig betonte. Am Ende dachte dieser Hinterhof-Casanova noch, dass sie es nur für ihn angelegt hatte.

Sie zog am Strohhalm, verschluckte sich, hustete, um den fehlgeleiteten Tropfen aus der Luftröhre hinauszubefördern, und überlegte, ob sie Joachim die Wahrheit sagen oder ihm eine Notlüge servieren sollte. Sie würde ihn ohnehin nicht wiedersehen, das stand fest. Und irgendwie hatte sie keine Lust, über ihren Beruf zu reden. Schon gar nicht mit ihm, dem Versicherungsmakler mit seinem so aufregenden Leben.

»Ich bin Sekretärin bei einer Gebäudereinigungsfirma«, sagte sie und sah dabei zu, wie Joachims Mimik den Fahrstuhl nach unten nahm. Offenbar hatte er sich ein spannenderes Date gewünscht.

»Hm, ja, das ist bestimmt auch ganz nett«, hakte er ein. »Ich sage ja immer: Ein Beruf ist so interessant, wie man ihn sich macht. Ich zum Beispiel stelle mir jede Woche eine neue Herausforderung ...«

Er zog ein Smartphone aus der Tasche, wischte wie wild auf dem Display herum und präsentierte eine Liste. »Hier. Nächste Woche will ich zwei Neukunden besuchen und insgesamt mindestens 1.500 Euro Umsatz machen. Das ist hart, oder? Ich meine, ich kenne die Kunden noch gar nicht und ich habe keine Idee, wie und wo ich sie finden soll. Aber man wächst mit seinen Aufgaben. Das ist einer meiner Grundsätze. Nur so kommt man weiter …«

Die Melodie der TV-Serie »The Munsters« erklang. Der Klingelton ihres Telefons unterbrach Joachims einsetzende Wortkaskade. Mit geweiteten Augen starrte er Greta an, als sie ihr Handy aus der Tasche zog und ihn entschuldigend anblickte.

Sie nahm ab. »Gerber? Ja … Ach so … Jetzt gleich? … Gut, ich komme.«

Sie legte Joachim eine Hand auf die Schulter.

»Es tut mir leid, aber ich muss dringend weg. Einer unserer Fensterputzer ist vom Gerüst gefallen. Nicht schlimm, nur aus dem ersten Stock. Das macht er oft. Wahrscheinlich will er sich eine Krankmeldung erschleichen. Ich muss die Unfallversicherungsunterlagen für ihn raussuchen. War wirklich nett mit dir.«

»Aber wir wollten doch noch einen Nachtisch …«, stammelte Joachim und sah ihr dabei zu, wie sie sich die schwarze Jeansjacke über die Schulter warf.

»Vielleicht ein anderes Mal. Ich ruf dich an«, sagte Greta und rauschte davon, ohne sich noch einmal umzudrehen.

Sie biss sich auf die Unterlippe, um nicht loszuprusten. Eine dümmere Ausrede hätte sie wohl kaum finden können, aber offenbar zog Joachim die Geschichte keine Sekunde in Zweifel. Blieb zu hoffen, dass dieser Langweiler ihre Aussage richtig interpretierte und seine Balz anderweitig fortsetzte.

»Was soll denn der Blödsinn, Frau Gerber?«, quäkte Denis Schneiders Stimme aus dem Handy. »Haben Sie getrunken?«

»Ich bin derartig stocknüchtern, das können Sie sich gar nicht vorstellen. Und ernüchtert. Danke, Schneider, Sie haben etwas gut bei mir«, sagte Greta und legte auf.

Vor der Tür der Cocktailbar atmete sie tief ein und ließ die frische Frühlingsluft in die Lungen strömen. Sie fröstelte. Obwohl die Temperaturen tagsüber schon ab und an die 20-Grad-Marke überstiegen, waren die Nächte noch kühl.

Aus der Grünanlage neben der Stadthalle war jugendliches Johlen zu hören. Flaschen rollten über den Boden, Gelächter. Die jungen Biberacher schienen sich schon auf den nahenden Sommer einzustimmen, der, wie in anderen Städten auch, mit Alkoholgenuss in Freianlagen einherging.

Greta wurde ein wenig wehmütig, als sie daran dachte, dass sie die warmen Abende wohl allein verbringen musste. Einen Moment schoben sich die Gesichter ihrer Mutter und ihrer Schwester ins Gedächtnis und legten sich wie ein Band aus Stahl um den Brustkorb. Sie ließ sich von einer Heimwehwelle überrollen und kämpfte gegen die Selbstmitleidstränen an. Sie sah zum Weißen Turm, der sich stolz und mächtig über die Innenstadt erhob. Wie oft war sie in den letzten Wochen den Weg hinauf zu ihm gestiegen, hatte seine Nähe genossen und sich von ihm behütet gefühlt.

Geduld, das war es, was ihr fehlte. Und Gelassenheit. Es war alles eine Frage der Zeit, bis sie sich zurechtfand und nette Menschen kennenlernte. So viel besser war es ihr in Freiburg schließlich auch nicht gegangen. Der Beruf und die vermeintliche Karriere standen dem privaten Glück im Weg, und sie konnte in diesem Punkt auch nicht aus ihrer Haut. Vielleicht war sie keine gute Freundin, womöglich hatte sie als Liebhaberin Schwächen, aber eines war sie ganz gewiss: eine gute Polizistin. Das würde sie den Menschen hier in Biberach schon noch beweisen.

»Wenn nur mal etwas Interessantes passieren würde«, murmelte sie. Langsam schlenderte Greta die Theaterstraße in Richtung Marktplatz hinunter und nahm sich vor, sich in ihrer Wohnung noch ein Glas Rotwein zu genehmigen.

5

»Ist er tot?«

»Keine Ahnung … Warte … Nein, er atmet noch …«

»Lass uns abhauen.«

»Das können wir nicht riskieren.«

»Was schlägst du vor?«

»Heb die Knarre auf!«

»Wieso …?«

»Mach schon!«

»Aber das geht doch nicht.«

»Gib sie ihm in die Hand.«

»Was soll das denn?«

»Leg seinen Finger an den Abzug und drück ihm das Ding an die Schläfe …«

»Soll das wie ein Selbstmord aussehen, oder wie? Das glaubt doch kein Mensch.«

»Ich … Nein … Ich kann das nicht. Oh Gott, er kommt zu sich …«

»Drück ab!«

»Er macht die Augen auf.«

»Drück ab!«

»Ich kann das nicht!«

»Mach schon. Er wird keine Ruhe geben, bis er hat, was er will. Er liefert uns ans Messer. Wenn er auspackt, dann ist alles aus. Ist es das, was du willst?«

»Er will etwas sagen. Ich glaube, er hat mich erkannt.«

»Dann drück endlich ab.«

»Nein … Ich …«

»Drück ab!«

…

»Hör auf zu zittern. Wir müssen ihn wegbringen. Schnell.«

»Ich … Ich hab ihn umgebracht.«

»Unsinn. Du hast ihn wieder dahin befördert, wo er schon lange war. Wir müssen ihn wegschaffen. Ich kann ihn nicht mehr sehen.«

»Fass mit an, ich kann ihn nicht alleine tragen.«

»Mir ist schlecht. Ich muss kotzen.«

»Reiß dich zusammen und nimm seine Beine.«

»Wo bringen wir ihn hin?«

»Wir helfen ihm unterzutauchen. Endgültig.«

6

1. FC Oberschwaben schon bald drittklassig?

Andreas Goettle überflog den Bericht über den Club, der drauf und dran war, eine Institution im Profi-Fußball zu werden. Nach einem miserablen Start in die neue Saison stand das Team nun, kurz vor dem Ende der Rückrunde, an der Spitze der Regionalliga Südwest und konnte den Aufstieg in die dritte Bundesliga schaffen. Es war kein gewachsener Erfolg, sondern einer, der vom Kapital bestimmt wurde. Vor einigen Jahren hatte der Spielervermittler Siegfried Röder einige Großsponsoren um sich geschart und die Idee entwickelt, die nur bedingt erfolgreichen Fußballabteilungen von Olympia Laupheim und des FV Biberach zusammenzuführen. Unter dem neuen Clubnamen 1. FC Oberschwaben wurde eine schlagkräftige Mannschaft geformt, die, verstärkt durch einige ehemalige Bundesligaprofis, den Platz von Olympia Laupheim in der Verbandsliga übernahm und sofort um den Aufstieg mitspielte, den sie letztlich knapp verpasst hatte, in den folgenden beiden Spielzeiten jedoch erreichte.

Andreas Goettle hatte diese Entwicklung zähneknirschend verfolgt. Zum einen war er glühender Fan des FV Biberach gewesen und hatte kein Heimspiel versäumt. Zum anderen ärgerte es ihn, dass aus den beiden Traditionsclubs eine Söldnertruppe entstanden war, die seiner Ansicht nach wenig mit der Region gemein hatte. Dementsprechend konnte er es auch nicht gutheißen, dass auf dem Gelände von Olympia Laupheim ein Fußballleistungszentrum zur Förderung junger Talente und ein Fußballinternat errichtet worden waren. Die Liebherr-Arena, den Stadionneubau vor den Toren Biberachs, der 20.000 Zuschauer fasste, hatte er aus Protest nie betreten. Daran würde sich auch nichts ändern, wenn der 1. FC Oberschwaben in der obersten Spielklasse ankommen würde.

»Saubande, elendige«, resümierte Andreas Goettle und legte die Zeitung zusammen. Er nahm einen Schluck von seinem bereits erkalteten Milchkaffee und sah Renate Münzenmaier zu, wie sie die Post sortierte.

»Isch was G'scheids dabei?«, fragte er angesichts des mürrischen Ausdrucks seiner Haushälterin.

»Awa, bloß Rechnunga ond Werbung«, grummelte sie und rückte einem weiteren Umschlag mit dem Brieföffner zu Leibe. Einen Moment sah sie hoch, dann brannte sich ihr Blick fest auf Goettles Hemd. »Och noi, Herr Pfarrer, Sie hen ja immer no des Hemd an, des Sie geschdern mit dem Oi versaut hen. Sie sen doch ein Allmachtsschlamper.«

Goettle erhob mahnend einen Finger und setzte eine finstere Miene auf. »Versündiget Se sich net, Frau Münzenmaier. So schwätzt man nicht mit sei'm Vorgesetzten. Außerdem isch des mei Lieblingshemmad.«

»Was isch denn an dem so b'sonders? Die sen doch älle schwarz.«

»Aber des isch halt a besonders Schwarz. So leuchtend.«

»A leuchtendes Schwarz. Jetzt sen Se no so guad. Se gebet jetzt des Hemmad her, des kommt in d' Wäsch. So könnet Se doch koi Beicht abnehma.«

Die Haushälterin hatte sich neben ihm aufgebaut und die Hände in die Hüfte gestemmt. Goettle war klar, dass sie keine Ruhe geben würde.

Widerwillig und umständlich widmete er sich der Knopfleiste. Er streifte das Textilstück ab und überreichte es der streng blickenden Ordnungskraft.

»Ihr Wille geschehe, alter Plog'goischd.«

Renate Münzenmaier nahm ihm das Hemd ab und blickte zum Fenster hinaus. »Sie solltet sich was azieha. Do kommt scho Ihre beschde Sünderin.« Goettle sah, wie sich Joanna auf hochhackigen, grell rosafarbenen Pumps, in sehr kurzen Shorts und einem schulterfreien Top der Kirche näherte.

»I möcht mol wissa, was des Menschle älleweil zum beichta hot. Die isch jo jede Woch do.«

Goettle errötete ein wenig und winkte ab. Joanna war eine junge Frau, die bereit war, alles dafür zu tun, um ihren Traum zu verwirklichen. Sie wollte ins Showgeschäft, egal wie. Da kam so einiges an Verstößen gegen die Zehn Gebote zusammen. Aber die junge Brasilianerin war auch eine gottesfürchtige Person und erleichterte das Gewissen regelmäßig durch ihre Beichte. Kann sein, dass sie auch zu Goettle eine besondere Beziehung hatte, da er sie auch verstand, wenn sie portugiesisch mit ihm sprach.

»Des was die beichtet, des kennet Sie alles net, Frau Münzenmaier. Ond i glaub, des isch au ganz guad so.«

Er verließ die Küche, um sich aus dem Schrank im Schlafzimmer ein neues Hemd zu holen, zog es an, streifte sich sein Priestergewand über und verließ das Haus in Richtung Kirche.

7

»Wie geht es dir?«, schnarrte es aus dem Telefonhörer.

Greta Gerber erstarrte. Seine Stimme genügte, um sie unverzüglich in den Gefühlssumpf zu stoßen, dem sie so mühsam entkommen war.

»Was willst du?«, erwiderte sie scharf. Sie war wütend. Wie konnte er es wagen, im Büro anzurufen? Was erdreistete er sich, sich noch einmal in ihr Leben zu drängen, nachdem er den knallharten Schnitt vollzogen hatte?

»Ich vermisse dich. Ich muss dich sehen.«

Er sagte es so zärtlich, dass ihr ein wohliger Schauer über den Rücken lief. Sie vermisste ihn auch, aber wusste, dass sie besser beraten war, ihm das nicht zu zeigen. Richards Problem war, dass er Entscheidungen traf und sie kurz danach widerrief. Daran würde sich nie etwas ändern, das war ihr im letzten Jahr immer wieder schmerzhaft in Erinnerung gerufen worden.

»Was ist? Lässt dich deine Frau wieder mal nicht ran? Hat sie endlich erkannt, was für ein Drecksack du bist?«, fauchte sie ihn an.

Greta senkte die Stimme und legte eine Hand um die Muschel des Telefons. Kollege Schneider sah herüber und grinste frech. Für einen Moment hatte sie vergessen, dass sie nicht allein im Raum war, zudem mit einem Menschen, den sie nicht besonders gut kannte. Sie senkte die Stimme und wandte sich wieder ihrem Gesprächspartner zu.

»Lass mich in Ruhe, hörst du?«

»Wir können doch noch mal über alles reden.«

»Sag nicht reden, wenn du vögeln meinst. Ich will weder das eine noch das andere. Um genau zu sein: Ich will dich nie, nie, nie mehr wiedersehen.«

Sie knallte den Hörer auf die Gabel und schlug mit der Faust auf den Tisch. Was bildete sich dieser Typ eigentlich ein? Dass sie bereitstand wie eine läufige Hündin, wenn er nur mit dem Schwanz wedelte? Wie viel räumliche Distanz musste denn noch zwischen ihm und ihr liegen, damit er sie endlich in Frieden ließ? Noch einmal ließ sie die Faust auf den Schreibtisch krachen.

»Guten Morgen, Frau Gerber. Wenn Sie mit der rabiaten Behandlung des Arbeitsplatzes fertig sind, würde ich gern mal mit Ihnen über die Sache Seitz sprechen. Sind Sie schon ein Stück weitergekommen?«

Kriminalrat Seidel, Leiter des Kriminalkommissariats Biberach, war hinter sie getreten und sah seine neue Mitarbeiterin über die Ränder seiner Brille an. Seine Stirn hatte er in Falten gelegt, was bei ihm ein untrügliches Zeichen des Missfallens war. Greta bemerkte, wie ihr das Blut ins Gesicht schoss. Zu peinlich, dass ihr neuer Chef die emotionale Entgleisung am Telefon mitbekommen hatte.

Sie sortierte die Unterlagen aus der Akte Seitz und schüttelte den Kopf. Die bisherige Ermittlung hatte noch keine neuen Anhaltspunkte ergeben.

In die Villa von Kurt Seitz im Panoramaweg war eingebrochen worden. Außer ein bisschen Kleingeld war nichts entwendet worden, der Schaden belief sich auf wenige Hundert Euro. Wesentlich brisanter war jedoch die Entdeckung, dass auch eine Pistole, die Seitz als Mitglied des Schützenvereins besitzen dufte, aus dem Waffenschrank fehlte. Und das wiederum konnte bedeuten, dass der nun bewaffnete Täter vorhatte, weitere Schandtaten zu begehen. Die unausgesprochene Mahnung ihres Vorgesetzten zur Eile war also durchaus berechtigt, fand Greta.

»Wir warten noch auf den Abschlussbericht der Spurensicherung«, antwortete sie. »Wir haben am Tatort Blut gefunden, das höchstwahrscheinlich von dem Einbrecher stammt. Er hat sich offenbar verletzt, als er die Scheibe eingeschlagen hat. Vielleicht haben wir jemanden im Datenbestand, auf den die DNA passt.«

Seidel schob seine Brille nach oben und schnaubte. »Gut, aber beeilen Sie sich. Mir wird ganz flau bei dem Gedanken, dass in unserer Stadt ein Bewaffneter sein Unwesen treibt. Wir müssen ihn unbedingt dingfest machen, bevor etwas passiert.«

Greta hätte gern erwidert, dass nicht zwingend davon ausgegangen werden konnte, dass sich der Täter noch in der Stadt aufhielt, aber sie kam nicht mehr dazu. Der Vorgesetzte verschwand so schnell durch die Tür, wie er aufgetaucht war.

Sie nahm sich die Akte und besah sich die Fotos, die die Spurensicherung vom Tatort gemacht hatte. Der Einbrecher war ziemlich plump vorgegangen. Er hatte eine Fensterscheibe mit einem Stein eingeworfen, den Hebel umgelegt und sich so Zutritt zur Villa verschafft. Ein paar Schränke waren durchwühlt und die Haushaltskasse geleert worden, in der sich laut Seitz' Aussage 200 Euro befunden hatten. Relativ zielstrebig schien er zu den Waffenschränken geschritten zu sein. Den massiven Holzmöbeln hatte er heftig mit einer Axt oder einem Beil zugesetzt. Aus dem einen hatte er eine kleinkalibrige Pistole entnommen und aus dem anderen die Munition dazu. Offenbar hatte er gewusst, dass Waffe und Munition getrennt aufbewahrt werden müssen.

Dennoch: Ein Profi war das nicht, dachte Greta.

Für diese Vermutung sprach, dass er sämtliche wertvollen Gegenstände in der Villa unberührt gelassen hatte. Die Pokale, die Medaillen, eine Münzsammlung, die auf dem freien Markt einige Tausend Euro eingebracht hätte – alles befand sich noch an den angestammten Plätzen. Und es war relativ eindeutig, dass sich der Täter in dem Haus der Familie Seitz gut ausgekannt hatte und wusste, an welchen Stellen er suchen musste.

Die Befragung des Hausherrn und seiner Gattin hatte keine Anhaltspunkte ergeben. Sie waren zum Zeitpunkt der Tat bei einer Lesung in der Stadtbibliothek gewesen. Und leider gab es auf dem Seitz'schen Anwesen keine Alarmanlage.

»Bei ons gibt's doch nix Rechts zum hola. Für des bissle Gruschd lohnt sich der Aufwand net«, hatte Kurt Seitz Gretas Frage abgeschmettert. »Außerdem isch mei Frau so dappig, die dät andauernd die Sirene auslösa.«

Während er seine Freude über den eigenen Witz hinausgluckste, hatte seine Gattin neben ihm gestanden und süßsauer gelächelt.

Auch die Befragung der Nachbarschaft hatte keine Anhaltspunkte gebracht. Niemand hatte etwas gesehen oder gehört.

Nach dem Mittagessen gehe ich mal im Labor vorbei und mache denen ein bisschen Feuer unter dem Hintern, dachte Greta, schlug die Akte zu und begab sich in Richtung Kantine.

»Was haben Sie denn an vegetarischen Gerichten?«

Greta wusste inzwischen, dass es eigentlich überflüssig war, den Kantinenpächter Amesmaier danach zu fragen. Vegetarier oder gar Veganer deklarierte er als persönliche Feinde, er hielt Menschen, die sich so ernährten, für pervers.

»Kässpätzle könnet Se han«, lautete seine Antwort.

»Ich ernähre mich seit drei Wochen fast ausschließlich von Kässpätzle. Und heute ist mir nicht danach. Haben Sie noch etwas anderes?«

Amesmaier rührte mit seiner Schöpfkelle in dem Behälter mit Soße und sah sie angriffslustig an. »No esset Se halt an Salat. Onser Kartoffelsalat isch ganz frisch.«

»Ja klar, den Sie sicher mit Fleischbrühe angemacht haben.«

»Jo freilich, wie denn sonschd?«

Der Küchenchef wischte sich die Hände an der nicht mehr ganz sauberen Kochjacke ab. Greta stöhnte. Er begriff es einfach nicht.

»Dann geben Sie mir ein Käsebrötchen.«

»Die sen aus.«

»Meine Güte, gibt es wenigstens einen Apfel?«

»Hem mer heut net. Heut gibt's Rote Grütze zum Nochtisch.«

»Die natürlich mit Gelatine gemacht ist. Und somit für Vegetarier auch ausscheidet.«

»Do isch bloß Obschd dren ond koi Floisch.«

Greta verzichtete darauf, Amesmaier über den Zusammenhang von Gelatine und Rinderknochen aufzuklären. Ihr knurrte der Magen, außerdem war es verplemperte Zeit, dem Koch etwas über die vegetarische Esskultur zu erläutern. Selbst wenn er es verstanden hätte, würde er nicht von seinem bisherigen fleischgerichtsatten Speiseplan abweichen.

»Na gut, dann nehme ich die Kässpätzle«, seufzte sie.

»Warom et glei so«, antwortete der Kantinenchef und schöpfte mit der Kelle, die eben noch in Soße gebadet hatte, die gelbe, schleimige Masse auf einen Teller. Wortlos nahm die Hauptkommissarin ihn in Empfang.

Ganz ruhig bleiben, befahl sie sich und nahm sich fest vor, am nächsten Tag das Essen von zu Hause mitzubringen.

Ihr Mobiltelefon klingelte. Greta schob den Teller, den sie nur halb geleert hatte, zur Seite und nahm ab. Kriminalrat Seidel atmete schwer.

»Zwei Badegäste haben eine männliche Leiche am See bei Ummendorf gefunden. Das Opfer weist offenbar eine Schusswunde auf und war in einem Sack verpackt. Unfassbar.«

»Okay, ich fahre sofort hin.«

Greta notierte sich die Adresse des Fundorts, wollte aufspringen und besann sich dann doch einer gemächlicheren Bewegung, zumal die Kässpätzle im Magen zu einem mächtigen Gebilde aufgequollen waren, dessen Gewicht sie in den Stuhl drücken wollte. Auf dem Weg zum Ausgang sah sie Schneider mit Kollegen an einem Tisch sitzen. Sie legte ihm eine Hand auf die Schulter.

»Wir haben einen Fall. Ein Toter am Badesee bei Ummendorf. Erschossen. Wir müssen da sofort hin.«

»Ein erschossener Toter? Och Mönsch, ich esse doch gerade«, maulte Schneider und sah sein fast unberührtes Schnitzel wehmütig an.

»Dann nehmen Sie halt das Stück totes Tier mit«, grantelte Greta. »Aber wehe, Sie krümeln damit im Dienstwagen rum. Dann sorge ich dafür, dass Ihnen die nächste Innenreinigung in Rechnung gestellt wird.«

Schneider grummelte noch ein paar Flüche in seinen nicht vorhandenen Bart, warf sein Besteck auf den Teller und folgte ihr.

Durch und durch Schwabe, dachte Greta. Dieser Schneider hungerte lieber, als die Kosten für eine Autoreinigung zu übernehmen.

Am Ufer des Sees waren die Kolleginnen und Kollegen der Spurensicherung schon zugange. Es wurde fotografiert, jeder Grashalm umgedreht, nach Haaren, Hautschuppen, Zigarettenkippen, Fußspuren, nach Kleinigkeiten gesucht, die einen Hinweis auf den Täter geben konnten. Greta blinzelte gegen die blendende Maisonne an, die alle Pflanzen und Gegenstände zum Leuchten brachte.

Sie kroch unter dem Absperrband hindurch, bewegte sich auf die Spurensicherer zu, kniete sich neben den Mann, der die Leiche untersuchte, und stellte sich vor.

»Oliver Raible von der Gerichtsmedizin in Ulm«, erwiderte der Mittdreißiger, der in seinem weißen Schutzanzug ein wenig wie ein Spermium aus Woody Allens Film »Was Sie schon immer über Sex wissen wollten …« aussah.

Greta Gerber nickte anerkennend. Trotz der längeren Anreise war er noch vor der Polizei vor Ort.

»Sie sind wohl hergeflogen. Respekt«, sagte sie.

Raible lächelte. »Ich wohne in Biberach, daher musste ich meine Flugkünste nicht unter Beweis stellen.«

»Lässt sich schon etwas über die Todesursache und den Zeitpunkt der Tat sagen?«

Raible drehte den Kopf des Opfers zur Seite. Greta kämpfte angesichts der klaffenden Wunde an der rechten

Schläfe mit dem Würgereiz, und auch Schneider nahm eine Gesichtsfarbe an, die ihm mühelos einen Nebenjob in einer Geisterbahn verschafft hätte.

»Ich würde sagen, Kopfschuss mit einer kleinkalibrigen Pistole aus nächster Nähe. Und vorher hat er mit einem schweren Gegenstand offenbar eins übergebraten bekommen. Der Todeszeitpunkt liegt schon ein paar Tage zurück. Mehr kann ich erst …«

»Nach der Obduktion sagen«, ergänzte Greta den Satz.

Raible schnitt eine Grimasse. »Na ja, er lag eine ganze Weile im Wasser. In diesem weißen Plastiksack hat er gesteckt, der wahrscheinlich mit Steinen beschwert war, um ihn am Grund zu halten. Irgendwann ist das Plastik gerissen und er wurde nach oben geschwemmt. Ein Glück, dass noch nicht so viele Badegäste hier sind.«

Greta schauderte bei dem Gedanken, dass planschende Kinder den Toten hätten entdecken können. »Haben wir die Tatwaffe?«

Raible schüttelte den Kopf. »Die Taucher sind bestellt und werden den See absuchen.«

»Hatte das Opfer Papiere bei sich?«

Erneut verneinte der Mediziner. »Keine Brieftasche, keine Papiere. Er hatte lediglich ein bisschen Kleingeld dabei.«

»Wer hat ihn gefunden?«

»Die zwei Athleten da drüben.«

Raible wies mit dem Kopf nach links.

Greta sah zwei übergewichtige Männer in Badehose auf einer Bank sitzen, die einem Polizisten Rede und Antwort standen. Sie ging zu ihnen, stellte sich vor und begann mit der Befragung.

»Ist Ihnen irgendetwas aufgefallen?«

»Mir waret beim Schwemma und hen den Sack g'seha ond na hab i zum Markus g'sagt: Guck amol, da schwemmt a Gugg. Do hen welche wieder ihren Gruschd ens Wasser g'schmissa. I sag's Ihne, i ben ganz fertig.«

Greta sah Schneider Hilfe suchend an.

»Die beiden haben den Sack, in dem sich der Tote befand, im Wasser treiben sehen und waren der Meinung, dass da Umweltsünder Unrat entsorgt haben. Er ist sehr aufgewühlt«, übersetzte ihr Assistent.

»Ja, ond dann hem mir die Gugg rausg'fischt ond no isch ons erschd an Chrischtboom uffganga.«

»Chrischtboom«, wiederholte die Hauptkommissarin Greta Gerber tonlos, Schneider verdrehte die Augen.

»Sie haben den Sack an Land gebracht und haben entdeckt, welch brisanter Inhalt in ihm steckt. Da sei ihnen ein Licht aufgegangen.«

Sie nickte und gab dem Sprecher der beiden ein Zeichen fortzufahren.

»Der Markus isch dann zum Bademoischder g'wetzt ond hot d'Polizei angrufa.«

Schneider holte Luft, um zur Übersetzung anzusetzen, doch Greta stoppte ihn mit einer Handbewegung. »Haben Sie etwas angefasst?«

»Ag'langt hem mer nix.«

»Was?«

»Nein, hat er gesagt.«

Greta wandte sich an den Polizisten, der alles eifrig mitnotiert hatte.

»Nehmen Sie die Personalien der beiden Herren auf und versuchen Sie, ein Porträt des Toten anzufertigen. Also eines, das ihn unversehrt zeigt. Es ist davon auszugehen, dass wir einen Aufruf über die Medien machen müssen, und wir wollen die Bevölkerung ja nicht schocken. Und Sie, Herr Schneider, fahren ins Büro zurück und sehen den Ordner mit den Vermisstenanzeigen durch. Vielleicht befindet sich dieser Herr ja darunter.«

Schneider schnaubte empört. »Und was machen Sie?«

»Ich sehe mich hier noch ein bisschen um. Die Frage ist, wie konnte der Täter die Leiche hierherbringen? Das Gelände ist doch eingezäunt.«

»Aber et überall«, meldete sich einer der beiden Badegäste. »Dohenta, beim Angel- und Gewässerschutzverei, da kommt mr ans Ufer. Isch aber verbota.«

Da hat sich der Täter wohl mehrfach strafbar gemacht, dachte Greta.

Als sie drei Stunden später das Büro betrat, bereitete sich Denis Schneider gerade auf seinen Feierabend vor. Die blonden Haare hatte er nach hinten gegelt, eine schwere Duftwolke umwaberte seine Gestalt, seine Alltags-Uniform hatte er gegen ein blaues Poloshirt, eine ockerfarbene Chino-Jeans und Sneakers mit Troddeln getauscht. Vor allem Letzteres empfand Greta Gerber als schweren Verstoß gegen jegliche Ästhetik. Die Bommel an den Schuhen, ein Symbol der 80er, dieser Dekade, in dem sich nahezu jeder modemäßig zum Affen gemacht hatte, hatten in dieser Zeit nichts zu suchen. Oder sollte tatsächlich die Rückkehr zu Schulterpolster und Dauerwelle auf der Agenda der Modeschöpfer stehen?

»Wo wollen Sie denn hin?«

Schneider richtete den Kragen seines Shirts und sah sie erstaunt an.

»Es ist Freitagabend. Ich gehe zum Fußball. Wieso?«

Greta konnte es nicht fassen. Sie hatte sich schon oft mit der oberschwäbischen Gemütlichkeit konfrontiert gesehen, vor allem in Dienstleistungsbereichen wie Restaurant, Bäckereien und Ämtern, aber dass der Kollege eine solche Wurstigkeit bei einem Mordfall an den Tag legte, sprengte alle Grenzen. Sie musste sich beherrschen, damit sie nicht die Contenance verlor.

»Haben Sie irgendeinen Hinweis auf die Identität des Opfers gefunden?«, fragte sie gedämpft.

»Nein, es wird im Moment niemand im näheren Umkreis vermisst.«

Schneider besah sich im Spiegel, strich mit der Hand über seine gebändigte Haarpracht und nickte selbstgefällig.

»Ist das Bild von dem Toten fertig?«

»Liegt auf Ihrem Schreibtisch.«

Greta betrachtete das Bild des Mannes genauer. Der Vollbart konnte seine markanten Züge nicht kaschieren, seine braunen Augen lagen tief in den Höhlen. Sie starrten leblos in die Ferne, es waren die Augen eines Avatars, an einer Maschine rekonstruiert, der Natur lediglich nachempfunden. Und dennoch war das durch und durch ein Mensch, der hier abgebildet war. Die Haare waren eindeutig gefärbt, das Schwarz wies einen deutlichen Blaustich auf.

»Das Foto ist schon an die Medien raus. Es wird in den Regionalnachrichten gesendet, und die Zeitung wird es morgen auch drucken. Außerdem hat der Chef mich gebeten, Ihnen auszurichten, dass er morgen eine Pressekonferenz geben will. Er möchte, dass Sie dabei sind.«

Greta schluckte. Sie war nicht unbedingt erpicht darauf, mit Journalisten zu sprechen, die ihrer Meinung nach nur auf eine Schlagzeile aus waren. Diese Typen lauerten doch nur auf eine Chance, der Polizei irgendeinen Ermittlungsfehler nachweisen zu können, um die Öffentlichkeit in Angst und Schrecken zu versetzen. Sie schüttelte den Gedanken ab.

»Und wer verfolgt Ihrer Meinung nach die Hinweise, die wir durch den Aufruf bekommen?«

Gretas Stimme klang aggressiver, als sie es wollte.

Schneider sah sie an, als hätte sie ihm eröffnet, er könne nun mit der Raumreinigung beginnen.

»Frau Behrmann ist noch da. Und Sie. Sie leiten doch die Ermittlungen. Außerdem bin ich jederzeit zu erreichen. So wie gestern, als ich Sie von Ihrem Date erlöst habe.«

Er zog sein Smartphone aus der Tasche und hielt es in die Höhe.

Greta spürte, dass hinter Schneiders Zynismus noch etwas anderes steckte. Er verhielt sich ihr gegenüber korrekt, aber nicht kollegial, befolgte ihre Anweisungen mit Unmut, machte nicht mehr als nötig. Dienst nach Vorschrift nannte man das wohl, aber diese Einstellung war bei der Polizei, und erst recht bei einem Mordfall, mehr als fehl am Platz.

Greta änderte die Strategie. »Herr Schneider, ich weiß, das ist neu für Sie. Aber wir haben es mit einem Mord zu tun, ich brauche Sie hier. Und sei es nur, um mir die Anrufe zu übersetzen.«

Sie lächelte, um die Scherzhaftigkeit der Bemerkung hervorzuheben, doch ihr Kollege hatte den Humor offensichtlich bereits in den Feierabend geschickt.

»Ich bin Polizist, nicht Übersetzer. Und ich bin auch nicht der, der die gesamte Drecksarbeit macht. Außerdem bin ich dienstlich im Stadion.«

Er schnappte sich seinen Lederblouson vom Garderobenständer, schlüpfte in einer fließenden Bewegung hinein und klopfte sich mit dem Zeigefinger auf die Brust.

»Das Bild des Toten habe ich natürlich bei mir. Vielleicht kennt einer der rund 5.000 Fans des 1. FC Oberschwaben das Opfer. Ich muss los, damit ich noch alle befragen kann.« Er lächelte schief und verschwand.

Greta starrte dem Kollegen mit offenem Mund hinterher, dann ließ sie sich auf ihren Schreibtischstuhl sinken.

»Herzlich willkommen in Biberach«, seufzte sie.

8

Im VIP-Zelt des 1. FC Oberschwaben herrschte dicke Luft. Eine große Videoleinwand zeigte die Zusammenfassung des Spiels gegen den FC Homburg, das vor knapp einer Stunde abgepfiffen worden war.

»Jetzt guck dir den Fliegafänger a«, entrüstete sich ein älterer Herr über die Leistung des Torwarts Thomas

Heimerdinger, der soeben an einer Flanke vorbeisegelte, die vom Homburger Mittelstürmer kompromisslos per Kopf zum 1:2 ins Netz befördert wurde.

Schneider schüttelte den Kopf. »Das ist echt nicht zu begreifen. In einem Spiel zeigt dieser Heimerdinger Weltklasseformat, und heute hätte er nicht einmal gegen die Damenmannschaft von Bad Waldsee eine Chance gehabt«, maulte er, was ihm einen Ellbogencheck von seiner Begleitung einbrachte. Christine war selbst Fußballerin und schätzte es gar nicht, wenn sich Männer abfällig über ihre Sportart äußerten.

»Entschuldigung, aber es ist doch wahr. Schau dir das an.«

Schneider wies auf die Leinwand, auf der die Szene lief, in der Heimerdinger einen Homburger Spieler im Strafraum in einer sehr robusten Art zu Fall brachte. Einer seiner Teamkollegen zeigte ihm den Vogel und wurde daraufhin vom Tormann geohrfeigt. Die Rote Karte war die unweigerliche Folge.

»Der isch doch net ganz sauber. Haut der sei'm oigena Mann oine an dr Grend«, wetterte der ältere Herr.

Ein kollektives Empörungsstöhnen füllte das Zelt, als Präsident Siegfried Röder vor die Kamera trat. Buhrufe und Pfiffe ertönten.

»Natürlich hätten wir das Spiel gern gewonnen, aber Thomas hat heute einen rabenschwarzen Tag erwischt. Dennoch bleibt unbestritten, dass er ein Ausnahmetalent ist. Wir wissen, was wir an ihm haben«, kommentierte der große Mann des 1. FC Oberschwaben die Leistung seines Schützlings.

Wie immer sah er aus, als käme er von einer Gala und befände sich nicht im Stadion eines Viertligisten. Seine grauen Haare hatte er sauber in der Mitte gescheitelt, die dunkelblaue Krawatte setzte eine dezente farbliche Nuance zum hellblauen Hemd, das Sakko saß wie angegossen.

Er ließ sich von dem Reporter, der immer wieder die schwankenden Leistungen des Torhüters ins Gespräch brachte, nicht aus der Ruhe bringen. Lediglich bei der Frage, ob die handgreiflichen Entgleisungen Heimerdingers vereinsintern verfolgt würden, geriet der Präsident in Rage. »Natürlich können wir eine solche Tat nicht dulden. Thomas hat sich bereits bei Harry entschuldigt, aber das kann nicht genügen. Wir werden uns überlegen, welche Konsequenzen das haben wird.«

»Isch des älles, was der zum saga hot? 1:5 verlora, auf oigenem Platz. An Skandal isch des!« Der Alte schleuderte seine Faust in Richtung Videoleinwand und verließ heftig fluchend das Zelt.

Schneider wäre ihm am liebsten gefolgt, doch Christine machte keine Anstalten zu gehen. Sie war eine der glühendsten Verehrerinnen des FC und kostete jede Minute aus, die sie im VIP-Zelt verbringen konnte. Schneider hatte sie mit den Karten überrascht, als sie seinem Drängen, sich mit ihm zu treffen, nachgegeben hatte.

Kennengelernt hatte er die junge Frau beim »Weißen Fest« im »Alten Haus«. Alle Gäste dieser Party waren in Weiß gekleidet gewesen.

Christine war ihm sofort aufgefallen. Ihre dunklen Haare schienen durch die fast blendende Umgebung an Schwärze zu gewinnen, der rot geschminkte Mund strahlte wie ein Leuchtturm-Signal und zog ihn magisch an. Und dann dieses umwerfende Lächeln, das sie ihm mehr als einmal zusandte – er konnte nicht anders, er musste sie anstarren.

Dass er sie angesprochen hatte, war das Resultat einer Wette gewesen: Sein Freund Charlie hatte 50 Euro gesetzt, dass er, Denis Schneider, nicht den Mut besäße, zu ihr zu gehen und Kontakt aufzunehmen. Tatsächlich hatte es noch dreier Anfeuerungsschnäpse bedurft, bis er sich im schwankenden Tänzelschritt auf sie zubewegte und ihr mit »Du tanzt wie eine Feder im Wind« ein äußerst gut getarntes Kompliment ins Ohr lallte.

»Bisch du aus em Lyrik-Seminar ausbrocha?«, hatte sie erwidert, ihn dabei aber aufmunternd angelacht – und da war es um Schneider geschehen gewesen.

Eine bildhübsche Frau mit Humor und Esprit, einem Flirt offensichtlich nicht abgeneigt, die sich anmutig bewegte und die trotz ihres Stylings eine frische Natürlichkeit ausstrahlte, die musste er einfach näher kennenlernen.

Alles wollte er wissen: Wer sie war, wie sie lebte, wo sie wohnte, was sie beruflich machte – und: Wann sie mit ihm ausging.

Sie brüllte ihm gegen das Hämmern der Musik Antworten ins Ohr, nur bei der letzten Frage blieb sie zunächst stumm, zog am Strohhalm ihres Cocktails und sah ihn lange an.

»Gut, i gang mit dir aus«, hatte sie schließlich gesagt. »Zum Fußball. Aber nur, wenn du mi ins VIP-Zelt vom 1. FC einlädsch.«

Schneider hatte sofort zugestimmt. Das VIP-Zelt des 1. FC Oberschwaben strahlte zwar die Romantik einer Hocketse der örtlichen Feuerwehr aus, war jedoch gleichzeitig ein unverfänglicher Ort. Und für Christine gab er gern die 40 Euro aus, die für eine Karte verlangt wurden.

Allerdings hatte sich der Kommissar einen anderen

Ausgang des Spiels erhofft. Er hatte sich ausgemalt, dass ihm Christine im Rausche des Torjubels um den Hals fallen würde, dass sie, erregt vom mitreißenden Spiel der Mannschaft, den Sieg auf amouröse Art mit ihm feiern würde.

Bei einem 1:5 gab es jedoch nicht viel zu feiern, die aphrodisierende Wirkung des Ergebnisses entsprach den gewonnenen Punkten, sie war gleich null.

Er sah Christine an, die sich dem Studium der Tabelle in der Stadionzeitschrift »Der Wadenbeißer« gewidmet hatte. Sie erörterte gerade die neue Tabellensituation nach dem misslungenen Heimspiel.

»Des dät no lange zum Aufstieg. Es sen no zwoi Spiel, ond die misset se halt g'winna«, erläuterte sie.

Schneider lachte. »Ja, aber die kann die Mannschaft nur gewinnen, wenn Heimerdinger nicht mitspielen darf.«

Christine funkelte ihn angriffslustig an. Sie hatte ein Faible für den jungen Torhüter und ließ keine schlechte Äußerung über ihn zu.

»I würd sage, dass der Tom der Garant für dr Aufstieg isch.«

Ein junger Mann im FC-Fan-Ornat drehte sich zu ihr um und schnaubte. An seiner Gesichtsfarbe war zu erkennen, dass ihn das Spiel seiner Mannschaft ziemlich mitgenommen hatte, und seiner Ausdünstung nach zu schließen, hatte er den Frust mit reichlich Bier hinuntergespült.

»Wenn's noch mir gange dät, dürft der Heimerdinger maximal die Linia vom Spielfeld nochzieha. Der taugt doch nix. Beim 0:1 gega d'Kickers Offenbach getunnelt, beim 2:3 gegen Trier lenkt der den Eckball ins oigene Tor. Do könntsch moina, der kriagt von de andere Geld für seine Aussetzer.«

Christines Lippen bebten. Schneider kam nicht umhin, auch diese Geste süß zu finden.

»Ond wer hot beim 2:1 gega Saarbrücka zwoi Elfer g'halta? Überhaupt: Wer hot in de erschde sechs Spiel sein Kaschda sauber g'halta? Der Tom. I sag's, wie's isch: Aus dem wird no was. Außerdem kann er ja nix für seine Aussetzer. Des kommt älles von sei'm Unfall.«

Schneider dachte nicht daran, sich in dieses Gespräch einzumischen. Christines Tonlage wurde immer schriller und die Argumente giftiger. Sie kannte sich aus in der Historie des FC, schüttelte Berichte und Analysen aus dem Ärmel ihres Trikots – das sie in einer Größe gekauft hatte, die ihre atemberaubenden Kurven bestens zur Geltung brachte – und nahm dem Kritiker sämtlichen Wind aus den Empörungssegeln. Dass sie sich darüber hinaus mit der Biografie des Torhüters intensiv beschäftigt hatte, stieß Schneider sauer auf. Allerdings eignete sich die tragische Geschichte des Jungen, der seit einem Autounfall, bei dem er seine Eltern verloren hatte, unter demenzartigen Störungen litt, bestens, um jedes Sommerloch in den Gazetten zu füllen. Und die regionalen Blätter kamen auch immer wieder gern auf das Thema zurück und bauten es herzergreifend aus. Trotz seiner Erkrankung und der Trauer um die Eltern hatte sich Thomas Heimerdinger ins Leben zurückgekämpft. Er hatte diszipliniert trainiert und galt nun als Ausnahmetalent der Liga.

Christines Meinung nach gab es ganz andere Kandidaten, die geeigneter waren, um die Spielfeldlinien nachzuziehen. Verteidiger Dragoslav Melic zum Beispiel, der wahrscheinlich alle Schuhsohlen seiner Gegenspieler en Detail beschreiben konnte, da er sie nur von hinten sah.

Oder Mittelstürmer Antonio Puntini, bei dem jeder Jungvogel Flugunterricht nehmen konnte. »Es isch a Wonder, dass der scho fünfmol troffa hot. Aber bloß, weil er dem Ball nemme ausweicha konnt, als er angschossa worda isch.«

Christine redete sich immer mehr in Rage und arbeitete sich ausführlich am Mittelfeld-Ass Maik Riemenschneider ab, der heute durch Effektlosigkeit, um nicht zu sagen, durch seine Bewegungsstarre, aufgefallen und nach einer Stunde vom Platz genommen worden war.

Der junge Mann starrte sie mit offenem Mund an, während sie ihm ihre taktischen Änderungen ausführte, die unweigerlich zum Aufstieg des FC führen würden.

»Ich geh mal kurz für Königstiger«, warf Schneider dem Streithahn und dem Streithuhn zu und trat vor das Zelt.

Die sternenklare Nacht verhieß einen sonnigen nächsten Tag, die Luft war angenehm kühl, der Geruch von Bratwurst und Grillfleisch ließ den nahenden Sommer mit all seinen Biergartenausflügen erahnen. Ein Sommer der Liebe, schoss es Schneider durch den Kopf. Er musste es sich eingestehen, dass Christine ein lang verschollen geglaubtes Gefühl in ihm auslöste. Er war verliebt. Aber empfand sie auch etwas für ihn? So wie das Treffen verlaufen war, deutete nicht viel darauf hin. Er hätte Fußballer werden sollen, das hätte seine Chancen bei ihr eindeutig erhöht.

Die Reihe mit den Dixi-Toiletten befand sich am Ende des VIP-Parkplatzes. Etwa 50 Meter davon entfernt standen zwei dunkle Gestalten, die heftig aufeinander einredeten. Der Ältere versuchte, dem anderen eine Hand auf die Schulter zu legen, doch der stieß sie zurück.

Schneider schlich sich im Schutz der parkenden Fahrzeuge näher an die beiden heran, schließlich erkannte er die Männer.

»I kann nemme!«, brüllte Thomas Heimerdinger den Präsidenten Siegfried Röder an und heulte auf. Es klang wie der Klagelaut eines verletzten Tieres.

Röder sprach beschwichtigend auf ihn ein.

Schneider konnte nicht verstehen, was er sagte. Er versuchte, die Entfernung zu dem Spieler und dem Funktionär zu verringern.

»Zwei Spiele, es sind nur noch zwei Spiele«, raunte Röder. »Die wirst du noch durchhalten.«

Er packte den jungen Torhüter an den Schultern und schüttelte ihn. Aus Thomas Heimerdinger war jede Körperspannung gewichen, kraftlos hingen seine Arme an der Seite herab, den Kopf hatte er auf die Brust gesenkt.

»I kann aber nemme«, schluchzte er. »Die Fans, der Trainer, die andere, die hasset mi älle. I halt des nemme aus.«

Heimerdinger wurde von einem Weinkrampf geschüttelt.

Schneider wollte sich aufrichten, stieß mit der Stirn an den Außenspiegel eines parkenden Fahrzeugs, was einen dumpfen Laut verursachte.

Der Präsident und der Torhüter fuhren erschrocken herum und entdeckten den Kommissar. Der rettete die Situation, indem er sich suchend umsah.

»Können Sie mir sagen, wo die Toiletten sind?«, fragte er. Er versuchte, nicht wie ein beim Lauschen Ertappter zu klingen.

»Dahinten«, raunte Röder und wies in Richtung der blauen Dixi-Häuschen. Er wandte sich ab, legte dem unglücklichen Heimerdinger den Arm über die Schulter und führte ihn mit sich.

»Danke. Schönen Abend noch!«, rief Kommissar Schneider hinterher. Er erhielt keine Antwort.

Schneider sah den beiden nach, bis sie von der Dunkelheit geschluckt wurden. Der Motor eines Wagens wurde gestartet, zwei Lichtpunkte leuchteten kurz auf, drehten dann ab.

»Würde mich wirklich interessieren, was den Heimerdinger so mitgenommen hat«, murmelte der Kommissar.

Diese Frage sollte ihn die ganze Nacht beschäftigen.

Und natürlich das Rätsel, wieso Christine ohne ihn nach Hause gegangen war.

9

An der Tür läutete jemand Sturm und ließ ein energisches Klopfen folgen.

Greta Gerber schreckte aus dem Tiefschlaf und sah auf die elektronische Anzeige ihres Digitalweckers.

5.15 Uhr.

Wer sich erdreistete, sie so rabiat um diese Zeit zu wecken, der konnte sich warm anziehen. Es sei denn, er hatte einen guten Grund dafür.

»Frau Gerber, sen Sie drhoim?«, polterte eine laute Männerstimme vor der Tür. Es dauerte nur wenige Zehntelsekunden, dann wusste Greta, wem sie gehörte. Sie warf sich ihren Morgenmantel über, schlurfte zur Tür und öffnete. Das Licht im Flur blendete, sie blinzelte dagegen an.

»Herr Pfarrer. Hab ich eine Chorprobe verpasst?«

Andreas Goettle hatte rote Flecken im Gesicht und schien sehr aufgeregt zu sein. Er schob sich an der Hauptkommissarin vorbei in den Flur ihrer Wohnung und wedelte mit einer Ausgabe des »Schwäbischen Tagblatts«.

»Wollen Sie nicht reinkommen?«, schickte Greta ihm hinterher und schlich ihm gähnend nach.

»Den Typa, den ihr am Badesee g'fonda hen, den kenn i«, purzelte es aus Pfarrer Goettle heraus, während er mit der flachen Hand auf die Zeitung schlug. Greta versuchte, zwischen dem Gesagten und der Geste einen Zusammenhang herzustellen. Nur langsam dämmerte es ihr, dass in der Morgenausgabe das rekonstruierte Foto des Toten erschienen war.

»I hab a bissle braucht. Den Bart hot der früher net ghet ond seine Hoor waret au andersch. Überhaupt isch der schlanker g'worda. Aber die Narbe onder 'm Aug, die hat dahanna rum bloß oiner.«

»Dahanna rum«, murmelte Greta und dehnte dabei die Vokale, dass es wie »Daa-Haa-Naa-Ruuum« klang. »Tut mir leid, Herr Pfarrer, ich fürchte, meine Synapse, die für die Schwäbisch-Deutsch-Übersetzungen zuständig ist, schläft noch. Was bedeutet Daaa-Haaa-Naaa-Ruuum?«

Der Geistliche hob beide Arme gegen den Himmel und verdrehte die Augen: »So lasset uns nicht schlafen wie die andern, sondern lasset uns wachen und nüchtern sein. Erster Thessalonicher, Kapitel fünf, Vers sechs.«

Greta sah ihn verdutzt an und entlockte Pfarrer Goettle ein schelmisches Grinsen. »Isch ja au egal jetzt. Also auf Hochdeutsch: Der Tote besitzt eine Narbe, die hier in der Gegend nur einer hat. Die hot er sich anscheinend beim Rombuabla, also bei einer Rauferei mit dem Hirlesberger Hannes eig'fanga, hot mir mei Vorgänger verzählt. Mitten in der Heiliga Kommunion hen die ag'fanga, mit ihre Kerza zum fechta. Ond wie die Jonga halt so sen: Der Hannes knallt dem Karlheinz des Deng auf dr Riassel nuff, des hot blutet wie net ganz ganz g'scheit. Mit fümf Stich hat mr die Wunde näha müssa.«

Goettle machte eine kurze Pause, um seine Worte auf die im Halbschlaf vor sich hindämmernde Hauptkommissarin wirken zu lassen.

»Okay, und wie heißt unser Narbengesicht?«

»Karlheinz Kaiser hoißt der. Beziehungsweise hot der g'hoißa, da er ja nemme onder ons weilt. Der war a ganz großes Tier bei der EVB.«

Nach und nach erreichte Greta die Bedeutung dieser Information. Sie riss die Schublade des Sekretärs auf, suchte hektisch nach einem Blatt Papier und einem Stift. Sie probierte einen Kugelschreiber aus, der natürlich nicht funktionierte.

»EVB?«, fragte sie, während sie ihre Handtasche auf dem Wohnzimmertisch durchwühlte und einen Kajalstift hervorzog. Sie sah ihn abschätzend an. Besser als nichts.

»Energieversorgung Biberach. Von denne bekommt halb Oberschwaben Strom. Die Windräder hen Se bestimmt scho g'seha: furchtbar. Ond dem Kaiser hem mr's au zum verdanka, dass es den FVB nemme gibt.«

»FVB?«

»Den Fußballverein Biberach. Mit sei'm Geld hat er dafür g'sorgt, dass der FV und Olympia zum 1. FC g'worda sen.«

Greta besah sich die Buchstaben, die in bröckeliger Kajalschrift auf dem Papier standen, und verstand rein gar nichts.

»Jetzt mal langsam zum Mitmeißeln. Wofür hat er gesorgt?«

Pfarrer Goettle stöhnte und winkte ab. »Des war klar, dass Sie als Badenerin nix vom Fußball verstandet.«

»Moment mal …«, hob Greta an und wollte gerade ihre Kenntnisse über den SC Freiburg und den Karlsruher SC anbringen. Sie war auch schon mal im Dreisamstadion gewesen, als Volker Finke noch Trainer war, und was eine Abseitsfalle war, wusste sie auch.

Goettle legte ihr eine Hand auf den Arm, bevor sie ihr Fachwissen anbringen konnte, und begann, ausführlich die Zusammenhänge zwischen den einstigen und dem jetzigen Fußballverein zu erklären.

»Okay, jetzt hab ich es. Zwei Fußballvereine gingen in einem auf, um die Kräfte zu bündeln. Und Kaiser hat durch das Sponsoring der EVB und durch das Engagement bei der Sponsorengewinnung die Entwicklung des 1. FC Oberschwaben vorangetrieben.«

Greta besah die Aufzeichnungen. Aus den Kürzeln der Vereine hatte sich eine simple Formel entwickelt. *FV + Olympia = 1. FC.*

Nur: Warum musste Kaiser sterben? Wer brachte einen Menschen um, der einem Verein dabei half, professionelle Strukturen anzunehmen?

Goettle hatte die Hände vor dem Bauch gefaltet und schien darauf zu warten, dass sie ihren Gedanken zu Ende dachte.

»Mr munkelt übrigens, dass es auch ein privates Sponsoring war, das er in dr Verei eibrocht hot. Damit hot der sich in die Vereinsspitze eikauft und natürlich wichtige Leute kenneng'lernt«, sagte er nach einer Weile.

»Wie Privatsponsoring? Woher hatte er denn so viel Geld?«

»Des woiß mr net so genau. Des müsst mr vielleicht rausfinda. A propos rausfinda. Gibt's eigentlich a Belohnung für mein Hinweis? I frog net für mi. Aber des Kinderhaus Sonnenschein braucht obedengt a neue Schaukel. Die alt isch so mend. Net, dass no oins rahaglet.«

Greta verzog das Gesicht und tippte sich an die Stirn. »Herr Pfarrer, meine Übersetzungssynapse …«

Goettle lachte und wiederholte sein Anliegen. »Die alte Schaukel des Kinderhauses Sonnenschein ist nicht sehr sicher, daher muss sie ersetzt werden … um zu verhindern, dass ein Kind herunterfällt und womöglich physischen Schaden nimmt.«

Greta Gerber machte sich erneut eine Kajalnotiz.

»Ich werde es weiterleiten. Aber nochmals zurück zu diesem Kaiser. Meinen Sie, dass er sich durch sein Engagement beim 1. FC Oberschwaben Feinde gemacht hat?«

Goettle rückte ein wenig näher an die Tischplatte heran.

»Net bloß oin. Die Fans und die eingeschworene Mitglieder vom FV und Olympia waret net begeistert, dass es ihre Clubs nemme gibt. Aber durch den Zusammaschluss isch halt ein Verein entstanda, der es vielleicht irgendwann in die Bundesliga schafft. Da gab's au viele Neider. Aber in letzter Zeit hat des den Kaiser nemme g'juckt«, flüsterte er.

»Wieso denn nicht?«

»Weil er scho seit drei Johr he isch.«

Der Pfarrer machte eine dramatische Pause, die Greta nutzte, um die Lücken zu füllen, die das Oberschwäbisch des Pfarrers hinterlassen hatte.

»He?«

»Tot. Karlheinz Kaiser isch scho seit drei Johr tot. Umkomma bei einem Segelunfall in der Ägäis. Hot's g'hoißa. Komisch, oder?«

»Sehr komisch«, brummte die Hauptkommissarin. »Ein Toter, der plötzlich wieder auftaucht, um ermordet zu werden. Welchen Sinn ergibt das?«

»I kann den Frieder froga, der war früher Chefredakteur beim ›Schwäbischa Tagblatt‹«, schlug Pfarrer Goettle vor.

Er war aufgestanden, hatte auf dem halben Weg zur Tür noch einmal Halt gemacht und sich umgedreht. »Der Frieder hot sich sehr intensiv mit dem 1. FC Oberschwaben befasst. Da soll net älles mit rechte Dinge zuganga sei. Vielleicht woiß der ebbes, was ons weiterbringt. I meld mi wieder. Ond vergesset Se die Schaukel net. Grüß Gott.«

Goettle schob sich aus der Tür und verschwand. Greta hörte, wie er auf dem Gang sein Vorgehen mit sich selbst besprach. War vielleicht gar nicht schlecht, göttlichen Beistand bei diesem Fall zu haben, dachte sie. Oder besser: den Goettle'schen.

10

»Die hasset mi! Die hasset mi! Die hasset mi!«

Wie ein Unglücksmantra spuckte Thomas Heimerdinger diese drei Worte immer wieder aus. Schemenhafte Bilder wirbelten in seinem Kopf herum. Die scheußlichen Grimassen der Fans nach dem Spiel, die geschwungenen Fäuste. In seinen Ohren dröhnten noch die Verwünschungen der Zuschauer, die Schmährufe, die seinen Ausschluss aus der Mannschaft forderten. Er zog sein Kissen über den Kopf, als könnte er die Schreie und die Bilder dadurch verdrängen. Aber er konnte diese Eindrücke nicht ausblenden, auch nicht die Szenen aus der Umkleidekabine, die Rempeleien der Mannschaftskameraden, die hasserfüllten Blicke, die abweisenden Gesten des Trainers.

»Die hasset mi! Die hasset mi! Die hasset mi!«

Im Rhythmus der Worte schlug Thomas seinen Kopf gegen die Wand. Er spürte den Schmerz und war erleichtert. Erlösende Pein.

Immer heftiger stieß er die Stirn nach vorn, Blut rann ihm aus einer geplatzten Braue über die Wange, tropfte auf das Kissen, färbte das Weiß des Überzugs, breitete sich aus wie Wein aus einem umgestürzten Glas.

Das Pochen nahm zu, löste die Schreckensbilder ab, die sich aufbäumten und dennoch zerfielen. In viele kleine Mosaikstückchen, die so gar nicht zusammenpassen wollten. Thomas lachte. Stieß immer wieder zu und lachte.

Bis eine Hand ihn am Schopf zog und ihn festhielt.

Thomas blickte in die entsetzten Augen seines Großvaters, der ihn kräftig an sich presste. »Ruhig, Bua, ganz ruhig.«

»Die hasset mi, Opa. Älle hasset mi«, keuchte Thomas Heimerdinger.

»Des isch doch gar net wohr«, erwiderte Walter Heimerdinger, wiegte seinen Enkel und summte dabei eine kleine Melodie: *Der Mond ist aufgegangen.*

Thomas begann zu weinen. Das Lied hatte ihm seine Mutter vorgesungen, als er noch klein war. Als er noch eine Familie gehabt hatte. Als das Unfassbare noch in weiter Ferne lag. In einem Leben ohne den Nebel.

Und aus den Wiesen steiget
der weiße Nebel wunderbar.

»Mama«, schluchzte Thomas.

»I woiß, Bua. I woiß. Sie fehlt mir doch au.«

Sein Großvater drückte ihn noch fester an sich. Sein Enkel sollte nicht sehen, dass auch er mit den Tränen kämpfte.

11

»Okay, fassen wir zusammen. Wir haben ein Opfer, das vor drei Jahren für tot erklärt worden ist, offenbar irgendwo unter anderer Identität gelebt hat, nun wieder auftaucht und ermordet wird. Warum war Kaiser hier, warum hat er sein Versteck aufgegeben? Und warum haben sich seine Frau, Freunde oder Bekannte nicht gemeldet? Lesen die alle keine Zeitung, sehen die nicht fern?«

Greta sah in die konzentrierten Gesichter ihrer Kollegen, die sie zur »Soko Kaiser« zusammengetrommelt hatte. Kommissar Denis Schneider pulte mit einem kleinen Holzstäbchen zwischen den Zähnen herum – in der Kantine hatte es Rostbraten gegeben – und starrte vor sich hin. Kommissaranwärterin Laura Behrmann, die Jüngste im Team, machte sich auf einem Blatt Papier Notizen, und Polizeiobermeister Ernst Fritz, von den Kollegen liebevoll mit POM Fritz bespöttelt, zwirbelte die Spitzen seines Schnurrbartes.

»Offenbar hat ihn niemand erkannt«, durchbrach Greta die Mauer aus betretenem Schweigen. »Laut Pfar... laut einem Hinweis aus der Bevölkerung hat sich Kaiser seit seinem Verschwinden vor einigen Jahren sehr verändert. Ist der Obduktionsbericht eigentlich schon da?«

»Noch nicht vollständig. Die Leiche lag wohl drei bis vier Tage im Wasser, deshalb sind viele Spuren verwischt. Aber eines ist sicher: Das Blut, das wir bei dem Einbruch in die Villa Seitz gefunden haben, stammt eindeutig von Kaiser«, erwiderte Laura Behrmann.

»Dann hat er den Einbruch begangen und auch die Waffe mitgehen lassen«, folgerte Greta. »Kaiser hat sich im Hause Seitz offenbar bestens ausgekannt, wusste, wo er die Pistole und die Munition finden konnte. Herr Fritz, könnten Sie sich mit Kurt Seitz in Verbindung setzen, um zu erfahren, ob und woher sich die beiden gekannt haben? Versuchen Sie, ein bisschen mehr über Kaiser herauszubekommen. Laura, Sie ermitteln bitte die Adressen von Freunden und Bekannten und fragen nach, ob sich Kaiser in letzter Zeit mit ihnen in Verbindung gesetzt hat. Und wir zwei« – Greta wandte sich an Schneider – »statten einmal seiner Ehefrau einen Besuch ab. Es ist doch äußerst merkwürdig, dass sie sich noch nicht gemeldet hat.«

Auf dem Weg nach Schemmerhofen sprach Schneider kein Wort. Zumindest nicht mit Greta. Für die anderen Verkehrsteilnehmer hatte er die eine oder andere Schmähung auf Lager. Eine Hand lag permanent in Nähe der Hupe, nur um sie stetig erklingen zu lassen, ob es nun einen Grund gab oder nicht. Kommissar Schneider hielt sich für einen hervorragenden Autofahrer, im Vergleich zu ihm schnitten alle anderen schlecht ab, und er ließ keine Gelegenheit aus, ihnen seine Missachtung entgegenzutröten.

»Wie war es denn beim Fußball gestern Abend?«, fragte Greta, um ihn abzulenken und dadurch eine gemäßigtere Fahrweise zu erreichen. »Verloren. 1:5«, kam es einsilbig zurück.

Hauptkommissarin Gerber sah ein, dass sich dieses Thema wenig eignete, um den Kollegen aufzuheitern oder ein Gespräch in Gang zu bringen.

Sie sah aus dem Fenster: Kühe grasten auf den Wiesen, bunte Blüten bekleckten das Grün, die Schatten der

Wälder zeichneten Silhouetten in die Landschaft. Greta malte sich in Gedanken aus, wie schön es wäre freizuhaben, im Kofferraum einen Picknickkorb und eine Decke, die an einem lauschigen Plätzchen ausgebreitet werden könnte und auf der ein Sahneschnittchen der ganz anderen Art Platz nahm.

Sie sah Schneider an und ihr Tagtraum platzte. Bei dem Anblick seiner Leichenbittermiene konnte einem die Lust auf eine romantische Ausfahrt vergehen, und von Sahneschnittchen war der Kollege meilenweit entfernt.

Nach zehn Minuten stoppte Hauptkommissar Schneider den Dienstwagen vor einem schmiedeeisernen Tor. Hinter einer weißen Steinmauer ragte ein mehrgeschossiges Fachwerkgebäude in die Höhe, ein großer Park mit wuchtigen Bäumen umsäumte das Haus. In der Einfahrt parkte ein blauer Porsche Cayenne, der in der Sonne leuchtete wie ein Saphir.

Greta entließ einen kleinen Pfiff durch die Zähne.

»Nicht schlecht. Die Dame haust ja nahezu fürstlich und hat offensichtlich auch einen Chauffeur, der täglich den Wagen wienert.«

Schneider nickte. »Hier stand früher ein Wasserschloss. Es ist im Jahr 1487 abgebrannt. Und dann wurde dieses Gebäude hier errichtet. Schauen Sie sich die Fassade an, Renaissance. In den 60er-Jahren wurde das Schmuckstück grundlegend restauriert, natürlich wurden originale Bauelemente verwendet. Und der Garten, ist der nicht herrlich? Es gibt sogar einen Brunnen.«

Greta betrachtete ihren Kollegen genauer. Es war das erste Mal, das Schneider so etwas wie Begeisterung zeigte.

»Aha, und woher wissen Sie das alles?«

»Das Haus stand lange zum Verkauf. Damals hatte ich eine Freundin, die bei dem Immobilienmakler arbeitete, der das Schloss an den Mann bringen wollte. Sie hat mich mal herumgeführt.«

Er errötete.

Greta bohrte nicht weiter nach und hatte Mühe, die semierotischen Bilder zu verdrängen, die Schneiders Unsicherheit hervorgelockt hatten. Gab es einen Ausschaltknopf für Kopfkino?

Sie drückte auf die Klingel und eine blecherne Stimme ertönte aus der Sprechanlage: »Ja, bitte?«

»Frau Kaiser? Kommissar Schneider und Hauptkommissarin Gerber von der Kripo Biberach. Wir würden gern mit Ihnen reden.«

Eine Sekunde herrschte Stille, dann summte der Türöffner.

Wenig später saßen die beiden Polizisten im Arbeitszimmer von Ilka Kaiser, das mehr einem Raum in einem Museum ähnelte als einem Büro. In der Ecke erinnerte eine Ritterrüstung an die einst hochherrschaftliche Geschichte des Gebäudes, an den Wänden hingen Ölgemälde. Schwere Vorhänge nahmen dem Zimmer das Tageslicht.

Ilka Kaiser saß auf einem reich verzierten Holzstuhl mit hoher Rückenlehne und erinnerte in diesem Ambiente mit ihrer rotblonden Lockenpracht, den kirschrot geschminkten Lippen und dem tief dekolletierten blauen Kleid, das nicht verbergen konnte, dass die Mittvierzigerin den leiblichen Genüssen zugeneigt war, an die Konkubine eines Adligen. Sie sah die beiden Polizisten durchdringend an.

»Was kann ich für Sie tun?«, fragte sie. Sie fingerte eine Zigarette aus einer Schachtel, nahm Feuer von einer Kerze und blies den Rauch in die Luft.

Diese Coolness ist nicht ganz echt, dachte Greta.

Die Fußspitzen der Dame wippten auf und ab.

»Haben Sie heute schon Zeitung gelesen?«, begann Schneider.

Frau Kaiser nahm noch einen Zug von der Zigarette, inhalierte tief, dann schüttelte sie den Kopf. »Nein, ich bin gestern erst spät von einem Außendreh nach Hause gekommen. Und heute Morgen war Kostümprobe, da bin ich noch nicht dazu gekommen, mich um das Weltgeschehen zu kümmern.«

»Ah, sind Sie Schauspielerin?«, hakte Greta nach.

»Nein, Produzentin. Ich unterstütze einen jungen Filmemacher, der kurz davor ist, seinen internationalen Durchbruch zu erleben. Arthur Kessler, wahrscheinlich haben Sie schon von ihm gehört. Sehr begabter Mann.«

Ilka lächelte selbstgefällig.

Durchbruch. Fragt sich nur in welche Richtung, dachte Greta Gerber.

»Nein, habe ich nicht«, antwortete sie. »Frau Kaiser, wenn Sie heute Morgen Zeitung gelesen hätten, dann hätten Sie dieses Foto sehen können.«

Die Hauptkommissarin überreichte Ilka Kaiser die Seite mit dem Artikel über den Toten. »Kennen Sie den Mann?«

Ilka Kaiser kniff die Augen zusammen.

Typischer Fall von Altersweitsichtigkeit, aber zu eitel, um eine Brille zu tragen.

Die Ehefrau des Toten las den Artikel, betrachtete das Foto, zögerte einen Moment, dann gab sie das Stück Papier zurück.

»Nein, den Mann habe ich noch nie gesehen.«

Greta bemerkte, dass etwas nicht stimmen konnte. Ilka Kaiser vermied den direkten Augenkontakt, während sie das Erkennen leugnete.

»Frau Kaiser, sehen Sie genau hin. Wir haben Hinweise bekommen, dass es sich bei dem Toten, den wir am Badesee bei Ummendorf gefunden haben, um Ihren Ehemann handelt.«

Schneider schob ihr den Zeitungsausriss noch einmal hin. Greta ärgerte sich über die ungestüme Vorgehensweise des Kollegen; in solchen Situationen galt es, Empathie zu beweisen. Aber Schneider war so einfühlsam wie eine Abrissbirne im Einsatz.

Die Befragte beugte sich noch einmal über das Foto, sie sah ganz genau hin, dann begannen ihre Mundwinkel zu zucken und die Hände zu zittern. Die Zigarette entglitt ihr, fiel auf die Tischplatte. Schneider ergriff den Glimmstängel, bevor es zu einem Brandloch kommen konnte, öffnete ein Fenster und warf die Zigarette hinaus.

Ilka Kaiser sackte in sich zusammen. Sie starrte in die Leere, eine einsame Träne rollte ihr über die Wange.

»Aber … wie kann denn das sein? Er ist doch schon tot«, schluchzte sie.

»Ist das Ihr Mann?«, fragte Greta Gerber.

Ilka Kaiser schniefte und betrachtete das Bild noch einmal. Sie zuckte leicht die Schultern. »Er sieht so anders aus. Aber die Augen. Und die Narbe. Er könnte es sein. Aber auch wieder nicht. Er ist doch schon so lange tot.«

Die Schlossherrin schlug die Hände vor das Gesicht und wurde von einem heftigen Weinkrampf geschüttelt.

Im Gang ertönten Schritte, die Tür wurde aufgerissen, ein junger Mann, den Greta auf maximal Ende 20 schätzte, trat herein. Seine langen Haare hatte er zu einem Pferdeschwanz zusammengebunden, ein Dreitagebart betonte seine markanten Konturen. Er steckte in einem teuren Anzug, vermutlich maßgeschneidert, der seine athletische Figur noch mehr zur Geltung brachte.

»Schatz, ich muss dringend los. Hast du die Verträge für die Special-Effects-Leute schon fertig?«, rief er, als er das Zimmer betrat.

Er stutzte, als er die beiden Polizisten sah. »Oh, du hast Besuch?!«

»Hauptkommissarin Gerber und Kommissar Schneider. Guten Tag.«

Greta Gerber zückte ihre Dienstmarke, Kollege Schneider tat es ihr nach.

»Und wer sind Sie?«

Der junge Mann lächelte nervös, warf Ilka Kaiser einen flüchtigen Blick zu, erkannte, dass sie weinte, rauschte auf sie zu und nahm sie in den Arm. »Schatz, was ist los?«

»Ach, Arthur, es ist alles so schrecklich. Mein Mann. Er ist wieder da. Nein, er ist tot.«

Sie verbarg ihr Gesicht an seiner Schulter und wurde von einem erneuten Weinkrampf geschüttelt.

Der junge Mann namens Arthur blickte Greta Gerber verständnislos und Hilfe suchend an.

»Machst du Witze? Dein Mann ist ertrunken. Bei einem Segeltörn in der Ägäis.«

»Ertrunken? Das können Sie getrost ausschließen«, schaltete sich Schneider ein. »Aber tatsächlich wurde er im Wasser gefunden. Allerdings nicht in der Ägäis, sondern in einem Badesee. Sorgsam verpackt in einem weißen

Sack. Ach ja, bevor er versenkt wurde, hat man ihm mit einem harten Gegenstand auf den Hinterkopf geschlagen und zum Schluss erschossen.«

Greta verzog das Gesicht. Wie ein Nilpferd trampelte sich Schneider seinen Weg durch das Verhör. Aber nun stand die Wahrheit im Raum, konnte nicht mehr ungesagt gemacht werden.

Das Schluchzen der erneut zur Witwe Gewordenen steigerte sich. Schließlich wandte sie den Polizisten wieder das Gesicht zu.

»Aber wer … Wer macht denn so etwas?«, flüsterte sie tonlos.

Arthur streichelte ihr über das Haar. Aus seinem Gesicht war jede Farbe gewichen, seine Augen starrten ins Leere.

»Das würden wir auch gern wissen. Natürlich setzen wir alles daran, um die Tat zu rekonstruieren. Aber dazu benötigen wir Informationen.«

Greta Gerber versuchte, so sanft wie möglich zu klingen, um die unsentimental vorgetragene Faktenlage des Kollegen auszugleichen.

»Ich glaube, das ist jetzt nicht der richtige Zeitpunkt für eine Befragung. Sie sehen doch, dass meine Lebensgefährtin unter Schock steht«, ereiferte sich Arthur. Er drückte Ilka Kaiser an sich, und sie sah ihn dankbar an.

»Ach, Sie sind der Lebensgefährte von Frau Kaiser? Wie war Ihr Name doch gleich? Ich habe ihn nicht verstanden.«

Schneider gefiel sich sichtlich in der Rolle des *bad cop* und machte keinen Hehl daraus, dass er den Schönling an der Seite der wesentlich älteren Frau nicht ausstehen konnte.

»Mein Name ist Kessler. Arthur Kessler. Filmemacher. Sie werden *meinen Namen* sicher schon gehört haben«, erwiderte der junge Mann in einem Tonfall, in dem das Unverständnis mitschwang, dass er von dem Kommissar nicht erkannt wurde.

Ilka Kaiser wischte sich über die Augen, die von einer erschreckenden Röte waren. »Diese Nachricht muss ich erst verdauen. Sie ist so un-fass-bar. Un-be-liev-able«, sagte sie.

»Gut, dann kommen Sie bitte morgen früh ins Präsidium. Wir haben eine Menge Fragen. Wir müssen alles über Ihren Mann wissen. Wer er war, was er beruflich gemacht hat, wie er seine Freizeit verbracht hat, mit wem er Umgang pflegte. Wie und wann er verschwunden ist. Warum er wieder aufgetaucht ist. Meinen Sie, Sie können das schaffen?«, fragte Greta.

Ilka Kaiser nickte unmerklich und ergriff Kesslers Hand.

»Und es wird Ihnen auch nicht erspart bleiben, in die Gerichtsmedizin nach Ulm zu fahren, um Ihren Mann zu identifizieren. Sieht nicht schön aus«, legte Schneider nach.

Kessler streichelte Ilka Kaiser über die Wange.

»Gemeinsam stehen wir das durch. Ich bin für dich da.«

Es klang, als würde er aus einem Drehbuch rezitieren. Allerdings aus einem nicht sehr originellen. Seine Geliebte lächelte ihn dankbar an.

»Bringst du Frau Gerber und Herrn Schneider zur Tür, Liebling? Ich glaube, ich muss mich hinlegen. Ich habe plötzlich furchtbare Kopfschmerzen.«

Sie stand auf, gab den Polizisten die Hand und taumelte in Richtung Treppenhaus. Aus ihren Bewegungen war sämtliche Kraft gewichen. Greta Gerber und Denis Schneider sahen ihr nach, bis sie den Treppenabsatz erreicht hatte, wandten sich dann an Arthur Kessler, der ihnen den Weg zur Tür wies.

»Wir finden allein hinaus«, entgegnete Hauptkommissarin Gerber und ging. Schneider blickte Kessler noch einmal grimmig an und folgte seiner Kollegin.

»Was halten Sie von den beiden?«

Gretas Frage durchbrach das Schweigen, das die Rückfahrt zur Dienststelle begleitete. Es war eine andere Form der Stille als auf der Herfahrt. Eine konzentrierte, nach innen gerichtete.

Es dauerte einen Moment, bis sich Schneider zu einer Antwort durchrang.

»Es ist doch sonnenklar, was da läuft. Sie, eine reiche, aber welkende Schönheit, sucht sich einen jungen Adonis, der sie vergessen lässt, dass sie eine alternde Frau ist. Und er lässt sich diesen Dienst vergüten und dreht mit ihrem Geld Filme, die die Welt nicht braucht. Krank ist das.«

Greta seufzte. Sie hätte es ahnen können, dass die Beziehung zwischen dem ungleichen Paar in Schneiders von Testosteron gesteuerter Weltsicht auf wenig Verständnis stieß.

»Das meine ich nicht. Ist Ihnen an den Reaktionen nichts aufgefallen?«

Schneider zuckte die Schultern.

»Na ja, nichts Außergewöhnliches. Sie hat geweint, und er hat versucht, sie zu trösten.«

»Und dass sie dabei nur eine einzige Träne vergossen hat, finden Sie nicht außergewöhnlich«, schob Greta Gerber nach.

»Wieso, sie hat doch geheult wie ein Seehund vor der Fütterung.«

Schneider grinste selbstgefällig, wischte sich aber dann den Anflug von Frohsinn aus dem Gesicht, als er merkte, dass die Kollegin nicht darauf reagierte.

»Ich sage Ihnen was: Da steckte kein bisschen Trauer dahinter. Mit ein bisschen Training … kann … daaas … jeheder … Lai…ai…aie.«

Gretas Worte gingen in einem markerschütternden Schluchzen unter.

Schneider wandte seinen Blick von der Fahrbahn und sah seine Kollegin an. Sie wischte sich eine echte Träne aus den Augenwinkeln und wies ihn mit strenger Miene an, wieder auf den Verkehr zu achten.

»Was wollen Sie damit sagen?«

»Ich denke, dass wir eben ein durch und durch inszeniertes Theaterstück gesehen haben. Und es war noch nicht einmal besonders gut.«

12

Als sie im Kommissariat ankamen, saß POM Fritz an seinem Rechner und hämmerte mit zwei Fingern auf die Tastatur ein, als sollte sie dafür büßen, dass er seinen Bericht nicht handschriftlich abfassen durfte. Immer wieder erschütterte ein Fluch seine Bartspitzen und brachte sie zum Wippen.

Laura Behrmann hielt den Telefonhörer ans Ohr und brüllte hinein.

»Nein, ich bin nicht die Klara. Laura Behrmann heiße ich … Von der Polizei. Nein, mit der Klara ist alles in Ordnung … Nein, sie ist nicht zu schnell gefahren … Ach so, sie hat gar keinen Führerschein mehr … Den hat sie mit 92 abgegeben, fährt aber dennoch heimlich mit dem Porsche ihres Enkels … Verstehe … Nein, ich rufe wegen Karlheinz an … Ja, ich weiß, der ist tot … Der hatte auch einen Porsche … und auch keinen Führerschein mehr … Das ist interessant …«

Greta Gerber konnte sich ein Grinsen nicht verkneifen, während Laura Behrmann die Augen verdrehte. So spannend Ermittlungsarbeit sein konnte, manchmal brauchte man auch Nerven aus Stahl.

»Die schwätzt mit einer Großtante vom Kaiser. Die hört a bissle schwer«, klärte Ernst Fritz auf. »Ich hab Kurt Seitz erreicht. Karlheinz Kaiser und er waret Sportkamerada. I schreib grad mein Bericht.« Angewidert wies er auf den Bildschirm.

Greta Gerber ließ sich eine Kurzfassung der Befragung geben. Nach Aussage von Kurt Seitz war Karlheinz

Kaiser ein sehr engagierter Mensch gewesen, dem es am Herzen lag, den Sport und die Kultur in der Region voranzubringen. Er pflegte Verbindungen zu politischen Instanzen in der Region, sammelte eifrig Sponsorengelder, trieb die Geschicke des FV Biberach voran und entwickelte schließlich die Idee, dass es in Oberschwaben Bundesliga-Fußball geben müsse. Er hatte einen Architekten damit beauftragt, einen Plan für ein Stadion zu entwickeln, in dem 20.000 Menschen Platz finden, ohne zu wissen, wohin man den Fußballtempel bauen konnte. Er förderte eine Fußballschule in Laupheim, die es jungen Talenten ermöglichte, mehrere Stunden am Tag unter professionellen Bedingungen zu trainieren, ohne die Schulbildung zu vernachlässigen. Die Schützlinge bekamen Privatunterricht.

Er war es auch, der Spielern aus dem Ausland den Besuch der Fußballschule ermöglichte. Als er Siegfried Röder, Immobilienmakler und Spielervermittler von zweifelhaftem Ruf, kennenlernte, nahm die Vision Kaisers Gestalt an. Mit ihm hatte er den Partner an der Seite, mit dem er die professionellen Strukturen aufbauen konnte. Seitz habe hie und da ein Projekt unterstützt, aus diesem Grund war Karlheinz Kaiser zu Lebzeiten oft zu Gast, meist in Begleitung seiner Frau Ilka, die sich nach seinem Tod jedoch sehr zurückgezogen habe.

»Gute Arbeit, Herr Fritz, vielen Dank. Damit wäre also der Einbruch in der Villa Seitz geklärt. Karlheinz Kaiser hat die Pistole entwendet. Die Frage ist, wo ist die Waffe?«

Greta sah ratlos in die Runde.

Laura Behrmann hing erschöpft in ihrem Bürostuhl und starrte das Telefon an. »Wenn ich noch mal so ein

Telefonat führen muss, bin ich ein Fall für den polizeipsychologischen Dienst«, schnaubte sie.

»Den gibt es in Baden-Württemberg gar nicht«, schnitt ihr Denis Schneider das Wort ab.

»Klugscheißer«, gab die junge Polizistin zurück.

»Leute, bitte! Gibt es Hinweise aus dem Freundeskreis? Hat sich Kaiser bei irgendjemandem gemeldet?«, fragte Greta.

Laura Behrmann verneinte. »Ich habe eine Liste von Namen angelegt, die mir sein Bruder genannt hat. Aber bislang gibt es keine Spur. Allerdings wissen wir jetzt, wo er hier in Biberach gewohnt hat. Die Rezeptionistin vom Parkhotel Jordanbad hat ihn auf unserem Bild erkannt. Allerdings hat er sich unter einem anderen Namen mit einem englischen Pass angemeldet. Als Jonathan Richman.«

»Herr Reichmann, wie originell. Habt ihr schon sein Zimmer durchsuchen lassen?«

Laura Behrmann nickte. »Ja, wir haben die Spusi hingeschickt, und Herr Fritz und ich waren auch vor Ort. Aber außer sehr aus der Mode gekommenen Klamotten und ein paar Habseligkeiten haben wir nur ein Flugticket gefunden. Von Singapur nach Stuttgart und zurück. Offensichtlich wollte er nur drei Tage bleiben, den Rückflug hätte er zwei Tage nach seinem Tod angetreten. Ansonsten haben wir weder Computer oder Handy noch die Waffe gefunden. So wie es aussah, hat er im Hotel keine Nacht zugebracht. Das Bett war unbenutzt.«

Greta starrte zum Fenster hinaus. Unendlich viele Fragen stoben durch ihren Kopf. Warum tauchte ein für tot Erklärter plötzlich wieder auf? Wen wollte er treffen? Für wen stellte sein Erscheinen eine Gefahr dar?

Ihr erster großer Fall in Biberach erwies sich als ziemlich harte Nuss.

13

Siegfried Röder saß an seinem Schreibtisch und trommelte mit den Fingern einen nervösen Takt auf seine Computermaus.

»Ist der Vertrag mit ›Winner's Best Bet‹ schon fertig?«, grummelte er in die Sprechanlage, die ihn mit seiner Vorzimmerdame Evelyn Seifert verband.

»Kommt sofort, Chef. A Minütle bräucht ich noch«, flötete die Sekretärin.

»Ich gebe Ihnen genau 30 Sekunden, dann liegt der Vertrag auf meinem Tisch«, knurrte er. Den Protest seiner Assistentin beendete er, indem er den Knopf der Gegensprechanlage losließ.

Sekunden später polterte jemand gegen seine Tür und öffnete sie, ohne sein »Herein« abzuwarten. Maik Riemenschneider rauschte in sein Büro, gefolgt von einer aufgebrachten Evelyn Seifert.

»Herr Riemenschneider, so goht des aber net«, ließ sie den jungen Mann wissen und versuchte, ihn am Ärmel seiner Jacke zurückzuhalten. Der Mittelfeldspieler des 1. FC Oberschwaben riss sich los und baute sich vor dem Schreibtisch Röders auf.

»Der hot sich oifach so neidrängelt«, versuchte sich Evelyn Seifert an einem Erklärungsversuch, doch Röder wies sie mit einer Geste an, sich zu entfernen. Er wartete, bis sie die Tür von draußen geschlossen hatte, und sah den Störenfried lange an.

Röders stoische Ruhe brachte Maik Riemenschneider aus dem Konzept. Eigentlich wollte er sein Anliegen energisch vortragen, doch nun kam er sich vor wie ein Schuljunge, der zum Rektor zitiert worden war. Röder wies auf einen Stuhl, der junge Mann setzte sich kurz, dann sprang er wieder in die Höhe.

»Der Trainer will mich nicht aufstellen für das nächste Spiel. Das war nicht abgemacht«, platzte es aus ihm heraus.

Röder lächelte, faltete die Hände und legte sie auf die Tischplatte.

»Er wird seine Gründe haben«, sagte er leise.

»Aber Sie haben doch gesagt, dass an den nächsten Spieltagen einige Scouts unterwegs sind, die bei uns vorbeisehen.«

Siegfried Röder nickte bedächtig. »Das ist richtig. Es werden sogar einige Spielerbeobachter aus dem Ausland da sein. Wichtige Leute aus renommierten Clubs. Warte.«

Er stöberte in einem Aktenstapel auf seinem Tisch, zog ein Blatt Papier heraus, betrachtete es kurz und las vor: »Ja, ein Ian MacGullen von Celtic Glasgow und Johannes Oertl von Red Bull Salzburg haben sich angesagt.«

»Aber wenn ich nicht aufgestellt werde, dann sehen mich die Scouts doch nicht.« Maik Riemenschneiders Stimme zitterte vor Empörung.

»Auch das ist richtig. Aber leider nicht mein Problem. Wenn das alles war, würde ich dich bitten zu gehen.«

Maik Riemenschneider verschränkte die Arme vor der Brust und machte keine Anstalten, sich von der Stelle zu rühren. Er sah aus wie ein kleiner Junge, der sich den Kauf von neuen Fußballschuhen ertrotzen wollte.

»Sie haben mir versprochen, dass ich schon bald in der ersten Liga spiele, wenn ich … behilflich bin. Das habe ich getan, jetzt sind Sie dran. Ich gehe erst, wenn Sie mir versprechen, dass Sie den Trainer dazu bewegen, mich aufzustellen. Das sind Sie mir schuldig.«

Röder schoss um seinen Schreibtisch herum und packte den jungen Mann am Kragen. »Ich bin dir überhaupt nichts schuldig, du kleine Ratte. Wie oft habe ich es dir schon gesagt, dass es nicht ausreicht, einen auf dicke Hose zu machen, den großen Fußballstar raushängen zu lassen, zu saufen und rumzuvögeln, als gälte es George Best den Rang abzulaufen. Wer ein Großer werden will, muss es auf dem Platz beweisen. Der muss hart trainieren, der muss an seine Grenzen gehen.«

Röder ließ Riemenschneider los und stieß ihn von sich. Der junge Mann polterte gegen ein Wandregal und konnte sich gerade noch rechtzeitig abfangen, ohne zu Boden zu gehen.

Röder betrachtete den 18-Jährigen, den er vor drei Jahren bei der B-Jugend des SSV Ulm entdeckt hatte. Seit dieser Zeit hatte er eine enorme Entwicklung durchlaufen. Er war ballsicher, läuferisch stark, hatte ein brillantes Auge für seine Mitspieler und einen enormen Schuss. Ein großes Talent, das immer mehr an Selbstsicherheit gewann, leider auch abseits des Spielfelds. Das bisschen Geld, das er erhielt, verprasste er mit vollen Händen, gab weit mehr aus, als er besaß. Zu seinem 18. Geburtstag hatte er sich ein BMW Cabrio gekauft. Röder hatte ihm das Geld vorgestreckt. Riemenschneider war für ihn eine Art Geldanlage, genau wie Torhüter Thomas Heimerdinger, und es war Teil des Planes, dass sie sich in seine Abhängigkeit begaben. Genau das hatten die beiden getan, Schritt für Schritt. Und jetzt gab es für die jungen Spieler kein Zurück mehr. Darum hatten sie sich an die Regeln zu halten, und Regel Nummer eins lautete, dass sie in Röders Sinne funktionierten. Dazu gehörte nun mal, dass sie das Training regelmäßig besuchten, Topleistungen boten und immer parat waren, um seine Instruktionen entgegenzunehmen. Wer auf der Ersatzbank saß, hatte keinen Wert.

Riemenschneiders vermeintliches Selbstbewusstsein war geschmolzen wie eine Kugel Eis in der prallen Sonne. Er hielt sich immer noch am Regal fest, um den letzten Rest an Haltung zu bewahren.

»Sie müssen mit dem Trainer reden. Wenn ich nicht aufgestellt werde …«, fing er zögerlich an.

»Was ist dann?«, brüllte Röder und schlug mit der Faust auf den Tisch.

»Dann sorge ich dafür, dass alles auffliegt.«

Riemenschneider lauschte noch dem schwachen Klang seiner Stimme nach, nur einen Moment später drückte ihm Siegfried Röder die Hand gegen den Kehlkopf. Der junge Mann röchelte, rang nach Luft, zitterte. Blanker Hass wütete in Röders Augen, als er den Druck erhöhte.

»Ich rate es dir im Guten, Bürschchen: Droh mir nicht! Das ist noch keinem gut bekommen«, schnaubte er.

Maik Riemenschneider wurde schwarz vor Augen. Er war kurz davor, das Bewusstsein zu verlieren, dann ließ Röder von ihm ab.

»Verschwinde. Ich will dich hier so schnell nicht mehr sehen.«

Riemenschneider betastete seinen schmerzenden Kehlkopf, machte jedoch keine Anstalten zu gehen.

»Was ist?«, blaffte Röder. »Hau ab.«

Der junge Mann berappelte sich, machte ein paar Schritte in Richtung Tür, blieb jedoch kurz davor stehen und wandte sich noch einmal um.

»Heimerdinger dreht auch langsam durch. Er hält den Druck nicht mehr aus. Das ist alles zu viel für ihn. Die Kameraden meiden ihn, er hat auch schon üble Anrufe von Fans bekommen, einige haben ihm sogar gedroht …«

Röder betrachtete den Spieler verwundert. So viel Empathie hatte er Maik Riemenschneider gar nicht zugetraut.

»Aha, und was soll ich deiner Meinung nach tun? Ihm einen Bodyguard zur Seite stellen? Ihr habt von Anfang an gewusst, auf was ihr euch einlasst. Also, komm mir nicht so. Und kümmere dich gefälligst um deine Angelegenheiten, sonst bist du aus dem Spiel.«

Riemenschneider wollte etwas erwidern, unterdrückte es und verließ grußlos das Büro. Röder wartete, bis er außer Sichtweite war, dann griff er zum Telefon und ließ sich von seiner Assistentin eine Verbindung herstellen.

14

Pfarrer Goettle saß auf einem ziemlich ramponierten Sessel in dem ausrangierten Eisenbahnwaggon seines Freundes Frieder und beobachtete den ehemaligen Chefredakteur des »Schwäbischen Tagblatts«, der sich eine Suppe zubereitete. Der muffige Geruch der Speise ließ erahnen, dass keine alltäglichen Zutaten verwendet wurden. Goettle vermutete, dass eine Spezialrezeptur Anwendung fand.

Frieder kostete sein Gebräu und salzte nach. Er lebte schon einige Jahre in der ungewöhnlichen Behausung, die auf einem Industrie-Abstellgleis in der Nähe des Bahnhofs stand und über die Grüne Brücke mit der Innenstadt verbunden war. Strom, Heizung oder fließendes Wasser gab es dort natürlich nicht. Der 65-Jährige besaß lediglich einige ausrangierte Möbel, die er sich bei Sperrmüllsammlungen besorgt hatte, einen alten Camping-Kocher und einen Sack Ikea-Teelichter. In einer alten Zinkwanne vor dem Waggon sammelte er Regenwasser, ab und zu füllte er sich in der Bahnhofstoilette, in der er auch seiner Körperpflege nachging, ein paar Liter ab. Dies geschah eher sporadisch, sodass Frieder immer ein wenig ungepflegt daherkam. Die schulterlangen Haare waren schon lange von einer Friseurschere verschont geblieben, sein Bart wucherte wild in sein Gesicht hinein, seine Haut hing wie brüchiges Leder auf seinen Knochen. Auf Äußerlichkeiten legte Frieder keinen Wert. Ganz anders als früher, als er zusammen mit seiner Frau Manon eines der auffälligsten Paare der Stadt bildete. Er war ein gern gesehener Gast bei Empfängen, ein fantastischer Unterhalter, höflich, charmant, mit einem ungeheuren Wissen und viel Witz ausgestattet, immer elegant und dem Anlass gemäß gekleidet. Manon war das Schmuckstück an seiner Seite, ein wenig exaltiert im Gebaren, parfümiert mit einem divaesken Hauch und gleichzeitig von einer atemberaubenden Schönheit. Frieder liebte seine Frau abgöttisch, sie liebte den Auftritt bei offiziellen Anlässen, Zusammenkünften und auf Feiern. Als sie ihn nach zehnjähriger Ehe verließ, um mit einem amerikanischen Investmentmanager nach Detroit zu ziehen, brach für Frieder eine Welt zusammen. Es war, als hätte sie sein altes Ego mitgenommen. Er kündigte seine Stellung bei der Zeitung und brach zu einer Weltreise auf, von der er nach zwei Jahren zurückkehrte. Er war nicht mehr der Frieder, der Biberach verlassen hatte. Aus ihm war ein geläuterter, ehrfürchtiger, naturverbundener Mensch geworden, der gelernt hatte, mit dem Wenigsten auszukommen und trotzdem zufrieden zu sein. Seine kleine Rente reichte für das Nötigste. Er lebte von den Lebensmitteln, die er den Händlern mittwochs und samstags am Markt, kurz vor dem Zusammenpacken, abschnorrte. Einige alte Bekannte steckten ihm hin und wieder ein paar Münzen zu oder brachten ihm Kleidung, ausrangierte Haushaltsgegenstände oder andere nützliche Dinge mit, wenn sie ihn besuchten.

Pfarrer Goettle hatte einen halben Liter seines berühmten Marillenbrandes an den gestrengen Augen seiner Haushälterin vorbeigeschmuggelt, der nun in einer schlanken Flasche auf dem Tisch stand.

»Sag amol, was kochsch denn do? Des riecht jo wie alte Socka.« Der Geistliche rümpfte hörbar die Nase.

Frieder lachte. »Etwas ganz Tolles. Soupe Psilocype mexicana. Auf Deutsch: Pilzsuppe mit Showeinlage.«

Er rührte die Brühe in dem Topf um und hielt seine Nase in die aufsteigenden Dämpfe.

»Pilzsupp mit Showeinlage. Was soll denn des sei?«, fragte Goettle.

»Psilocype mexicana, auch ›mexikanischer Kahlkopf‹ oder ›Gott-Pilz‹ genannt, gehört zu den psychoaktiven Pilzen. Die bescheren dir Bilder, die intensiver, bunter und abgefahrener sind als jeder Science-Fiction-Streifen. Den Menschen wachsen überdimensionale Gliedmaßen, Nasen und Ohren vergrößern sich, Farben werden in ihrer Strahlkraft verstärkt, alles leuchtet. Darf ich dir ein Tässchen anbieten?«

Goettle winkte ab. »Noi, des kannsch selber essa. I bleib bei der psychoaktiven Wirkung vom mei'm Selbstgebrannta.«

Er griff sich die Schnapsflasche, entkorkte sie und nahm einen Schluck. Mit einem wohligen »Aaaah« setzte er die Flasche ab, schüttelte sich kurz und faltete die Hände vor dem Bauch.

Frieder nahm eine Schöpfkelle, ließ sie kurz im Topf kreisen, führte sie an den Mund und trank von seinem psychoaktiven Gebräu. Seinem Gesichtsausdruck nach zu schließen, wehrten sich seine Geschmacksnerven gegen die Wundersuppe, er hustete.

Goettle beschloss, das Thema anzusprechen, das ihn zu seinem Freund geführt hatte, bevor die Pilze Wirkung entfalten konnten.

»Du erinnersch dich doch bestimmt an den Karlheinz Kaiser. Dieses hohe Tier bei der EVB, der obedengt oin auf Sportmanager macha wollt.«

Frieder schlürfte noch ein wenig von seiner Brühe und nickte bedächtig.

»Klar erinnere ich mich. Der war ja eine Zeit lang das Stadtgespräch. Hatte jede Menge Ideen, der Junge, der wollte richtig was bewegen. Hat er ja auch. Und jeder hat sich gewundert, wie er das alles finanziert hat. Was ist mit ihm?«

Frieder legte die Schöpfkelle beiseite und sah Goettle an. Ein breites Grinsen huschte über sein Gesicht.

»Was lachsch denn so bled?«, herrschte ihn der Pfarrer an.

»Deine Ohren. Die sind so groß. Pass bloß auf, dass dich kein Windstoß erwischt. Denn dann fliegst du davon. Und diese Augenbrauen. Die könntest du bei der nächsten Kehrwoche einsetzen. Als Besen.«

Frieder prustete. Goettle überhörte die alberne Anwandlung seines Gesprächspartners.

»Der Kaiser isch wieder auftaucht. Im wahrschda Wortsinn. In dem Badesee bei Ummendorf. Erschossa ond dann ins Wasser g'schmissa.«

Frieders Miene verfinsterte sich. »Was? Aber der ist doch vor Jahren bei einem Segelunfall ums Leben gekommen. Ganz dramatisch.«

»Hot mr sei Leiche je g'fonda?«

Frieder schwankte leicht und hielt sich an einer Stuhllehne fest. Er starrte ins Leere, als könnte er so Gedankenbilder heraufbeschwören. Eine Furche vertiefte sich auf seiner Stirn.

»Wenn ich mich recht erinnere, hat man zwar das Boot gefunden, aber von ihm keine Spur entdeckt. Das ist aber bei Schiffsunglücken nicht selten, da leisten die Meeresbewohner zum Teil ganze Arbeit.«

Goettle legte sich einen Finger ans Kinn.

»Des hoißt, sei Frau hot ihn für tot erklära lassa, obwohl er no g'lebt hot. Bis letschde Woch. Komisch.«

Frieder kicherte. »Deine Füße. Hoho, wo bekommt man denn Schuhe für diese Quadratlatschen?«

»Frieder, reiß di a bissle z'samma!«

»Ja, schon gut. Das Verschwinden von Kaiser war tatsächlich sehr ominös. Zumal er in den Verdacht geraten war, dass er Firmengelder unterschlagen hatte, um seine Ideen zu finanzieren. Konnte ihm nur nicht nachgewiesen werden, die Ermittlungen wurden eingestellt. Wurde auch nie an die große Glocke gehängt, aber ich hatte da ja meine Kontaktmänner.«

Frieder tunkte die Kelle nochmals in den Topf und schlürfte genüsslich seine Psychosuppe. Pfarrer Goettle wusste, dass er nicht mehr viel Zeit hatte. Die Pilze würden seinen Freund schon bald gänzlich in das Reich der Infantilität entführen. Wenn er dort erst einmal angelangt war, war ein vernünftiges Gespräch nicht mehr möglich.

»Hosch du net recherchiert? I han denkt, du warsch mal inveschtigativer Journalischd.«

Frieder schüttelte den Kopf. »Die bei der EVB haben total dichtgemacht. Da waren keine Unterlagen mehr zu finden. Die hatten Angst vor einem Skandal. Boah, wenn ich so mache …« – er schüttelte erneut den Kopf – »… sehe ich meine Lippen vorbeifliegen.«

Goettle sah ein, dass eine weitere Befragung seines Freundes wenig Erfolg zeigen würde. Und dennoch war er zufrieden: Die Spur führte zur EVB. Da konnte er seine hervorragenden Beziehungen zu Anna Kachler nutzen, die Teamassistentin des Personalchefs war und in seinem Chor im Sopran sang. Vielleicht konnte er etwas über diesen dubiosen Fall erfahren. Er verabschiedete sich von Frieder und ging.

»Pass auf den Wind auf. Bei deinen Ohren«, waren die Worte, die ihn hinausbegleiteten. Und das alberne Gekicher seines Freundes.

15

Greta saß bereits am Schreibtisch, als ihr Kollege Schneider sichtlich motivationslos und ohne Gruß ins Büro hereingeschlurft kam. Geräuschvoll nahm er die halb gefüllte Kaffeekanne aus der Maschine, goss sich eine Tasse ein und schlenderte gemächlich an seinen Arbeitsplatz. Er fläzte sich auf seinen Stuhl, legte die Füße auf die Tischplatte und sah Greta Gerber auffordernd an.

»Und? Gibt's was Neues?«, fragte er mit einer Stimme, die betont lässig klingen sollte.

»Haben Sie gestern Abend eine Folge von ›Der letzte Bulle‹ im Fernsehen gesehen? Oder was soll dieses Machogehabe?«, fragte Greta Gerber gereizt. Schneiders Benehmen am frühen Morgen machte es ihr schwer genug, die Ruhe zu bewahren, aber die Pressekonferenz, die für den Nachmittag anberaumt war, zerrte an ihren Nerven. Sie hatte einfach zu wenige Informationen, um die Neugier der Journalisten befriedigen zu können. Immerhin stand der Zeitpunkt des Todes inzwischen fest. Kaiser hatte tatsächlich drei Tage im Wasser gelegen, ermordet wurde er in der Nacht von Dienstag auf Mittwoch, zwischen Mitternacht und 3 Uhr.

Mit Grauen dachte sie an ihren letzten Auftritt vor Medienvertretern, bei dem sie über einen Überfall auf einen Juwelier in Freiburg hatte berichten müssen. Eine Jugendbande hatte damals die Einzelhändler in der Innenstadt in Angst und Schrecken versetzt, die Täter waren der Polizei bekannt gewesen, und doch war es schwer, den Jugendlichen etwas nachzuweisen. Sie gaben sich gegenseitig fadenscheinige Alibis, schüchterten Gleichaltrige ein, die in ihrem Sinne aussagten, oder schoben diejenigen vor, die aufgrund ihres Alters noch nicht belangt werden konnten. Dennoch hatte Greta ein klares Konzept gehabt, wie sie über den Ermittlungsstand berichten wollte. Nicht zu viel verraten, aber dennoch Nachvollziehbares liefern, hatte die Devise gelautet. Bis zum Schluss hatte es so ausgesehen, als würde ihre Salamitaktik aufgehen, wenn sie nicht durch die Zwischenfrage einer Reporterin, die sich wohl für besonders schlau hielt, um den roten Faden gebracht worden wäre.

»Warum geben Sie nicht einfach zu, dass Sie nichts in der Hand haben?«, wollte diese wissen.

Der Einwurf hatte Greta sprachlos gemacht. Hilfe suchend hatte sie Richard, ihren Chef und damaligen Liebhaber, angeblickt, doch der hatte nur gedankenverloren in seinen Unterlagen geblättert. Was dann folgte, hätte Greta gern aus dem Gedächtnis gelöscht, noch mehr die Schlammschlacht, die am nächsten Tag am Kiosk ausgetragen worden war. Nachlässigkeit und Unfähigkeit waren ihr vorgeworfen worden, von Ermittlungsfehlern wurde geschrieben. Sie war nicht sonderlich erpicht darauf, diese Erfahrung noch einmal zu machen.

»Wenn Sie unbedingt einen auf Clint Eastwood machen wollen, können Sie heute Mittag die PK leiten, da können Sie dann mal zeigen, wie cool Sie sind«, schnaubte Greta.

Schneider nahm die Füße vom Tisch, nahm eine Akte aus seiner Ablage und nestelte verlegen an den Blättern herum.

Na, das war ja einfach, dachte Greta und unterdrückte ein Grinsen.

Es klopfte an der Tür. Ilka Kaiser und Arthur Kessler betraten in Begleitung von Polizeiobermeister Fritz das Büro. Sie trug ein beigefarbenes Kostüm mit einem knielangen Rock, die Augen hatte sie hinter einer Sonnenbrille verborgen. Während die Witwe wie eine Geschäftsfrau kurz vor Reiseantritt an die Côte d'Azur aussah, hatte er sich für ein lässiges Outfit, bestehend aus Jeans, weißem Hemd und Lederjacke, entschieden. Greta wies den beiden einen Platz zu und bot einen Kaffee an. Beide lehnten ab.

»Schön, dass Sie kommen konnten. Es ist sicher eine ziemlich verwirrende Situation für Sie. Das Auftauchen Ihres Mannes, von dem Sie vermutet haben, dass er tot sei, und der nun tatsächlich tot aufgefunden wurde. In Biberach. Wir setzen alles daran, den Fall zu lösen, aber wir sind auf Ihre Mithilfe angewiesen. Kollege Fritz hat Sie ja in die Gerichtsmedizin nach Ulm begleitet. Handelt es sich bei dem Toten um Ihren Mann?«

Ilka Kaiser nickte leicht, ihre Mundwinkel zitterten. Ihre Augen waren hinter den getönten Gläsern nicht zu entdecken. Greta Gerber blätterte in den Unterlagen auf dem Schreibtisch und studierte die ermittelten Fakten.

»Frau Kaiser. Hier steht, dass Ihr Mann vor drei Jahren bei einem Segelunfall ums Leben gekommen ist. Beziehungsweise: Sie haben ihn für tot erklären lassen. Seine Leiche wurde nie gefunden. Nun stellt sich heraus, dass er die ganze Zeit gelebt hat. Hat er in dieser Zeit versucht, Kontakt mit Ihnen aufzunehmen?«

»Nein, natürlich nicht«, entfuhr es Ilka Kaiser in einem schrillen Ton. »Die Polizei hat Teile des Wracks geborgen, von der Leiche meines Gatten gab es keine Spur.«

Sie schluchzte, knipste ihre Handtasche auf, zog ein Taschentuch hervor und schnäuzte hinein. »Monatelang habe ich auf eine Nachricht gewartet. Auf ein Lebenszeichen. Oder auf die Bestätigung, dass man ihn gefunden hat. Nur um die Gewissheit zu haben, dass es sich nicht mehr lohnt zu hoffen. Aber da kam nichts. Und in meinem Leben musste es doch weitergehen. Also habe ich ihn für tot erklären lassen.«

»Wann war das?«, fragte Schneider.

Ilka Kaiser sah ihn durch die getönten Gläser ihrer Brille an.

»Vor ziemlich genau drei Jahren.«

»Und seit wann kennen Sie Herrn Kessler?« Schneider wuchs wieder in seine fiese Rolle hinein. Sie bereitete ihm sichtlich Spaß.

»Herr Schneider, bitte. Das spielt im Moment keine Rolle«, ermahnte Greta ihren Kollegen.

Ilka Kaiser richtete sich auf und schob die Brille nach

oben. Ihre Augen waren stark gerötet, offensichtlich hatte sie geweint.

»Nein, die Frage ist okay. Arthur und ich kennen uns seit vier Jahren. Damals habe ich bei ihm Schauspielunterricht genommen, um mich abzulenken. Das Verschwinden meines Mannes zog eine Menge Schriftwechsel mit den Behörden nach sich. Vom Ärger mit der Versicherung ganz zu schweigen.«

»Ärger mit der Versicherung?«, fragte Greta.

Ilka Kaiser errötete.

»Mein Mann hatte eine Lebensversicherung abgeschlossen, damit ich im Falle seines Ablebens abgesichert bin. Aber die wollte nicht bezahlen, weil der Tod nicht eindeutig festgestellt werden konnte. Ich habe den Fall meinem Anwalt übergeben und er hat schließlich eine Einigung mit der Gesellschaft erzielen können.«

»Wie sah denn diese Einigung aus?« Während er die Frage stellte, behielt Kommissar Schneider vor allem den jungen Galan der Witwe im Auge. Er zeigte keine Regung.

»Statt einer Million Euro, die mir eigentlich zugestanden hätte, habe ich nur 600.000 Euro bekommen. Ich musste dem Kompromiss zustimmen, jede andere Entscheidung hätte eine jahrelange juristische Auseinandersetzung nach sich gezogen. Und wir standen ja kurz vor der Umsetzung unseres Projekts.«

Ilka Kaiser legte Arthur Kessler eine Hand auf den Oberschenkel, er drückte sie sanft und lächelte sie an.

»Was war das für ein Projekt?«, zerteilte Schneiders schnarrende Stimme den Anflug von Harmonie. Ilka Kaiser zog die Hand zurück.

»Die Verfilmung des Lebens von Sophie von La Roche«, kam ihr Kessler zuvor.

»War das nicht diese Engländerin, die diesen Schmuddelkram geschrieben hat? Feuchtgebete, oder so?« Schneider blickte seine Kollegin Gerber ratlos an, die einen Unmutslaut entließ.

»Die Dame, die Sie meinen, heißt Charlotte Roche. Sophie von La Roche war die erste Herausgeberin einer deutschen Frauenzeitschrift und zudem eine der ersten Autorinnen, die einen deutschen Roman geschrieben haben. So eine Art Alice Schwarzer des Klassizismus«, klärte Kessler auf. Er holte tief Luft, um noch weitere Details folgen zu lassen, doch die Hauptkommissarin unterbrach ihn.

»Gut, das Geld aus der Lebensversicherung floss also in diesen Film. War er denn erfolgreich?«

Kessler senkte den Blick und schüttelte den Kopf. »Er ist noch nicht fertig. Die Vorproduktion war aufwendiger als erwartet, Geldgeber sind abgesprungen, es gab urheberrechtliche Probleme mit einem der Drehbuchschreiber, der plötzlich aussteigen wollte …«

»Alles klar«, stoppte Greta Gerber seine Ausführungen und wandte sich wieder an Ilka Kaiser. »Warum ist Ihr Mann zurückgekommen? Was wollte er? Mit wem hat er sich getroffen? Warum hat er sich nicht bei Ihnen gemeldet?«

Ilka Kaiser versteckte ihre Augen erneut hinter ihrer Brille.

»Ich weiß nicht, was er hier wollte und warum er sich nicht gemeldet hat. Mit uns lief es zum Schluss nicht mehr so gut. Er hatte Affären, die er mehr schlecht als recht verheimlichte. Aber er kam immer wieder reuevoll zu mir zurück. Irgendwann konnte ich seine Lügen und seine Schwüre, dass er mich nie verlassen würde und noch nie eine Frau mehr geliebt habe als mich, nicht mehr ertragen.«

»Warum haben Sie sich dann nicht scheiden lassen?«, polterte Schneider dazwischen.

Ilka Kaiser sah ihn an und ein schmerzvoller Zug machte sich in ihrem Gesicht breit. »Es klingt vielleicht absurd, aber ich wollte ihn nicht verlieren. Daher habe ich ihm immer wieder geglaubt. Aber jedes Mal, wenn er mir seine Untreue gestand, ging etwas in mir verloren.«

Oh Gott, noch so ein Satz und ich höre das Meer bei Cornwall rauschen, dachte Greta Gerber.

Es klopfte an der Tür. Kommissaranwärterin Behrmann stürzte herein, überblickte kurz die Situation, hielt inne, dann platzte es aus ihr heraus.

»Wir haben die Hülse des Geschosses gefunden, mit dem Karlheinz Kaiser getötet wurde. Auf dem Parkplatz am Stadion. Ein Hausmeister hat sie entdeckt und uns informiert. Die Spusi ist schon unterwegs.«

Greta Gerber schnitt der jungen Polizistin mit einer energischen Handbewegung das Wort ab. Laura Behrmann begriff sofort, dass die beiden, die hier vor der Hauptkommissarin saßen, etwas mit dem Fall zu tun haben mussten.

»Frau Behrmann, fahren Sie schon vor. Herr Schneider und ich kommen gleich nach.«

Dann wandte sie sich Ilka Kaiser zu. »Das war es für den Moment, Sie können gehen. Bitte halten Sie sich zu unserer Verfügung. Es könnte sein, dass wir noch mit ein paar Fragen auf Sie zukommen.«

Ilka Kaiser erhob sich, nickte einen kurzen Gruß und verließ mit Arthur Kessler das Büro.

Greta Gerber sah den beiden nach. »Da ist aber jemand

ganz schön blass um die Nase geworden«, murmelte sie, als die Tür ins Schloss gefallen war.

Kollege Schneider nickte. »Aber so was von blass.«

16

»Mann, Tom, was glotzt du denn so trübsinnig? Ist doch eine Superstimmung hier.« Maik Riemenschneider klopfte seinem Teamkameraden Heimerdinger, der schlaff auf einem Barhocker hing, freundschaftlich auf die Schulter und nickte mit dem Kopf im Takt der Musik. Bunte Lichter beleuchteten die zuckenden Schemen auf der Tanzfläche, immer wieder gab der dichte Nebel die Sicht auf die sich wie in Trance Windenden frei. Der Discopark B30 in Laupheim war gut gefüllt, wie immer, wenn eine der berühmten Hip-Hop-Nächte anstand.

Heimerdinger drehte sich zur Barfrau und orderte einen weiteren Caipirinha, indem er sein leeres Glas hob. Seine Bewegungen waren hölzern, einen Moment lang sah es so aus, als würde er vom Hocker kippen. Riemenschneider quittierte das mit einem abfälligen Blick.

»Meinst du nicht, dass du genug hast? Das ist schon dein vierter.«

»Was goht denn dich des an?«, blaffte Heimerdinger zurück. »Kümmer dich um dein oigena Scheiß.«

Der Mittelfeldspieler konnte den Frust seines Teamkollegen verstehen. Das Training am Nachmittag war gar nicht gut für ihn verlaufen. Erst hatte ihm der Trainer eine Standpauke gehalten, die sich gewaschen hatte. Die Fehler des letzten Spiels waren gravierend gewesen, fast schon auffällig. Die gesamte Mannschaft strafte den Torhüter mit Missachtung, und als es darum gegangen war, einen Partner für eine Übungseinheit zu finden, blieb er allein. Die größte Schweinerei war natürlich, dass irgendjemand alle vier Reifen seines Wagens zerstochen hatte, der auf dem Parkplatz des Trainingsgeländes stand. Riemenschneider vermutete, dass dies ein Racheakt von enttäuschten Fans war, die Heimerdinger eine Quittung für das verlorene Spiel gegen Homburg ausstellen wollten.

»Mann, nimm das Ganze doch nicht so schwer. Nicht mehr lange und wir sind raus aus der Geschichte. Dann spielen wir für Schalke, für die Bayern oder für Barça. Dann heißt es: Adieu, FC und hallo, Welt.«

Riemenschneider boxte seinen Kollegen gegen den Arm und lachte. Der hob den Blick und starrte ihn mit verwässerten Augen an.

»Des pack i aber nemme«, sagte er leise. »Die ganze G'schicht … Wir sind zu weit ganga.«

Die Dame hinter dem Tresen stellte den Drink neben ihm ab. Heimerdinger warf einen Zehneuroschein auf die Theke, nahm sein Glas und sog an seinem Strohhalm wie ein Verdurstender.

Riemenschneider sah seinem Freund besorgt zu. Natürlich hatte er zum Teil recht. Sie hatten sich auf einen Handel eingelassen, der immer mehr aus dem Ruder lief. Sie hatten ihr Schicksal nicht mehr selbst in der Hand. Schon lange nicht mehr. Röder hatte das Sagen und bestimmte, in welche Richtung ihre Entwicklung verlaufen würde.

»Vom Saufen wird es auch nicht besser«, knurrte Riemenschneider und entwand Heimerdinger das Glas. Sie mussten einen klaren Kopf behalten.

»He, was soll denn des? Gib mir meinen Drink z'rück«, protestierte der Torhüter des FC. Er ließ sich von seiner Sitzgelegenheit fallen, kam auf wackeligen Beinen zum Stehen und baute sich vor seinem Teamkollegen auf. Er überragte ihn fast um einen Kopf, seine stattliche Größe und muskulöse Statur hatten schon manchem Gegner Ehrfurcht eingeflößt. Mit einer raschen Handbewegung kippte Riemenschneider das Glas und entleerte es auf den Boden.

Heimerdinger schaute einen Moment fassungslos zu, wie die Limonenscheiben und Eisstücke auf dem Spiegel der Flüssigkeit entlangschwebten. Nur langsam schien die Wahrnehmung seiner Augen bei ihm anzukommen, doch dann explodierte er. Mit einem wütenden Schrei stürzte er sich auf Riemenschneider und schlug ihm mit der Faust ins Gesicht. Es war ein heftiger Punch, der den Mittelfeldspieler an der Augenbraue traf.

Blut strömte über das Gesicht des Getroffenen. Mit offenem Mund sah Riemenschneider seinen Freund an, presste eine Hand gegen die Stirn.

»Bist du noch ganz dicht?«, schrie er. »Drehst du jetzt völlig durch?«

Heimerdinger stand ihm mit gesenkten Armen und geballten Fäusten gegenüber. Der Schrecken über seine Tat war ihm anzusehen, er atmete schwer. Ein Kreis an Neugierigen hatte sich um die beiden Kontrahenten gebildet, aber keiner der Schaulustigen machte Anstalten, die beiden voneinander zu trennen. Sensationslüstern lauerte das Publikum auf den nächsten Schlag.

»Des hab i … net … wella«, stotterte Heimerdinger und hielt dem Verletzten ein Papiertaschentuch hin. Riemenschneider ließ sich nicht auf die versöhnliche Geste ein und schlug nach der Hand.

»Lass mich bloß in Ruhe, du Arsch!«, kreischte er.

Zwei bullige Sicherheitskräfte bahnten sich eine Schneise durch die Menschentraube und bauten sich zwischen den beiden Streithähnen auf.

»Was ist hier los?«, schnauzte der eine Heimerdinger an.

»Nichts, alles in Ordnung«, erwiderte Riemenschneider und versuchte, die Blutung mit einem Taschentuch zu stoppen. »Ein kleiner Zwist unter Freunden.«

Der Ordner starrte auf die Cocktail-Pfütze am Boden, dann auf Riemenschneiders Wunde und dessen blutverschmierte Hand. Wie die Teile eines Puzzles setzte er die Bilder zusammen und kam zu dem Schluss, dass es wohl Heimerdinger war, dem der aggressive Part zukam. Eine Art, die er nicht dulden konnte.

»Okay, für dich ist der Abend hier zu Ende«, raunte er dem Torhüter zu, drehte ihm einen Arm auf den Rücken und führte ihn vor sich her. Heimerdinger brüllte vor Schmerz und ließ ein paar Flüche folgen.

Riemenschneider lief ihm hinterher. Er konnte seinen Freund jetzt nicht allein lassen. In diesem Zustand war

Heimerdinger zu allem fähig. Er musste verhindern, dass er etwas tat, was er am nächsten Morgen, nein, vielleicht sein ganzes Leben lang bereuen würde.

17

»Leutla, Leutla. Wenn die Menscha domols so g'songa hättet wie ihr heut, hättet se dem armen Jesus die Kreuzigung erspart. Der hätt sich totglacht. Was isch denn aber au los mit euch?«

Andreas Goettle sah seine Sängerinnen und Sänger des Kirchenchores ernst an. Die fünfzehn Damen und drei Herren senkten ihre Blicke betroffen auf die Notenblätter. Der Titelsong von »Jesus Christ Superstar« war ihnen regelrecht entglitten. Aus der dreistimmigen Hymne war ein polyfones Chaos entstanden, das auch der Dirigent nicht mehr in die tonalen Bahnen zurücklenken konnte.

Goettle schritt die Reihen ab wie ein General seine Truppen.

»Herr Merkle. Sie müsset mir bei Gelegenheit obedingt

die Nota zeiga, noch denne Sie heit g'songa hen. Es waret auf jeden Fall net die, die i austeilt hab.«

Ein unterdrücktes Kichern war aus der letzten Reihe zu hören. Goettle änderte seine Richtung, rauschte an seinem Chor entlang, bis er vor der Missetäterin stand, die meinte, sich durch ihr Gelächter über Herrn Merkle erheben zu können.

»Die Frau Haubensack, da lacht se. Dabei woiss i gar net, warum. Wenn Sie zufällig mol an Ton treffet, no saget Se ihm an schöna Gruaß von mir.«

Die Gescholtene verstummte und lief rot an.

»Mir hen nemme so viel Zeit, dann muss des sitza. A bissle mehr Disziplin wär also scho guad. Aber egal: Wie hoißt's im Brief des Paulus an die Philipper: Ich vergesse, was dahinten ist, und strecke mich aus nach dem, was da vorne ist. Bloß heit nemme. Hauet ab.«

Der Chor packte raschelnd seine Sachen zusammen, ein Mitglied nach dem anderen schlich mit hängenden Schultern an Goettle vorbei, murmelte einen kurzen Gruß und beeilte sich, aus seiner Reichweite zu gelangen.

»Frau Gerber und Frau Kachler, ihr bleibet do. Mit euch muss i no kurz schwätza.«

Die Hauptkommissarin und ihre Mitsängerin, eine stämmige Mittfünfzigerin mit modischem Kurzhaarschnitt, die ein marineblaues Kostüm trug, schauten verdutzt und nahmen wieder Platz. Goettle wartete, bis alle anderen den Gemeindesaal verlassen hatten, und schloss die Tür ab.

»Es gibt Neuigkeita im Fall Kaiser«, ließ er Greta Gerber wissen. »Die Frau Kachler war Teamsassischtentin bei der EVB, als der Kaiser dort g'schafft hot. Sie hot ebbes Interessantes rausg'fonda.«

Er nickte der vollschlanken Anna Kachler zu. Sie nahm ein Bonbon aus ihrer Tasche und steckte sich die Süßigkeit in den Mund.

»Ich bekomme immer so einen trockenen Mund beim Singen«, sagte sie entschuldigend und fing an. »Also, der Herr Kaiser war ja Prokurist bei uns. In der Position konnte er auch Sachen bestellen und Rechnungen unterschreiben. Und von diesem Recht hat er häufig Gebrauch gemacht.«

Hauptkommissarin Gerber sah Pfarrer Goettle an, der zufrieden den Schilderungen seiner Sopranistin lauschte.

»Ja und? Daran kann ich nichts Verdächtiges feststellen.«

»So weit wäre auch alles in Ordnung gewesen. Aber irgendwann, bei einer internen Prüfung, ist aufgefallen, dass viele Dinge, für die Geld geflossen ist, gar nicht geliefert worden sind.«

Greta entließ einen leisen Pfiff. Das war interessant, auch wenn dieser Hinweis ein wenig spät kam. Die Pressekonferenz wäre wesentlich befriedigender ausgefallen, wenn sie mehr Informationen für die Journalisten gehabt hätte. Mit den Ergebnissen der bisherigen Ermittlungen konnte sich keine Seite zufriedengeben, weder die Medienvertreter noch die Polizeidirektion.

»Was waren denn das für Sachen, die Kaiser bestellt hat?«, hakte die Hauptkommissarin nach.

»Oft waren es Computer oder Bürogeräte, aber er hat auch schon mal ein Auto oder eine Immobilie gekauft.«

Anna Kachler schüttelte den Kopf und bewegte das Bonbon im Mund geräuschvoll hin und her.

»Es konnte keiner glauben, dass er das gemacht hat. Der Herr Kaiser war so ein netter Mensch. Immer höflich und freundlich, immer gut drauf. Und großzügig. Der hat mir zu jedem Geburtstag einen Riesenblumenstrauß geschenkt. Das macht heute keiner mehr.«

Die Sopranistin zog einen beleidigten Flunsch.

»Und was geschah dann?«, bohrte Greta nach.

»Gar nichts!«, erwiderte die Teamsekretärin. »Man konnte ihm nichts nachweisen, weil eine Menge Unterlagen verschwunden sind. Die waren einfach weg. Von heute auf morgen.«

»Wie weg?«

»Weg halt. Nicht mehr da. Verschwunden. Futschikato.«

Greta Gerber erhob sich von ihrem Stuhl und lief in einem Halbbogen vor Anna Kachler auf und ab.

»Irgendwie verstehe ich das nicht. Da wird bei einer internen Prüfung festgestellt, dass ein leitender Angestellter Dinge bestellt, die nie geliefert wurden, und dann hat das keine Folgen? Die Unterlagen verschwinden, und man geht der Sache nicht vehementer nach? Das ist ja grob fahrlässig.«

Anna Kachler rutschte nervös auf ihrem Stuhl hin und her und sah Pfarrer Goettle an. Der gab ihr ein Zeichen, dass sie fortfahren solle.

»Ich dürfte Ihnen das gar nicht sagen, aber der Herr Pfarrer meinte, es käme beim Jüngsten Gericht gar nicht gut, wenn ich das für mich behalte. Am Ende lande ich noch im Fegefeuer, und ich kann doch Hitze nicht so gut vertragen. Da bekomme ich immer so kleine Wasserbläschen auf der Haut.«

»Selig, die rein im Herzen sind, denn sie werden Gott schauen«, schaltete sich der Geistliche ein. »Entlaschdet Se das G'wissa, Frau Kachler. Es isch zu Ihrem Beschda. Au für Ihr Haut!«

Greta Gerber sandte ihm einen strafenden Blick. Sie hätte dem Chorleiter gern entgegengehalten, dass seine Art der Einflussnahme vor dem Jüngsten Gericht sicher auch nicht so gut ankam, aber wenn es der Lösung des Falles diente, mussten sie moralische Bedenken wohl verwerfen.

»Es war halt so«, fuhr Anna Kachler fort, »dass wir kurz vor der Konzessionsverlängerung mit der Stadt Biberach standen. Einen Skandal konnten wir uns nicht leisten. Also hat man die Sache unter den Teppich gekehrt. Und als die Unterlagen weg waren, konnten wir ja sowieso nichts mehr machen.«

Greta Gerber schnaubte wütend. »Das ist ja ungeheuerlich. Und für Kaiser hatte das keinerlei Konsequenzen?«

Anna Kachler schüttelte den Kopf. »Nein, kurz darauf ist er ja bei dem Segeltörn verunglückt. Oder wie sich jetzt herausgestellt hat, doch nicht. Seltsam war auch, dass unser Chefcontroller Sebastian Strobel danach fristlos gekündigt hat.«

»Wann war das?«

»Ein paar Wochen, nachdem Kaiser verschwunden war.«

Greta Geber unterbrach die Wanderung durch die Gemeindehalle und dachte nach. Nach Anna Kachlers Schilderung war es ziemlich offensichtlich, dass Strobel mit Kaiser unter einer Decke gesteckt hatte. Womöglich hatte der Finanzmensch von den Transaktionen des Prokuristen gewusst und sie gedeckt.

»Wo ist dieser Strobel jetzt?«

Anna Kachler zuckte die Schultern.

»Der isch die rechte Hand vom Röder, dem Manager vom 1. FC Oberschwaben«, schaltete sich Andreas

Goettle ein. »Natürlich net offiziell. In Insiderkreisen isch bekannt, dass Röder in finanziellen Dingen koi besonderes Geschick hot. Also hot er sich jemand g'suacht, der des kann. Ond der Röder isch au bekannt dafür, dass er sehr großzügig isch.«

Und dann tauchte Kaiser plötzlich wieder auf und brachte das gesamte Konstrukt ins Wanken, dachte Greta. Womöglich hatte er Strobel gedroht, ihn ans Messer zu liefern, das gemeinsame Geheimnis zu verraten. Aber war die Angst vor diesem Verrat wirklich einen Mord wert?

Die Hauptkommissarin kam nicht dazu, den Gedanken weiterzuspinnen, denn in ihrer Tasche ertönte die »Bohemian Rhapsody« von Queen, der Klingelton ihres Smartphones.

Pfarrer Goettle faltete die Hände und richtete den Blick zur Decke des Raumes. »Vergib ihr, Freddie, dass sie dei Werk so entzaubert«, sagte er laut.

Greta wischte mit fahrigen Fingern auf dem Display herum und hielt sich das Telefon ans Ohr. »Ja bitte? Was? Wo? Ich bin schon unterwegs.«

Sie raffte ihre Unterlagen zusammen, warf sich den Sommermantel über, nickte Anna Kachler und Pfarrer Goettle zu und schickte sich an zu gehen.

»Was isch denn los?«, fragte Goettle.

»Meine Kollegen haben einen jungen Mann gefunden, der ziemlich übel zugerichtet in die Notaufnahme des Krankenhauses eingeliefert wurde. Offenbar wurde er Opfer einer Schlägerei«, antwortete Greta, ohne aufzusehen.

»Woiß mr scho, wer des isch?«

»Ein gewisser Maik Riemenschneider.«

»Des spielt beim FC im Mittelfeld«, klärte Goettle auf.

Greta Gerber starrte ihn an.

»Na, dann wird es aber wirklich Zeit, dass wir diesem Verein mal einen Besuch abstatten.«

18

Schneider erwartete seine Kollegin bereits im Wartebereich der Notaufnahme der Sana Kliniken in Biberach. Ein Paar saß verloren auf einer Bank vor dem Behandlungsraum und starrte nervös auf die geschlossene Glastür, hinter der hektische Betriebsamkeit auszumachen war.

»Das sind die Eltern von Maik Riemenschneider«, klärte Kommissar Schneider auf, noch bevor Greta die Frage stellen konnte.

»Wie steht es um ihn?«, presste sie leise hervor.

Die Mutter des Verletzten blickte auf, ihre Lippen bebten, die Hände waren in ein Taschentuch gekrampft. Ihr Mann hatte einen Arm um sie gelegt und streichelte sie.

»Nicht sonderlich gut«, flüsterte ihr Kollege und zog sie am Ärmel ihrer Jacke von den Eltern weg. »Er hat schwere Prellungen, einen Milzanriss. Das Schlimmste ist jedoch, dass er gefallen ist und mit dem Hinterkopf auf den Bordstein schlug.«

»Schädelfraktur?«

Schneider nickte. »Mit Verdacht auf Hirnblutung.«

Greta Gerber hielt sich entsetzt eine Hand vor den Mund. Sie wusste, dass eine solche Verletzung tödlich sein konnte. Es dauerte einen Moment, bis sie die Fassung wiedererlangt hatte.

»Gibt es Zeugen, die etwas zu dem Vorfall sagen können?«

Schneider nickte.

»Eine ganze Menge. Vor einem Lokal in der Consulentengasse ist es zu einem Streit zwischen Heimerdinger und einigen Fans des 1. FC gekommen. Erst flogen die Worte hin und her, dann die Fäuste. Riemenschneider wollte offenbar schlichten, bekam von beiden Seiten Prügel ab. Ein Zeuge will gesehen haben, dass er von Heimerdinger geschubst wurde und fiel. Danach hat sich der Täter vom Tatort entfernt, seinen Freund hat er liegen lassen.«

»So, jetzt reicht's«, explodierte Greta. »Diesem Verein werden wir sofort auf den Zahn fühlen«, ereiferte sie sich.

Eine Krankenschwester kam auf sie zugestürmt und mahnte sie streng zur Ruhe. Greta Gerber entschuldigte sich leise.

»Morgen früh sehen wir uns dort um«, wisperte sie Kollegen Schneider zu. »Da geht es doch nicht mit rechten Dingen zu.«

»Wenn Sie den Präsidenten sprechen wollen, dann brauchen Sie diesen Weg nicht auf sich zu nehmen«, erwiderte Schneider und wies mit dem Kopf hinter sie. »Da kommt er.«

Greta wandte sich um und sah einen beleibten, schwitzenden Mann in einem teuren Anzug, der mit hochrotem Kopf den Gang durchwalzte, sich unaufhaltsam auf Riemenschneiders Eltern zuschob, ihnen sofort die Hand drückte und ein Mantra des Bedauerns anstimmte.

Greta näherte sich dem Vereinsoberhaupt, zückte ihre Polizeimarke und stellte sich vor. Siegfried Röder sah sie mit verdutztem Blick an.

»Seit wann schaltet sich eine Hauptkommissarin bei einer Wirtshausschlägerei ein? Haben Sie zu wenig Streifenpolizisten, die das erledigen können?« Er lächelte schief.

Greta überhörte die Spitzfindigkeit, die in dieser Frage steckte.

»War es das? Eine Wirtshausschlägerei? Woher wissen Sie das denn? Waren Sie dabei?«, konterte sie.

Röder ließ sich nicht aus der Ruhe bringen. »Nein, war ich nicht. Man hat mich informiert, dass mit Maik etwas passiert sei, und da bin ich natürlich sofort gekommen, um meine Hilfe anzubieten.«

Er nickte Frau Riemenschneider zu und drückte ihre Hand.

»Wer hat Sie denn informiert?« Greta versuchte, nicht zu aggressiv zu klingen, aber dieser überhebliche, selbstverliebte Typ hatte so alles, um sie aus der Fassung zu bringen.

»Peter Stengle, ein Vorstandsmitglied des Vereins, der zufällig auch anwesend gewesen war. Einige Fans vom 1. FC haben Riemenschneider und Heimerdinger wohl verbal attackiert, und dann ist die Sache aus dem Ruder gelaufen. Aber halten Sie diese Umgebung hier für den richtigen Ort, eine Befragung durchzuführen?«

Er wies mit dem Kopf in Richtung Eltern. Greta fühlte, wie sich das Gift des schlechten Gewissens in ihr ausbreitete. Natürlich zeugte es nicht von großer Rücksicht, sich vor den Ohren der um das Leben ihres Sohnes bangenden Eltern Details zum Tathergang schildern zu lassen. Aber die Polizistin wollte sich von diesem Typen auch nicht maßregeln lassen.

»Dann besuchen Sie uns doch morgen früh auf dem Präsidium, dann können wir uns in Ruhe unterhalten«, presste sie hervor.

Siegfried Röder zog ein Etui aus der Innentasche seine Jacketts, entnahm ihm eine Visitenkarte und drückte sie der Hauptkommissarin in die Hand.

»Ich unterhalte mich sehr gern mit Ihnen, aber im Moment bin ich sehr beschäftigt. Rufen Sie meine Sekretärin an und lassen Sie sich einen Termin geben«, erwiderte Röder.

Greta unterdrückte mit Mühe eine Antwort, steckte die Visitenkarte ein und verließ mit einem »Wir sprechen uns noch« den Wartebereich.

»Ganz schön impulsiv, Ihre Kollegin«, raunte Röder Kommissar Schneider zu. »Aber sie hat einen schönen Hintern.«

Schneider wusste nicht, was er darauf erwidern sollte, und ging Greta Gerber hinterher.

»Was war das denn eben? Sie bitten Röder aufs Revier, ohne einen Grund dafür zu haben? Er ist weder Beschuldigter noch Zeuge, und selbst wenn, dann weiß er, dass er dieser Forderung nicht nachkommen muss. Fahr doch zu, du Flachwichser!«

Denis Schneiders Laune übertrug sich auf sein Fahrverhalten sowie das Benehmen den anderen Verkehrsteilnehmern gegenüber und bedurfte keiner besonderen Interpretationsgabe. Greta Gerber saß neben ihm und presste sich in den Sitz, um bei den rasanten Kurvenfahrten nicht im Fahrzeug herumgeschleudert zu werden.

»Okay, das war unprofessionell. Aber solche Typen wie Röder wirken wie ein rotes Tuch auf mich. Diese überhebliche Art, diese Selbstbezogenheit, dieses gespielte Gutmenschentum. Ich wollte ihn aus der Fassung bringen und bin gescheitert. Das ist aber kein Grund, die Unfallstatistik Biberachs erhöhen zu wollen.«

»Was wissen Sie denn schon von der Unfallstatistik in Biberach? Was wissen Sie überhaupt von hier? Von den Menschen? Von ihrer Mentalität? Von der Art, miteinander umzugehen. Nichts wissen Sie!«

Schneider brüllte diese Worte, und dieser Wutausbruch hatte ganz bestimmt nichts mit anderen Verkehrsteilnehmern zu tun.

»Sie kommen hierher und denken, Sie haben alles im Griff. Aber Sie verstehen gar nichts. Der Röder, zum Beispiel, das ist ein ganz wichtiger Mann für die Region. Ein Macher, einer, der etwas aufbaut. Mit allerbesten Kontakten ins Ausland. Einer, der eine Menge Geld in den Verein buttert, um Bundesliga-Fußball nach Oberschwaben zu bringen. Einer, der jungen Spielern ein Sprungbrett bietet, ihnen die Chance gibt, sich bei erstklassigen Vereinen zu bewerben. Einer, der Kindern mit Migrationshintergrund eine Chance der Integration aufzeigt. Und nur, weil Sie ihn nicht leiden können, gerät er unter Verdacht.«

Schneiders Kopf schien platzen zu wollen, an der Schläfe war eine Ader hervorgetreten.

»Ach, und Sie sind so ganz frei von Vorurteilen, ja? Ich sage nur: Arthur Kessler. Der passt doch auch nicht in Ihr kleines, spießiges Weltbild. Eine ältere Frau liebt einen jüngeren Mann, wie obszön ist das denn? Da ereifert sich der Kollege Schneider, dem muss Einhalt geboten werden. Aber wenn ein Schmierlappen sich aufführt, als sei er unfehlbar, da machen Sie die Augen zu. Kann schon sein, dass ich die Menschen hier noch nicht ganz durchschaue, aber ich habe ein ziemlich gutes Gespür für Menschen, die Dreck am Stecken haben.«

Schneider verfiel in eisiges Schweigen. Seine Kiefermuskeln zuckten, er atmete schwer. Er starrte durch die Windschutzscheibe und ignorierte sogar, dass ihm ein Lkw die Vorfahrt nahm. Greta Gerber bedauerte, dass sie so ungehalten reagiert hatte.

»Mensch, Schneider. Seien Sie doch nicht sauer. Das ist mir alles so rausgerutscht«, versuchte sie sich an einer Entschuldigung.

Schneider starrte wortlos auf die Straße. Er schaltete einen Gang zurück, drückte auf das Gaspedal, um das letzte gelbe Winken der Ampel hinter sich zu lassen.

»Meine Güte, wieso geben Sie mir denn keine Chance, hier anzukommen? Liegt es daran, dass ich eine Frau bin und die Ermittlungen leite? Stinkt Ihnen das?«

Schneider legte eine Vollbremsung hin und lenkte den Wagen an den Straßenrand. Er zog die Handbremse mit einem übertriebenen Ruck an. Seine Mundwinkel zitterten, als er seinen Zeigefinger gegen sie stieß, als wollte er sie damit erdolchen.

»Mir stinkt, dass ich seit Jahren hingehalten werde. Dass mir immer wieder versprochen wird, dass ich Leiter des Kommissariats werde. Und dann ist es endlich so weit, der Posten wird frei – und was passiert? Sie bekommen den Job. Eine Wildfremde, die nichts und niemanden kennt. Die noch nicht einmal die Sprache der Leute spricht. Die grade mal über zwei Jahre mehr Berufserfahrung verfügt als ich. Das hat keiner verstanden, am allerwenigsten ich.«

Das war es also. Schneider sah sich als Übergangener und kanalisierte seine Enttäuschung in der Wut auf Greta. Sie versuchte, ihm zum Trost eine Hand auf den Oberarm zu legen, doch er schüttelte sie ab.

»Mann, Denis. Nehmen Sie das doch nicht persönlich. Es wird Gründe für die Entscheidung gegeben haben. Dafür bin ich doch nicht verantwortlich.«

Schneiders Antlitz verfinsterte sich.

»Die Gründe gab es wahrscheinlich. Aber ich glaube, die lagen nicht in der fachlichen Qualifikation, nicht wahr? Da habt ihr Frauen doch eure Methoden …«

Greta brauchte einen Moment, bevor sie das fiese Grinsen in seinem Gesicht richtig deutete.

»Sie glauben doch nicht etwa … dass ich und Seidel … Wissen Sie was? Ich glaube, Sie haben sie nicht mehr alle«, knurrte sie, stieß die Tür auf und hastete davon.

Schneider sah ihr noch einen Moment nach, dann startete er den Wagen. Mit quietschenden Reifen fädelte er sich in den Verkehr ein.

19

Greta Gerber war nach dem Disput mit Schneider ziellos durch die Nacht gelaufen. Eigentlich wollte sie direkt ins Kommissariat zurückkehren und die Fahndung nach Thomas Heimerdinger einleiten oder sich einen Dienstwagen nehmen und ihm einen Besuch abstatten, doch sie war zu wütend, zu aufgebracht, zu enttäuscht und schließlich auch zu verletzt, um den Dienst weiterzuführen, als wäre nichts geschehen.

Am Bramweg war sie zur Riß hinuntergegangen, hatte dem Gemurmel des Flusses zugehört und ihm schließlich ihre Fragen gestellt: Was mache ich falsch? Warum klappt es bei mir nicht im Leben? Im Beruf? In der Liebe? Warum ecke ich überall an? Was will ich hier in dieser fremden Umgebung, in der ich nicht erwünscht bin?

Sie hatte mit Mühe gegen die Welle von Selbstmitleid angekämpft und war letztendlich von ihr überrollt worden. Tränen rannen über ihre Wangen. Sie dachte an ihre Eltern und an ihre Freunde, die sie in Freiburg zurückgelassen hatte, und ertappte sich dabei, dass sie Richard herbeisehnte. Oder irgendjemanden, der sie in den Arm nahm und tröstete. Greta fühlte sich unendlich allein, und diese Einsamkeit lag wie ein tonnenschweres Gewicht auf ihrer Brust.

Ein Paar, eng umschlungen, näherte sich, und Greta zwang sich weiterzugehen. Sie konnte sich nicht recht entscheiden, ob sie den Heimweg antreten sollte oder ob es sinnvoll war, in ihrem aufgewühlten Zustand im Büro aufzutauchen und Gefahr zu laufen, den Kollegen, womöglich sogar Schneider, über den Weg zu laufen. Diesem eifersüchtigen Provinzsheriff, der ihre Ernennung zur Teamleiterin als persönliche Niederlage ansah. Was konnte sie denn dafür, wenn er sich nicht durchsetzen konnte? Energisch wischte sie sich mit dem Handrücken über die Augen.

Ihre Entscheidung stand fest: Sie würde an ihren Arbeitsplatz zurückkehren, die neuen Ermittlungserkenntnisse durchgehen und den Fall lösen. Mit oder ohne Schneider. Biberach, zieh dich warm an!

»Frau Gerber? So spät noch unterwegs? Ist alles in Ordnung?«

Laura Behrmann sah die Hauptkommissarin besorgt an, als die das Büro betrat. Es sprach für die feinfühligen Antennen der jungen Frau, dass sie sofort bemerkte, dass mit der Chefin etwas nicht stimmte.

»Ja, alles klar. Es ist nur … Ich glaube, ich bekomme eine Erkältung«, erwiderte Greta Gerber leise und deutete ein Husten an. Sie blickte zu Boden, um der Kollegin keinen weiteren Anlass zur Interpretation ihrer Lage zu geben. Die geröteten Augen hätten sie womöglich verraten.

Doch Laura Behrmann wollte das Thema gar nicht weiter vertiefen. Aufgeregt legte sie der Hauptkommissarin eine Akte hin. Greta blätterte sich durch Fotos, die einen leeren, großen Parkplatz zeigten. Auf einem Bild war ein dunkler Fleck auf dem Asphalt zu sehen, auf einem anderen ein großer Stein.

»Was ist das?«, fragte sie.

»Das Blut, es stammt von Kaiser.«

Die junge Polizistin wies auf die erste Aufnahme, dann auf die zweite.

»Und das hier ist der Stein, mit dem Kaiser am Kopf verletzt wurde. Auch daran haben wir Blut gefunden. Und Fingerabdrücke, die wir jedoch noch nicht zuordnen konnten.«

»Gute Arbeit. Das bringt uns ein ganzes Stück weiter«, lobte Greta.

Die Kommissaranwärterin errötete. »Das ist noch nicht alles. Wir wissen auch, woher der Sack stammt, in dem Kaiser … äh … verpackt war. Er stammt aus dem Kieswerk an der Ehinger Straße. Wir haben Reste des Firmenlogos identifizieren können.«

Greta nickte anerkennend. »Sehr gut, Laura. Gehen Sie jetzt nach Hause, Sie haben genug gearbeitet. Morgen nehmen wir mal ein paar Leute mächtig in die Mangel. Da brauche ich Sie in einem ausgeschlafenen Zustand.«

Die junge Polizistin hob den Brustkorb und schien einen halben Meter zu wachsen. Ein stolzes Lächeln umspielte ihre Miene.

»Wir haben auch die Fahndung nach Thomas Heimerdinger eingeleitet. Zu Hause ist er nicht, das haben wir schon überprüft. Wahrscheinlich liegt er in einem Gebüsch und schläft seinen Rausch aus.«

»Ja, das ist zu vermuten. Oder er versucht abzuhauen. So wie es sich im Moment verhält, hat er Riemenschneider den Stoß versetzt, der ihn schließlich zu Fall gebracht hat.«

Laura Behrmann schaltete ihren PC aus, löschte das Licht ihrer Schreibtischlampe und warf sich ihre Jacke über die Schultern.

»Gut, wenn ich nichts mehr tun kann, dann würde ich jetzt wirklich nach Hause gehen. Meine Mutter hat gekocht: Laubfrösche.«

»Ach, isst man hierzulande das ganze Tier und nicht nur die Schenkel wie in Frankreich?«, erkundigte sich Greta mit nur kaum unterdrücktem Ekel.

Laura lachte. »Nein, nein, Laubfrösche sind so eine Art Krautwickel und wirklich sehr lecker. Ich kann Ihnen ja mal eine Portion mitbringen.«

»Au ja, die küss ich, und dann verwandeln sie sich in einen sexy Filderkrautbauern.«

»Das können Sie vergessen, habe ich schon alles versucht. Schönen Abend noch.« Laura Behrmann machte auf dem Absatz kehrt und verließ beschwingten Schrittes das Büro.

Na, wenigstens auf sie kann ich mich verlassen, dachte Greta und sah ihr nach. Sie zog Siegfried Röders Visitenkarte aus der Tasche und betrachtete sie lange. Sie musste unbedingt einen richterlichen Beschluss erwirken, um an die Verbindungsdaten herankommen zu können. Sie seufzte: Bei den TV-Kommissaren sah das immer so einfach aus, aber in der Realität hieß das: Fax an die Staatsanwaltschaft schreiben, Beschluss abwarten, an den Telefonanbieter herantreten. »Na ja, hab ja sonst nichts Besseres zu tun«, murmelte sie, spannte einen Briefbogen in die Schreibmaschine und begann zu tippen.

20

»So eine Scheiße.«

Siegfried Röder betrachtete seinen rechten Fuß, der im Begriff war, in einem Kuhfladen zu versinken. Auf Zehenspitzen stelzte er aus der Masse heraus und versuchte, seinen Schuh mit einem Papiertaschentuch zu reinigen, unterließ die Anstrengungen jedoch, als er bemerkte, wie wenig Erfolg er damit hatte. Fluchend schritt er auf das alte Wohnhaus des Heimerdinger'schen Gehöfts zu. Der Zahn der Zeit hatte heftig an dem Betrieb in Waldhofen genagt. Die Fassaden der Stallungen hatten Risse, auf den Dächern fehlten einige Schindeln. Eine von Autoreifen beschwerte Plane war notdürftig über einen Misthaufen geworfen worden, der hintere Teil des Hofes wurde offenbar als Schrottplatz missbraucht. Ein ausgeschlachteter VW Golf rostete seinem Zerfall entgegen, diverse Autoteile begleiteten ihn auf diesem Weg.

Walter Heimerdinger trat aus der Tür des Wohnhauses und stellte sich breitbeinig in den Rahmen. Röder versuchte sich an einem Lächeln und winkte. Der Alte kniff die Augen zusammen, spuckte aus und stemmte die Hände in die Hüften.

»Was gibt's?«, rief er Siegfried Röder zu.

Der Manager des 1. FC Oberschwaben wusste, dass der Großvater seines Schützlings nicht gut auf ihn zu sprechen war. Er wollte, dass Thomas den Hof übernahm, die Profi-Ambitionen seines Enkels und jeder, der diesen Gedanken befeuerte, waren ihm zuwider. Röders lobende Worte über Thomas' Talent und die blendenden Zukunftschancen konnten Walter Heimerdinger nicht überzeugen, und so kam es des Öfteren dazu, dass der Manager den Jungen regelrecht entführen musste, weil ihn der Großvater nicht zum Training oder zum Spiel gehen lassen wollte.

Röder wies auf seinen beschmutzten Schuh und lächelte: »Wenn der Tag so anfängt, kann der Rest ja nur gut werden. Soll ja Glück bringen, in Scheiße zu treten.«

Der Alte verzog keine Miene. »'s gibt aber au Leut', die hen emmer Scheiß am Schuah.«

Der Manager sah ein, dass es wenig Sinn ergab, an einem freundlichen Geplänkel festzuhalten, und wechselte in einen geschäftsmäßigen Ton.

»Ich muss mit Thomas sprechen. Es ist wirklich dringend.«

Er baute sich vor dem Landwirt auf, der ihm gerade eben bis zur Brust reichte, und blickte von oben auf ihn herab. Bei den meisten Menschen genügte es, standhaft zu bleiben und keinen Zweifel daran zu lassen, dass man keinen Widerspruch duldete, um sich den nötigen Respekt zu verschaffen, doch Heimerdinger senior ließ sich dadurch nicht aus der Ruhe bringen.

»Der Thomas isch net do«, grummelte er und spuckte abermals aus.

Röder musste sich zusammenreißen, um dem Alten nicht an den Kragen zu gehen oder ihn zumindest zur Seite zu schieben.

»Hören Sie«, brachte er mit unterdrückter Wut hervor, »ich wäre nicht hier, wenn es nicht wirklich wichtig wäre. Wo ist Thomas? Ich habe etwas mit ihm zu klären. Und zwar jetzt!«

Die letzten Worte waren schärfer ausgefallen als geplant, zeigten dennoch keine Wirkung.

Der Alte verschränkte die Arme vor dem Brustkorb, die Augen verengten sich zu Schlitzen. Sein Gesicht wirkte wie aus Holz geschnitzt.

»I han g'sagt, der isch net do. Ond dabei bleibt's.«

Heimerdinger drehte sich um, trat über die Schwelle und war im Begriff, die Tür zu schließen. Röder stellte seinen Fuß zwischen Tür und Rahmen. Er verzog das Gesicht vor Schmerz, als der Greis sich gegen das Holz stemmte.

»Verschwend von mei'm Hof, du Heidablitz. Du brengsch bloß Ärger«, knurrte Heimerdinger und verstärkte seinen Druck gegen das Türblatt.

Röder hielt dagegen, musste jedoch einsehen, dass er den Kräften des Landwirts nicht gewachsen war. Wenn er seinen Fuß behalten wollte, dann musste er zurückziehen. Die Tür fiel krachend ins Schloss.

Fluchend entfernte sich Röder vom Eingang und ließ seinen Blick an der brüchigen Fassade nach oben wandern. Auch das Wohngebäude war in einem baufälligen Zustand: An einigen Stellen war der Putz großflächig von der Wand gefallen, an den Fenstern blätterte die Farbe ab.

Im oberen Stockwerk bewegte sich eine Gardine, für einen kurzen Moment war der Schatten einer Person zu sehen.

»Thomas! Ich weiß, dass du da bist. Wir müssen dringend reden. Es ist sehr wichtig«, brüllte Röder.

Die Gardine bewegte sich nicht mehr, die Rufe verhallten ungehört. Röder nahm ein paar kleine Steine auf und warf sie gegen das Fenster in der oberen Etage. Sie verursachten nicht mehr als ein Klicken, und doch lösten sie etwas aus. Heimerdinger senior schob sich aus der Eingangstür des Hauses, ein doppelläufiges Gewehr im Anschlag.

Der Manager hob beschwörend die Hände vor die Brust. »Ganz ruhig, Heimerdinger. Machen Sie keinen Unsinn. Mit dem Ding könnten Sie ja auf Elefantenjagd gehen.«

»Die sen ja au ähnlich großkopfert wia du«, brummelte der Alte. »I zähl jetzt bis drei ond no bisch weg. So oder so.«

Kalter Schweiß rann Röder über den Rücken, die Haltung des Greises ließ keinen Zweifel, dass er durchaus in der Lage war, die Waffe zu gebrauchen. Er suchte noch einmal die Gestalt hinter den Gardinen, als er jedoch keine Regung sah, beschloss er, den Rückzug anzutreten.

»Gut, ich bin dann also mal weg. Aber wenn Thomas auftaucht, sagen Sie ihm bitte, dass ich mit ihm reden muss. Es geht um seine Zukunft.«

Er drehte sich um und schritt beherzt auf sein Auto zu. Nur keine Angst zeigen, in den Rücken würde ihm der Alte nicht schießen. Dennoch schlug sein Herz bis zum Hals, seine Handflächen waren klatschnass.

»Opa, jetzt tu des Deng weg. Du bisch doch net ganz bacha.«

Röder atmete auf. Die Stimme von Thomas Heimerdinger entschärfte die Situation. Er drehte sich um und sah, wie der Enkel dem Großvater das Gewehr entwand. Der Betagte wehrte sich heftig, unterlag jedoch schließlich den Kräften der Jugend, zischte einige Flüche in Röders Richtung und schlurfte ins Haus zurück.

Sein Enkel entlud die Waffe und stellte sie an der Hauswand ab.

Verlegen lächelte er Röder an. »Dr Opa. Langsam fangt er a zum spenna.«

Der Manager betrachtete seinen Schützling, an dem die Schlägerei in Biberach nicht spurlos vorbeigegangen war. Seine rechte Gesichtshälfte war rot und geschwollen, die Oberlippe war aufgeplatzt wie eine zu reife Kirsche. Die Haare des Torhüters standen ungeordnet vom Kopf ab. Offensichtlich hatte er noch nicht einmal Zeit gehabt, sich umzukleiden. Der linke Ärmel seines Hemdes hing nur noch an einem winzigen Stoffstreifen, auf der Hose zeugten dunkle Flecken davon, dass er zu Boden gegangen war.

»Was ist passiert?«, erkundigte sich Röder und sah Thomas besorgt an. Heimerdinger blickte leer in die Ferne und schwieg. Röder packte ihn an den Schultern und rüttelte ihn sanft.

»Maik ist im Krankenhaus. Es ist noch nicht klar, ob er durchkommt. Sie sagen, dass du ihn gestoßen hast und er mit dem Kopf aufgeschlagen ist. Warum denn nur? Was war da gestern los?«

Heimerdingers geschwollene Lippe zitterte.

»Hattest du wieder einen deiner Anfälle?«

»I woiß es it«, brach es aus dem jungen Mann hervor. Er drückte Röder zur Seite und rannte über den Hof. Der Manager folgte ihm schwerfällig, wich ungelenk Pfützen und herumliegenden Autoteilen aus. Im Kuhstall holte er ihn ein. Der beißende Gestank von Fäkalien kroch ihm in die Nase. Röder keuchte und verzog angewidert das Gesicht.

»Zwei Spiele noch, dann hast du das alles hinter dir«, sagte er und wies in den Stall. »Keine Kuhscheiße mehr, kein Ausmisten, kein Aufstehen um 5 Uhr. Die Japaner haben den Vertrag schon unterschrieben.«

»Welche Japaner?«, schniefte Heimerdinger.

Röder lachte und boxte den Jungen gegen den Arm.

»Ich habe einen Zweijahresvertrag bei den Urawa Red Diamonds für dich ausgehandelt. Das optimale Umfeld, um Profierfahrung zu sammeln. Danach bist du reif für den europäischen Spitzenfußball, das verspreche ich dir.«

Heimerdinger schien sich über diese Nachricht nicht recht freuen zu können. Er strich einer Kuh, die ihren Kopf durch das Gatter geschoben hatte, zärtlich über das Maul und ließ seine Blicke nervös im Raum herumflattern.

»Des erlaubt dr Opa nie. Der braucht mi aufm Hof. Der kann die Viecher nemme alloi versorga. Er isch alt, des isch zu viel für ihn.«

Resigniert ließ der junge Torhüter die Schultern sinken.

Siegfried Röder zog eine Schachtel aus der Manteltasche, förderte mit einer geschmeidigen Handbewegung einen Zigarillo hervor und steckte ihn mit einem Feuerzeug an. Er zog zweimal an dem Glimmstängel und ließ den Rauch aus der Nase strömen.

»Dein Großvater lebt nicht ewig«, begann er. »Willst du hier auf dem Hof versauern? Zwischen Kuhscheiße und Hühnermist? Bei deinem Potenzial?«

Siegfried Röder ließ die Worte wirken. Gespräche wie diese hatte er schon oft geführt, er kannte die Angst der jungen Spieler vor dem vermeintlichen Schritt ins Ungewisse. Die Sorge, nicht gut genug zu sein, es nicht schaffen zu können. Die Furcht vor der Einsamkeit in der Fremde, die Überwindung, sich von Freunden und der Familie verabschieden zu müssen, Verlustängste. Und klar, einige hatten wirklich nicht das Zeug dazu, eine

Fußballkarriere zu machen. Sie saßen dann bei den ausländischen Clubs auf der Ersatzbank, kamen nach Jahren frustriert und ohne Mittel nach Deutschland zurück, liefen dort maximal in den unteren Ligen auf und wurden erneut zum Spielball für Leute wie Röder.

Bei Thomas Heimerdinger war das anders. Er hatte Talent, Disziplin, Ehrgeiz und Ausdauer, um es schaffen zu können. Und er war klug genug, um zu wissen, dass alles im Leben seinen Preis hatte, den er bislang ohne Murren bezahlt hatte.

»Junge, in drei, vier Jahren verdienst du so viel Geld, dass dein Großvater seinen Most aus einem goldenen Eimer säuft. Du stellst ein paar heiße Miezen ein, die ihn und das liebe Vieh versorgen. Er wird mit einem Lächeln vor seinen Schöpfer treten.«

Thomas Heimerdinger blickte den Manager zornig an. »Schwätzet Se net so bled raus. I bin ihm einiges schuldig. I kann ihn net alloi lassa.«

Röder zog ein letztes Mal an seinem Zigarillo, stieß den Rauch aus und ließ den Glimmstängel in eine Lache fallen, in der er zischend versank.

»Ich weiß, er hat dich großgezogen. Er hat dich nicht in ein Heim gegeben, als deine Eltern bei diesem Autounfall ums Leben gekommen sind. Er ist ein toller Mann, keine Frage. Daher bin ich mir sicher, dass er für dich das Beste will. Was meinst du, wie stolz er sein wird, wenn du für Liverpool aufläufst. Oder für Barça, Marseille oder die Bayern. Das ist alles möglich. Wenn du willst, laden wir ihn zu jedem Heimspiel ein.«

Heimerdinger lächelte schwach, die Bilder schienen bei ihm anzukommen, und Röder wusste, dass der Junge nun an der Angel hing.

»Wir besorgen ihm eine Hofhilfe, die für ihn die schweren Arbeiten übernimmt. Ich kümmere mich darum. Ehrlich.«

»Barça wär scho geil«, flüsterte Thomas, und seine Augen glänzten.

Röder wechselte die Tonlage. »Allerdings gibt es da noch etwas, was zu klären ist. Hast du Maik gestoßen?«

Ein Schatten zog über Heimerdingers Miene hinweg. Es war ihm anzusehen, dass er versuchte, die vom Alkoholnebel verdeckten Schemen klarer zu sehen.

»I hab koi Ahnung, was passiert isch. Filmriss. I ben vor oiner Stond in mei'm Bett uffg'wacht. I woiß net, wie i hoimkomma ben. Und i hab erschd im Spiegel g'seha, warum mei Meggel so brommt.«

Röder packte den Jungen bei den Schultern.

»Konzentrier dich! Ihr hattet eine Schlägerei im ›Tweety‹. Jemand will gesehen haben, dass du und Maik zuvor schon Streit hattet. In einer Diskothek. Könnte es sein, dass du ihm eine gelangt hast? Hattest du wieder einen deiner Aussetzer?«

»I woiß es net. Ka scho sei. Es isch älles weg.«

Der Junge presste die Hände vors Gesicht und begann zu schluchzen.

Röder legte ihm tröstend einen Arm auf die Schulter. Wenn es ein Problem mit seinem Schützling gab, dann war es die anterograde Amnesie, unter der Heimerdinger litt. Er vergaß zuweilen Dinge, Gesprächsinhalte schienen bei ihm zum Teil unverarbeitet durch den Schädel zu rasen. Hinzu kamen diese Anfälle von ungezügelter Wut, die ihm auf und neben dem Sportplatz schon einigen Ärger eingebracht hatten. Der Psychiater, den Röder um Rat gefragt hatte, vermutete, dass der Unfall, den der Junge als einziger Insasse des Pkws mit einer schweren Gehirnerschütterung überlebte, ein Trauma ausgelöst hatte. Vielleicht war auch eine Hirnregion nachhaltig verletzt worden. Genau ließ es sich nicht sagen, denn Heimerdinger verweigerte jegliche Untersuchung.

Röder betrachtete den jungen Mann, der in diesem Moment trotz seiner stattlichen Größe an einen kleinen Jungen erinnerte, der beim Äpfelstehlen erwischt worden war und nun auf seine Strafe wartete. Die muskulösen Arme hingen schlaff am Körper herunter, den Kopf hielt er gesenkt. Dem Manager war klar, dass er ihn aufrichten musste. In dieser Verfassung war er für ihn nicht zu gebrauchen.

»Wir müssen jetzt kühlen Kopf bewahren, Thomas«, beschwor er den Jungen. »Wir kriegen das alles hin, verstehst du? Wir sind doch ein Team, oder? Ein ziemlich gutes noch dazu, was?«

Röder fasste in Heimerdingers Haare und zog seinen Kopf nach oben, damit er ihm direkt in die Augen sehen musste. »Es ist ziemlich sicher, dass die Polizei demnächst hier aufkreuzt. Am besten, du sagst gar nichts. Hast du verstanden? Gar nichts. Um alles andere kümmere ich mich.«

Thomas nickte schwach.

»Mach dir keine Sorgen. Ich hab schon ganz andere Dinge geschaukelt.« Siegfried Röder schlug dem Jungen zum Abschied nochmals auf die Schulter und watete zum Auto zurück.

21

Greta Gerber und Laura Behrmann standen vor dem Hochhaus in der Hochvogelstraße, Ecke Krummer Weg, und starrten auf die ausgeblichene blau-weiße Fassade des Gebäudes. Graue Balkone sangen ein Lied der Tristesse des Wohnorts, und selbst das üppige Grün des Rasens konnte dieser hoffnungsleeren Melodie keine heitere Note hinzufügen.

Auf einer Schaukel vor dem Haus saß eine Mutter mit einem kleinen Kind; ein betagter Herr schlurfte langsam vorbei, ohne die Polizistinnen aus seinen Augen zu lassen.

»Nicht sehr einladend, diese Gegend«, sagte Greta.

Sie wusste, dass der Stadtteil »Weißes Bild« hieß, doch diese Unschuldsanmutung, die der Name vermuten ließ, entsprach ganz und gar nicht der Realität. Die Kollegen der Schutzpolizei wurden oft zu familiären Streitigkeiten gerufen. Immer wieder wurden Wohnungseinbrüche und Autodiebstähle gemeldet, kleinere Drogendelikte und häusliche Gewalt waren an der Tagesordnung. Überprivilegiert war hier niemand, umso erstaunlicher war es, dass ein Mann wie Strobel hier wohnte.

Die Hauptkommissarin hatte beschlossen, diesem ominösen Strobel, den sie bislang nur von Anna Kachlers Erzählungen her kannte, selbst auf den Zahn zu fühlen. »Röder scheint seinen Assistenten nicht besonders gut zu bezahlen. Luxusappartements sehen anders aus«, murmelte sie.

Schneider hatte sie auf Thomas Heimerdinger angesetzt, sie wollte ihn nach der wenig erbaulichen Unterredung vom Vortag nicht in ihrer Nähe haben. Und auch an ihrem Kollegen schien seine emotionale Eruption nicht spurlos vorübergegangen zu sein. Bei der Einsatzbesprechung hatte er sich extrem zurückhaltend gegeben, nur kleinlaut geantwortet und war ohne Widerrede ihrer Anweisung nachgekommen, den Torhüter nach den nächtlichen Ereignissen zu befragen und ihn, falls er kein Alibi vorweisen konnte, auf das Kommissariat zu bringen.

»Die Einschätzung der Situation überlasse ich natürlich Ihnen, Herr Schneider. Sie sind ja mit der Mentalität der Menschen sehr vertraut.«

Mit diesen Worten hatte sie ihn und Polizeiobermeister Fritz losgeschickt. Es war sonst nicht ihre Art, schnippisch zu sein, doch Schneider sollte ruhig merken, dass er zu weit gegangen war.

Gerber und Behrmann überflogen die unzähligen Klingelschilder, die nach Lage der Wohnungen geordnet waren, und fanden Strobels Namen in der Reihe der Erdgeschossappartements.

»Da wohnt man schon mal in einem Hochhaus und bekommt nur die Erdgeschosswohnung. Das hat was«, wisperte Greta ihrer Kollegin zu. Laura Behrmann grinste.

»Jaaa, wer is denn da?«, schepperte es aus der Gegensprechanlage. Im Hintergrund war giftiges Gebell zu vernehmen. »Halt die Fresse, Samson, sons gibbes was auf die Omme … Also, wer is da?«

Greta nannte ihren Namen, der Türsummer ertönte und die beiden Polizistinnen traten ein. Aus einer der Türen im Hochparterre lugte ein Blondschopf hervor, der zu einer aufgetakelten, offenbar vom Jugendwahn heimtückisch befallenen Dame gehörte. Sie hatte einen pinkfarbenen Hosenanzug an, den sie an einigen Stellen mehr als üppig ausfüllte und der in seiner Leuchtkraft nur noch von den goldenen Ballerinas an ihren Füßen und den orangefarbenen Fingernägeln übertroffen wurde.

Hoffentlich hat der Schönheitschirurg bei den Brüsten mehr Sachverstand bewiesen als bei den Lippen, dachte Greta und starrte auf die rissigen, dunkel umrandeten Schläuche, die den Mund dieser Grazie formten.

Zu ihren Füßen kläffte sich ein Chihuahua die Stimme aus dem Hals.

»Samson, Ruhe. Wat biste heute wieder für 'ne Nervensäge.«

Die Blondine packte den kleinen Hund am Strasshalsband und sperrte ihn in einen kleinen Raum. Das Bellen ging sofort in ein Winseln über. Sie kniff die mit Kajalstift schwarz umrandeten Augen fest zusammen, um Laura Behrmanns Ausweis zu prüfen.

»Polizei? Hab ich falsch geparkt oder was?«, krächzte sie.

Sie versuchte sich an einem Grinsen, was ihr jedoch aufgrund der übermäßigen Straffung der Gesichtshaut ein groteskes Aussehen verlieh.

Oh Gott, gleich fliegt uns ihr Gesicht um die Ohren, befürchtete Greta.

»Wir würden gern Sebastian Strobel sprechen. Es geht um die Mordsache Kaiser.« Laura Behrmann klang, als würde sie keinen Spaß verstehen.

Die Blonde drehte sich zur Seite, um die beiden einzulassen.

»Basti-Spatzi, kommst du mal?«, plärrte sie in die Wohnung. »Wir haben hohen Besuch! Staatsbesuch!«

Ihr Lachen torkelte mit der Hausherrin durch den Raum. Greta folgte ihr durch den Flur, in dem einige Umzugskisten standen, in eine Art Salon, dessen Einrichtung einem innenarchitektonischen Experiment glich. Über der antiken Sitzecke zerriss ein billiger Druck von Kandinsky die noble Stimmung, in den Bücherregalen eines schwedischen Möbelherstellers stapelten sich teure Bildbände angesehener Künstler. Auf dem Fenstersims rangen Salzkristalllampen und Steinbüsten um die Aufmerksamkeitskrone, und dem orientalischen Läufer entwich der Muff der Basare, die lange Zeit seine Heimat gewesen sein mussten.

»Setzen Sie sich doch«, raspelte die Blonde. »Mein Mann wird gleich da sein.«

Sie gab ein asthmatisches Geräusch von sich, das mit Mühe als Lachen durchgehen konnte. »Ich sage immer, dass Basti mein Mann ist, dabei sind wir gar nicht verheiratet. Nur verlobt.«

Sie hielt die rechte Hand in die Höhe, um den Ring an ihrem Finger zu zeigen, dessen Wert das Bruttoinlandsprodukt von Madagaskar locker übertraf.

»Schön haben Sie es hier«, sagte Greta Gerber und versuchte, möglichst nicht zu den Vorhängen im Paisleylook zu sehen, die im zarten Schweinchenrosa das Fenster einsäumten. »Das alles war bestimmt nicht billig.«

Die Blondine ließ sich auf einen Biedermeier-Hocker fallen, der unter ihrem Gewicht ächzte. »Das können Sie laut sagen. Alles Originale, jedes Stück. Na ja, fast alles. Aber der Basti arbeitet ja auch Tag und Nacht, damit wir es schön haben.«

»Was macht er denn so, Ihr Mann?«, schaltete sich Laura Behrmann ein. Sie stand vor einem an Kitsch nicht zu übertreffenden Ölgemälde, das eine Waldlandschaft zeigte, und betrachtete es mit scheinbarem Interesse.

»Na, er ist doch Talent-Scout für den 1. FC.« In der Antwort der Blonden schwang das unausgesprochene »Das weiß doch wohl jeder« mit.

»Und was macht er da so als Talent-Scout?«, hakte Greta Gerber nach.

»Ich sichte junge Spieler im In- und Ausland, um sie für unser Fußballinternat oder für die Mannschaft des 1. FC zu verpflichten.«

Die Antwort kam aus Richtung der Tür. Ein schmächtiges Männlein mit angegrauter Prinz-Eisenherz-Frisur stand am Eingang des Salons und blickte die Polizistinnen argwöhnisch an. Er trug eine graue Strickjacke zu einer schwarzen Stoffhose, dazu ausgetretene Slipper, und wirkte dadurch wesentlich älter, als er wahrscheinlich war. Greta schätzte ihn auf Anfang 50.

»Mit wem habe ich denn das zweifelhafte Vergnügen?«, ätzte Strobel.

Greta Gerber stellte sich und ihre Kollegin vor und spürte, dass die vermeintliche Selbstsicherheit aus der Haltung des Hausherrn wich.

Er stützte sich am Türrahmen ab, um lässig zu wirken. Allerdings missriet ihm diese Geste, es wirkte, als müsste er Halt suchen.

»Wir würden gern über Karlheinz Kaiser reden«, begann Laura Behrmann die Befragung. Ein winziges Zucken in Strobels Gesicht verriet, dass ihm das Thema unangenehm war.

»Ich habe darüber in der Zeitung gelesen. Seltsame Geschichte.«

Er schritt andächtig zu einem kleinen Tisch, auf dem

mehrere Flaschen angerichtet waren, entschied sich für einen billigen Whisky, schenkte sich einen Fingerbreit ein und hob das Glas.

»Möchten Sie auch einen?«

»Nein, das ist mir zu früh. Ich trinke erst ab 11 Uhr morgens«, erwiderte die Hauptkommissarin. Laura Behrmann unterdrückte mühsam ein Kichern.

»Waren Sie nicht erstaunt, dass Kaiser wieder aufgetaucht ist?«

Strobel nippte an seinem Glas. Es dauerte einen Moment, bis er sich zu einer Antwort durchrang. »Natürlich. Lizzy und ich waren geschockt. Nicht wahr, Liebes?«

Er wandte sich der Blondine zu, die bestätigend nickte.

»Ja, eine Tragödie. Was muss das für ein Schock für seine Familie gewesen sein. Erst tot, dann wieder nicht. Machst du mir ein Pralinchen, Basti-Engel?«

Basti seufzte, goss Cognac und einen Schluck Cola in einen Schwenker und reichte ihn seiner Frau. Mit abgespreiztem kleinen Finger führte sie das Glas zu den aufgeplusterten Lippen und sog geräuschvoll ein Pfützchen ein.

Greta beschloss, dem Kammerspiel des schlechten Geschmacks ein Ende zu bereiten. »Um es kurz zu machen, Herr Strobel. Wir wissen aus vertraulicher Quelle, dass Karlheinz Kaiser in seiner Zeit bei der EVB Geld unterschlagen hat, das sehr wahrscheinlich in die Finanzierung des 1. FC Oberschwaben eingeflossen ist. Sie saßen damals im Controlling und hätten eigentlich von den Transaktionen wissen müssen. Kurz nach der Nachricht von Kaisers Segelunfall kündigen Sie Ihre Stellung, um bei Röder anzuheuern. Irgendwie stinkt das zum Himmel, finden Sie nicht?«

Strobel verlor die Gesichtsfarbe. Seine Hand zitterte.

»Das ist … eine uralte Geschichte, eine Farce. Vermutungen, nichts weiter«, platzte es aus ihm so heftig heraus, dass selbst Lizzy-Darling ihr Pralinen-Schlürfen vergaß.

»Ich bin rehabilitiert. Es gibt keine Beweise für diese Anschuldigungen. Wenn an diesen Gerüchten etwas dran ist, dann trug allein Kaiser die Verantwortung. Er war ein schlauer Hund.«

»Vielleicht hatte er auch einen Mitspieler an der richtigen Stelle«, ergänzte Greta Gerber.

Strobel knallte sein Glas auf die Tischplatte und riss empört den Mund auf. Mühsam unterdrückte er seine Wut. Er ballte die Hände zu Fäusten, öffnete sie wieder und zischte wie eine alte Dampflok.

»Lassen wir die alten Geschichten zunächst einmal ruhen und wenden wir uns mal der aktuellen Lage zu. Kaiser verschwindet, wird für tot erklärt, taucht nach Jahren wieder auf. Was hätten Sie an seiner Stelle getan?«

Greta ließ Strobel keinen Moment aus den Augen. Jede Reaktion, jede noch so kleine Geste konnte einen Hinweis geben. Ihr Gegenüber bemühte sich noch immer, Souveränität zurückzuerlangen.

»Also ich hätte mal richtig einen getrunken und mir was zu pimpern aufgerissen. Du auch, Basti, gell?«, krächzte Lizzy-Bärchen auf ihrem Stuhl und gluckste.

Scheint nicht das erste Schnapspralinchen zu sein, das sie an diesem Morgen zu sich nimmt, dachte Greta.

»Also, ich würde meine Kompagnons von früher anrufen. Mal fragen, wie es denen so geht, was sie ohne mich machen«, beantwortete Laura Behrmann die Frage. »Hat sich Karlheinz Kaiser bei Ihnen gemeldet, Herr Strobel?«

Strobel verbarg sein Gesicht in den Händen. Jeder

Atemzug war mit einem Stöhnlaut verbunden, als würde ihm das Luftholen Schmerzen bereiten.

»Nein, nein, nein, er hat sich nicht gemeldet«, brachte er gedämpft hervor. »Und das ist auch gut so. Ich wollte mit ihm nichts zu tun haben. Er hat mich fast ruiniert, dieser Drecksack.«

Er ließ die Hände sinken und offenbarte den Polizistinnen eine Grimasse, in die sich die Pein der Erinnerung eingegraben hatte. Er warf sich in einen Armsessel und ließ den Kopf sinken.

»Was soll das heißen: Er hat Sie ruiniert?«

Strobel sah die Hauptkommissarin mit blitzenden Augen an.

»Was meinen Sie, was los war, als diese Gerüchte aufkamen, dass er die Firma betrogen hat? Sie sind nicht die Erste, die vermutet, dass ich in die Sache involviert war. Alle haben mich in die Mangel genommen, weil Kaiser ja nicht mehr greifbar war. Täglich war ich den Verhören von Prüfern ausgesetzt. Meine Mitarbeiter haben mich gemobbt, meine Vorgesetzten haben mir das Vertrauen entzogen. Journalisten riefen an, auch bei mir zu Hause. Nachts, am Wochenende. Das habe ich nicht ausgehalten. Es blieb mir gar nichts anderes übrig, als zu kündigen. Die haben mich fertiggemacht.«

Er atmete schnell.

»Natürlich habe ich seine Belege gegengezeichnet, wenn er einen neuen Computer bestellt hat. Oder wenn er eine Überweisung an irgendeine Firma getätigt hat. Er hatte die Vollmacht für diese Transfers, warum sollte ich ihm misstrauen? Und plötzlich hielten mich alle für einen Mittäter an Verbrechen, die niemals nachgewiesen werden konnten.«

Greta spürte die Verzweiflung, die in Strobels Worten mitschwang. Er war in eine Situation manövriert worden, die er nicht mehr hatte kontrollieren können, die ihn aus den gewohnten Bahnen geworfen hatte. Aber da war noch mehr. Wut, Hass, vielleicht auch ein Stück Angst.

»Die Beweise für die Unterschlagung fehlten, weil Unterlagen verschwanden.«

Strobel nickte und lächelte hämisch. Er verschränkte die Arme vor dem Brustkorb und sah Greta Gerber trotzig an.

»Falsch. Es gab bei der EVB zu keiner Zeit eine Unterschlagung. Es gab nur noch einen bedauerlichen Segelunfall eines leitenden Angestellten, den es zu betrauern galt.«

Er nahm einen mächtigen Schluck aus seinem Glas. Blondie zog eine Betroffenheitsschnute, wankte zum Schnapstisch und goss sich ein ordentliches Pralinchen ein, das die Verkleinerungsform eigentlich nicht mehr zu Recht trug.

»Und dann gab es noch einen Controller, der das Unternehmen freiwillig verließ.«

Strobel entließ einen Zischlaut. »Genau. Absolut freiwillig.«

»Und was geschah nach Ihrer Zeit bei der EVB? Was haben Sie getan?«, schaltete sich Laura Behrmann ein.

Strobel zupfte an der Ecke eines Zierkissens. Die Geste hatte etwas Gebrochenes, Anrührendes, wie man sie von einem Kind erwartet hätte, nicht jedoch von einem erwachsenen Mann.

»Es war eine sehr schwere Zeit für mich. Ich habe meine Arbeit bei der EVB geliebt. 22 Jahre habe ich dort gearbeitet, dieser Tage hätte ich mein 25-jähriges Dienstjubiläum begangen. Ich hatte Freunde in der Firma. Bis zu dieser Geschichte. Als ich gekündigt hatte, fiel ich in ein tiefes Loch. Depressionen, verstehen Sie? Klinikaufenthalt, Therapie, das ganze Programm. Und dann habe ich Siegfried Röder kennengelernt. Durch meine Frau. Sie hatte damals das Vereinsheim des FV Biberach geleitet, als es den Verein noch gab.«

Blondie erhob ihr Glas. »Mann, das war eine scheißgeile Zeit, da flog aber so was von die Kuh jeden Tag. Da war die Leber mal richtig auf Akkord eingestellt«, krähte sie und schob ein kehliges Lachen hinterher.

Mit einem zögerlichen »Bärchen, bitte« versuchte Strobel, seine »Gattin« zur Mäßigung zu ermahnen.

»Bin dir wohl wieder peinlich«, wimmerte Lizzy und stimmte ohrenbetäubendes Geheul an.

»Nein, so war das nicht gemeint.«

Strobel setzte sich neben seine Frau und streichelte ihre Wange, um sie zu trösten. »Sie müssen entschuldigen, ihr geht es zurzeit nicht so gut. Sie ist in einer schwierigen Phase.«

»Wechseljahre, da tanzen die Hormone Pogo. Aber das wird die Frau Kommissarin ja kennen, ne?«, schniefte Lizzy.

Greta Gerber schluckte trocken. So wirkte sie also auf ihre Außenwelt. Als sei sie in der Menopause. Na bestens.

Laura Behrmann rettete die Situation. »Was geschah, nachdem Sie Siegfried Röder kennengelernt hatten?«

Strobel lächelte und gewann einen Teil seiner natürlichen Gesichtsfarbe wieder. »Er hat mir Arbeit gegeben. Ich war zunächst für seine Buchhaltung zuständig. Komplettes Chaos, sag ich Ihnen. Da musste jemand mal

Ordnung schaffen. Das habe ich getan. Im Laufe der Zeit wurde ich so eine Art Assistent für ihn. Er nahm mich mit auf seine Geschäftsreisen. Wir haben in den VIP-Logen der größten Fußballvereine gesessen und mit wichtigen Leuten verhandelt. Dem Uli Hoeneß habe ich sogar einmal die Hand geschüttelt. Ein toller Typ ist das. Ein Macher. Einer, der weiß, was er tut.«

Der wegen Steuerhinterziehung im Knast saß, komplettierte Greta in Gedanken. Strobel blickte in seine Handfläche, als könnte er dort den Druck des ehemaligen Bayern-Managers noch spüren.

»Ja, und jetzt entdeckt Basti junge Kerle auf der ganzen Welt, die er nach Biberach holt«, schaltete sich seine Frau knarzend ein. »Den ganzen Tag ist er von knackigen jungen Burschen umgeben. Wenn das mal kein Traumjob ist. Das wär auch was für uns, Frau Kommissarin. Oder nich? Was für's Auge, wenn andere Körperteile schon nich mehr reagieren.«

Sie wankte ungestüm auf Greta Gerber zu und stieß in freundschaftlicher Absicht den Ellbogen in ihre Richtung. Sie verfehlte die Polizistin und geriet aus dem Gleichgewicht. Laura Behrmann stützte die Matrone und schob sie mit beiden Händen zurück in Richtung Stuhl, der einen Überlastungsseufzer von sich gab, als die Blondine darauf zurückplumpste.

Greta verdrehte die Augen, wandte sich dann jedoch dem Hausherrn zu: »Herr Strobel, ich muss Sie das fragen: Wo waren Sie in der Nacht von Dienstag auf Mittwoch, zwischen Mitternacht und 3 Uhr?«

Strobel fuhr nervös mit einem Finger über den Rand seines Glases. Seine Lippen bewegten sich, aber es kam kein Laut von ihm.

»Er war hier bei mir«, grölte Lizzy. »Wir haben gegaigelt wie die Weltmeister und uns ein paar Pralinchen gegönnt …«

Greta hob abwehrend die Hände vor den Körper. »Aha, ich dachte, bei Ihnen funktionieren einige Körperteile nicht mehr, wie sie sollten. Aber ersparen Sie mir die Details. So genau wollen wir es vermutlich gar nicht wissen.«

Laura Behrmann gluckste. »Gaigel ist ein Kartenspiel, Frau Hauptkommissarin.«

Greta sah die Assistentin verdutzt an, fand jedoch schnell ihre Fassung wieder. »Ach so, ja klar. Sie waren also die ganze Zeit zu Hause und haben Karten gespielt? Nur Sie und Ihre Frau? Die ganze Zeit?«

Ihre Frage richtete sie an Sebastian Strobel, der zögerlich nickte. Vorbehaltlose Zustimmung sieht anders aus, dachte Greta. Sie zog eine Karte aus der Innentasche ihrer Jacke und drückte sie ihm in die Hand.

»Wenn Ihnen noch etwas einfällt, dann rufen Sie mich bitte an.«

Sie gab Laura Behrmann ein Zeichen, dass es Zeit war aufzubrechen. Die junge Polizistin nickte Strobel und Lizzy zu und folgte der Kollegin zum Ausgang.

An der Garderobe stoppte die Hauptkommissarin und wies mit einer Hand auf die Umzugskisten. »Sind Sie noch am Einrichten oder ziehen Sie um?«, fragte sie.

Strobel nickte. »Ja, wir ziehen um. Das heißt, wir haben es vor. Endlich raus aus diesem dunklen Loch. Weg aus dieser Gegend. Sie macht mich krank.«

Eine tiefe Stressfurche bildete sich auf seiner Stirn, ganz so, als würde er von einem Migräneschub überfallen.

»Wohin geht's denn?«, setzte Greta nach.

»Nach Ummendorf. In die Nähe des Stadions. Da bin ich dann gleich vor Ort, wenn etwas ist …«

»Der Basti wird nämlich kaufmännischer Direktor oder so, wenn wir aufsteigen«, krakeelte Lizzy im Hintergrund.

»Das ist ja noch gar nicht sicher, Darling. Das steht ja nur so im Raum.« Strobel lächelte verkrampft und schob eine Kiste mit dem Fuß an die Wand.

Dem Widerstand nach zu schließen, war sie schon halb gefüllt.

»Glückwunsch. Na, dann muss die Mannschaft ja nur noch aufsteigen, was? Obwohl: Könnte schwierig werden ohne Maik Riemenschneider. Und ob Heimerdinger spielen kann …«

»Wir müssen aufsteigen, alles andere wäre eine Katastrophe«, ereiferte sich Strobel. »In den letzten beiden Spielen geht es um alles. Für die Spieler, für den Verein und für …«

»Sie«, ergänzte Greta.

Strobel nickte. »Ja, für mich auch. Es gibt Sponsorenverträge, die nur in der dritten Bundesliga gelten. Wir haben einige Spieler an der Hand, die nur zu uns kommen, wenn wir in der dritten Liga spielen.«

»Und Ihre neue Wohnung ist bestimmt auch nicht billig«, unterbrach Greta.

»Sie ist standesgemäß«, erwiderte Strobel verschnupft.

Greta Gerber betrachtete den abgestoßenen Kragen seines Hemdes und die ausgeleierten Bündchen seiner Strickjacke, legte sich einen Finger an das Kinn und warf einen Blick zu Laura Behrmann, die offensichtlich auf eine Anweisung wartete.

»Wissen Sie, wo sich Thomas Heimerdinger aufhält?«

Strobel verneinte.

»Wissen Sie was? Schreiben Sie mir doch kurz Ihre Mobilnummer auf. Nur für den Fall, dass wir noch Fragen haben«, sagte Greta.

Strobel klopfte seine Hosentaschen nach einem Stift und Papier ab und sah sich dann hektisch in der Garderobe nach den entsprechenden Utensilien um. Seine Bewegungen waren fahrig, er stieß eine Tasche um, aus der eine Menge ziemlich abgelaufener Schuhe herausfielen.

Laura Behrmann reichte ihm ihren Block mitsamt ihrem Bleistift.

Strobel atmete tief durch, stopfte die Treter wieder zurück und notierte mit zitternden Fingern seine Nummer auf ein Blatt. Dann gab er der Kommissaranwärterin ihr Schreibzeug zurück.

Die Hauptkommissarin nickte. »Gut, dann wünsche ich Ihnen und dem Verein viel Erfolg. Damit das alles so klappt, wie Sie sich das vorstellen.«

Strobel lächelte unsicher und hielt die Tür auf.

Greta Gerber spürte seine Blicke im Rücken, als sie sich vom Haus entfernte. »Bringen Sie den Block und den Stift zur Spurensicherung. Die sollen schauen, ob sie etwas Verwertbares finden. Fingerabdrücke, Hautschuppen oder Ähnliches«, sagte sie zu Laura Behrmann. »Und dann brauchen wir einen richterlichen Beschluss, um an die Verbindungsdaten seines Mobiltelefons zu gelangen. Würde mich interessieren, mit wem Basti-Darling vor und nach der Tatzeit telefoniert hat.«

22

»Herrschaftszeiten, jetzt sehen Sie sich diese Sauerei an!«

Denis Schneider betrachtete die Spitzen seiner Cowboystiefel, die unter der Matschschicht fast nicht mehr zu erkennen waren. Polizeiobermeister Fritz konnte sich ein Lächeln nicht verkneifen. Er war mit seinen ledernen »Knobelbechern«, die er aus alten Bundeswehrbeständen ersteigert hatte, auf der sicheren Seite. Was hatte der junge Hauptkommissar erwartet, wenn er einen Bauernhof besuchte? Einen mit Terrakottafliesen ausgelegten Weg, von Marmorsäulen begrenzt? Bei dem alten Heimerdinger wurde noch Landwirtschaft der alten Schule betrieben. Ursprünglich, naturverbunden und weitgehend frei von Modernität. Matschig.

Schneider ächzte, als er über den aufgeweichten Untergrund auf das Haus zuwatete. Einen Moment lang wünschte er, dass sich seine Kollegin Gerber für den Besuch auf dem Bauernhof entschieden hätte.

Die Polizisten mussten die Türglocke nicht bemühen, der alte Heimerdinger empfing sie mit einem grantigen »Was wellet ihr?«, noch bevor sie den Eingang erreicht hatten.

»Isch dr Thomas drhoim?«, fragte POM Fritz. »Mir müsset dringend mit ihm schwätza.« Er strich sich mit den Fingerspitzen über den Bart, als müsse er sich den Mund abwischen. In Wahrheit war es nur eine Verlegenheitsgeste, die seine Notlüge begleitete. Den Haftbefehl, den er und Schneider dabeihatten, ließ er unerwähnt.

Der Alte musterte die beiden Besucher von oben bis unten, verzog dabei jedoch keine Miene. Er spuckte zur Seite aus und verschränkte die Arme vor dem Brustkorb. »Was gibt's denn so Wichtigs?«, raunte er.

»Das besprechen wir dann mit Ihrem Enkel, wenn es recht ist«, schaltete sich Denis Schneider ein und betrachtete sein Schuhwerk. So wie es aussah, konnte er davon Abschied nehmen.

Aus den Augenwinkeln nahm er eine Bewegung am anderen Ende des Hofes wahr. Thomas Heimerdinger war aus dem Stall getreten, hatte die Polizisten entdeckt und spurtete nun in Richtung der Felder.

»Verdammter Mist!«, fluchte Schneider und stieß seinen Begleiter an. Beide hechteten dem Flüchtenden hinterher.

»Thomas, bleib standa!«, brüllte Fritz atemlos. Mit großen, schmatzenden Schritten überquerten die Verfolger den Hof, während der junge Mann seinen Vorsprung immer weiter ausbaute. Nur wenige Hundert Meter trennten ihn von einem Waldstück, und Schneider war klar, dass sie keine Chance hatten, ihn einzuholen, bevor er im dichten Grün verschwand. Es war anzunehmen, dass sich Thomas Heimerdinger darin auskannte wie kein Zweiter und dass es ein Leichtes für ihn war, sich dort zu verstecken.

Schneider blieb stehen, zückte sein Smartphone, um Verstärkung anzufordern. Kein Netz. Fluchend steckte er den Apparat zurück in seine Jackentasche.

»Mann! So ein Dreck!«

Polizeiobermeister Fritz hatte inzwischen auch eingesehen, dass er den jungen Mann nicht mehr einholen konnte. Er stützte die Hände auf die Knie und japste nach Luft.

»Sport steht wohl net uffm Lehrplan von dr Polizeischul«, krakeelte der alte Heimerdinger im Hintergrund und ließ ein röhrendes Lachen folgen.

Denis Schneider musste sich zusammenreißen, um den Spott nicht entsprechend zu erwidern. Mit ausholenden Schritten stapfte er auf den Landwirt zu.

»Es wäre besser, wenn Ihr Enkel freiwillig mit uns spricht. Er steht nämlich im Verdacht, Maik Riemenschneider ziemlich übel zugerichtet zu haben. Maik liegt im Krankenhaus, und es steht gar nicht gut um ihn. Und um Ihren Enkel auch nicht. Wir haben nämlich einen Haftbefehl gegen ihn.«

Heimerdinger senior errötete. Sein Gesicht verwandelte sich in eine Fratze des Zorns. »Mei Thomas isch an guader Bua. So was macht der it«, keifte er.

Schneider lächelte gequält. »Der gute Junge. Es gibt Zeugen, die ihn gesehen haben, Ihren guten Jungen. Und wenn das stimmt, dass er für Riemenschneiders Zustand verantwortlich ist, dann war dies heute für lange Zeit sein letzter Ausflug in den Wald.«

Er steckte dem Alten seine Visitenkarte in die Hemdtasche, brüllte »Wir fahren« in Richtung des erschöpften Polizeiobermeisters und watete zum Auto zurück. Fritz schlich mit hängenden Schultern hinterher.

»Mei Thomas isch unschuldig«, schrie Heimerdinger senior ihnen hinterher, als der Wagen den Hof verließ. Dabei rannen ihm Tränen über die Wangen.

23

Das Telefon klingelt. Angstatmung.

»Die Polizei war bei mir.«

»Na und? Was hast du erwartet? Sie haben einen Toten gefunden und klappern jetzt die Leute ab, die Kaiser gekannt haben. Was hast du Ihnen gesagt?«

»Nichts. Aber ich habe kein gutes Gefühl. Ich glaube, die wissen was. Wir müssen verschwinden.«

»Die wissen gar nichts. Wir können jetzt nicht abhauen. Es steht zu viel auf dem Spiel.«

»Was sollen wir denn nun tun?«

»Wir ziehen das durch. Und dann sehen wir weiter.«

»Ich habe eine Scheißangst.«

»Dreh bloß nicht durch. Ich habe alles im Griff.«

»Bist du sicher?«

»Todsicher!«

Bedrohliches Rauschen.

24

»Sag mol, kennet mir ons net oifach in ’ner normala Kneipe treffa wie alle andere au?«

Pfarrer Andreas Goettle zerstäubte mit einer wedelnden Handbewegung eine Rauchschwade und sandte einen strafenden Blick zum Verursacher, der neben ihm wie besessen an einer Wasserpfeife zog und den Raum einnebelte.

»Ich kann mich halt besser konzentrieren, wenn es um mich raucht und dampft«, erwiderte Frieder, der wie Goettle auf einem bunten Kissen am Boden saß und ebenfalls einen dünnen Schlauch mit Mundstück in der Hand hielt.

Das »Nofretete« in der Karpfengasse war die Lieblingsshishabar des ehemaligen Journalisten. Das lag nur bedingt an der spartanischen Einrichtung, die aus bunten Sitzkissen und Tüchern an der Wand bestand. Frieder hielt sich dort auf, weil die Betreiber nicht hinterfragten, welche Substanzen er der eigentlichen Aromenmischung beifügte.

Dieses Mal umwölkte ihn ein süßlicher Duft. Weihrauch nicht unähnlich, fand Goettle. Aber natürlich kannte er seinen Freund besser, gut genug, um zu wissen, dass es sich wohl eher um die Ernte von seiner Cannabis-Staude handelte, die in der monströsen Apparatur vor sich hin glomm.

Neben seinem Freund hatte sich ein junger Mann mit zerzaustem Haar und einem dichten Vollbart hingefläzt.

Die obere Hälfte seines Gesichts wurde von einer gigantischen Hornbrille bestimmt, hinter deren daumendicken Gläsern zwei monströse Augäpfel saßen. Er erinnerte ein bisschen an ein Koboldmaki-Äffchen, wobei dieser Vergleich für den Primaten einer Beleidigung gleichkam.

»Das ist Luka, ein PC-Spezialist, wenn man es so nennen will«, sagte Frieder und blies eine mächtige Rauchfontäne in den Raum. »Bei ihm habe ich mal einen Volkshochschulkurs ›Hacken für Anfänger‹ besucht. Er wird dir gleich etwas zeigen. Das haut dich um, sage ich dir.«

Als wollte er seinen Worten mehr Bedeutung verleihen, verlor Frieder das Gleichgewicht und kippte nach hinten. Kichernd blieb er auf dem Rücken liegen.

Luka starrte stumm vor sich hin, kramte einen Laptop aus seiner Umhängetasche, klappte ihn auf und bearbeitete mit flinken Fingern die Tastatur. Mit einem Knurrton wies er auf den Bildschirm und präsentierte das Ergebnis seines Tuns. Frieder berappelte sich mühsam, kniff die Augen zusammen und studierte die Zahlen und Tabellen, die Luka aufgerufen hatte.

»Ha!«, brüllte er und wies auf eine Zeile.

Goettle rückte näher an den Bildschirm heran.

»Was isch des?«, fragte er. Der Eintrag ergab für ihn keinen Sinn.

»Eine Wette.«

»Wie? A Wette?«

»Eine Wette auf ein A-Jugendspiel von Olympia Laupheim. Aus dem Jahr 2010. Das ziemlich ominös endete. Mit 1:4 nämlich, gegen den späteren Absteiger. Sieh dir mal die Quote an. Eins zu zehn. Auf ein A-Jugendspiel!«

Goettle verstand nichts, während Frieder den Eindruck vermittelte, als hätte er den Sinn des Lebens entschlüsselt.

»Du setzt einen Euro und gewinnst zehn. Wenn du gegen Olympia Laupheim gewettet hättest«, setzte Frieder nach.

Goettle schien unbeeindruckt.

»Jetzt überleg doch mal. Bei 100 Euro gewinnst du 1.000, bei 1.000 Euro 10.000 und bei 10.000 Euro sind es sagenhafte 100.000, die du einstreichst.«

Der PC-Freak tippte erneut Buchstaben und Zahlen ein. Dieses Mal grunzte er, als er ihnen das Display zudrehte.

»Schau dir das an«, kreischte Frieder, legte Goettle die Arme auf die Schultern und rüttelte ihn. »Das sind Ligabegegnungen vom 1. FC Oberschwaben. Alle mit sehr hohen Quoten und sehr, sehr seltsamen Spielverläufen. Hier, aus einem 0:3 wurde innerhalb von 15 Minuten noch ein 4:3. Und da: ein Elfmeter in der letzten Spielminute …«

Goettle befreite sich aus der Umklammerung seines Freundes, starrte die Einträge an, die sich ihm immer noch nicht erschlossen. Vor allem konnte er sich keinen Reim darauf machen, warum Frieder darüber so in Rage geriet.

»Jetzt mol langsam. Was soll des ålles? I begreif's net«, wandte er sich an seinen Freund, der dabei war, Rauchkringel in die Luft zu pusten.

Frieder sah seinem letzten Kunstwerk zu, wie es langsam seine Form verlor und gegen die Decke waberte. Er wandte sich an den Geistlichen. Sein Blick war ganz klar, er schien so nüchtern zu sein wie lange nicht mehr.

»Ich habe recherchiert«, begann er. »Mich hat interessiert, woher Kaiser und Röder das Geld hatten, um ihr Sportimperium aufzubauen. Gab es Hinweise darauf, dass es doch die Mittel waren, die Kaiser eventuell von der EVB abgezweigt hat? Oder gab es andere Quellen?«

Er nahm einen tiefen Zug aus dem Mundstück, das ihm Goettle genervt entriss. »Hör doch mol mit dem Gepaffe auf und erzähl weiter.«

Frieder starrte ihn verdutzt an, wollte den Schlauch wieder an sich bringen, doch Goettle drehte ihn aus dem Gefäß und feuerte ihn in eine Ecke.

»Spielverderber«, murmelte Frieder und schob beleidigt die Unterlippe vor. »Wie dem auch sei. Ich habe herausgefunden, dass es einen Geldgeber gab, der an den üblichen Werbemaßnahmen wie Bandenwerbung oder Anzeigen in der Stadionzeitung der Mannschaften nicht sonderlich interessiert war und trotzdem ungewöhnlich hohe Summen in den Verein investiert hat. Der Sportwettenanbieter ›Winner's Best Bet‹.«

Lukas Finger flogen wieder über die Tastatur, bis er einen Ächzer entließ und auf den Bildschirm wies.

Frieder näherte sich Goettles Ohr und senkte die Stimme. »Natürlich ist die Informationsbeschaffung nicht ganz legal. Wir mussten uns Zugang in das EDV-System von ›Winner's Best Bet‹ und dem 1. FC verschaffen, aber es hat sich gelohnt. Schau dir das an: ›Winner's Best Bet‹ hat die stolze Summe von 1,5 Millionen in den Verein investiert. In einen Viertligisten!!!«

Goettle starrte auf die Zahl, als könnte sie ihm Aufschluss darüber geben, wovon sein Freund sprach.

»Und was isch jetzt daran so aufregend? Außer dass ihr euch strafbar g'macht hen, indem ihr euch bei dem Verein und bei der Firma neig'schlicha hen?«

Frieder lächelte, und selbst Koboldmaki-Luka schien zu grinsen.

»Es ist nicht auszuschließen, dass zwischen der Sponsorenzahlung und den seltsamen Spielverläufen, an denen Mannschaften beteiligt waren, die unter Röders und Kaisers Einfluss standen, ein Zusammenhang besteht.«

»Du moinsch, die hen Spiele verkauft?«

Frieder stieß Luka an. »Ich glaube, jetzt hat er es begriffen.«

Luka quiekte, was wohl als Lachen interpretiert werden konnte.

Goettle schüttelte den Kopf. »No net ganz.«

»Es ist doch ganz einfach. ›Winner's Best Bet‹ bietet Spiele auf ihrem Internetportal an, die eigentlich einen klaren Sieger haben müssten. Entsprechend hoch ist die Quote, wenn man auf den Außenseiter setzt. Macht natürlich so gut wie keiner. Aber dann gewinnt die Mannschaft, die eigentlich gar nicht gewinnen kann, und spült denen eine hohe Summe in die Kassen, die auf sie gesetzt haben. Und natürlich dem Wettanbieter, der das ganze Geld der Tipper einstreicht, die falschlagen. Genau das ist passiert.«

»Ja, aber wie kann denn des sei? Des muss doch oiner kontrolliera. Gibt's do koin, der die Spiele beaufsichtigt?«

Frieder nickte anerkennend.

»Berechtigter Einwand. Normalerweise gibt es schon eine Kontrollbehörde. Wetten ist ja per se nicht verboten. Aber ›Winner's Best Bet‹ hat seinen Sitz in Singapur. Der Wettmarkt in Asien ist undurchschaubar. Aufsichtsbehörden haben da keine Chance zu prüfen, welche Spiele ausgeschrieben werden. Oder sagen wir es mal so: Selbst wenn es sie gäbe, würden sie bei einem gewissen Entgegenkommen womöglich nicht so genau hinsehen.«

Frieder rieb Daumen und Zeigefinger aneinander, um anzudeuten, dass die Aufsichtsbehörden an den Wettverschiebereien mitverdienten.

Er krabbelte in Richtung seines verloren gegangenen Mundstücks, säuberte es vorsichtig an seinem Hemdsärmel und drehte es wieder in die Wasserpfeife ein.

Goettle ließ ihn gewähren. Es war aussichtslos, Frieder von seinem Vorhaben abzubringen, seinen Geist durch bewusstseinserweiternde Substanzen auszudehnen. Vielleicht war er ja auf diese Art auf die Spur des Wettanbieters gelangt.

»Ja, ond wie fonktioniert des mit de Spiele?«, hakte Goettle nach. »A schlechte Mannschaft wird doch net plötzlich guad ond g'wennt gegen an Favorita. So was gibt's doch bloß em DFB-Pokal.«

»Richtig, mein lieber Andreas. Es sei denn, einige Spieler der guten Mannschaft bekommen Geld dafür, dass sie Fehler machen. Entscheidende Fehler, verstehst du?«

Goettle entließ einen kleinen Pfiff. »So was wie a Foul em Strofraum. Oder a Oigator.«

Frieder verschluckte sich an seinem Zug und bekam einen Hustenanfall. Goettle klopfte ihm auf den Rücken, bis der ehemalige Journalist mit einer Geste um Einhalt bat. Aus seiner Sicht war es wohl besser zu ersticken, als sich von einem Pfarrer das Rückgrat brechen zu lassen.

»Richtig. Aber es wird noch besser«, japste Frieder und gab Luka ein Zeichen, eine weitere Seite aufzurufen. Der junge Mann rülpste, als er am Ziel war.

»Sag mol, wo hosch denn den uffgabelt? Isch der aus em Streichelzoo ausbrocha?«, empörte sich Goettle über Lukas Benehmen.

Frieder winkte ab und wies auf den Bildschirm.

»Guck dir das lieber an. In letzter Zeit wurden öfters Spiele des 1. FC Oberschwaben auf der Plattform von ›Winner's Best Bet‹ platziert. Mit erstaunlichen Quoten gegen die Oberschwaben. Die seltsamerweise auch immer verloren.«

Goettle betrachtete die Begegnungen, die ihm vertraut vorkamen, er hatte darüber in der Zeitung gelesen. 0:1 gegen Offenbach, 2:3 gegen Eintracht Trier und 1:5 gegen Homburg.

»Trotz dieser Niederlagen lohnt es sich immer mehr, gegen den 1. FC zu wetten«, beantwortete Frieder Goettles ungestellte Frage. »Denn es gab ja auch andere Spiele, die gewonnen wurden. Die Mannschaft ist der Favorit, wenn es um den Aufstieg geht. Aber sieh mal …« Er wies auf eine zweite Zahlenreihe. »Es kann nicht nur auf Sieg oder Niederlage gesetzt werden, sondern zum Beispiel auch auf die Anzahl der geschossenen Tore in der zweiten Halbzeit. Oder auf die Menge an Gelben Karten in einem Spiel. Unglaublich, oder?«

Vor Goettles Augen tanzten und flirrten die Ziffern. Auch wenn ihm der Qualm das Atmen erschwerte und auch einen Teil seiner Konzentration raubte, so sah er doch klar.

Der 1. FC Oberschwaben, dieses Kunstprodukt von geltungssüchtigen Machern, war ganz offensichtlich in einen Wettskandal verstrickt.

Frieder flüsterte Luka etwas ins Ohr, der fiepte vor Begeisterung, und schon klapperte die Tastatur unter seinen Fingern. Mit einem »Tada« wies er auf den Zeitungsbericht, den er aufgerufen hatte.

»Schwarzer Tag für den FC« lautete die Überschrift, und die Unterzeile verriet, dass Riemenschneider und

Heimerdinger gegen Offenbach nicht in Hochform aufgelaufen seien und erheblich zur Niederlage beigetragen hätten.

Luka klickte weiter, rief einen weiteren Bericht auf und scrollte in die Zeile, in der Thomas Heimerdinger eklatante Fehler unterstellt wurden, die dazu geführt hätten, dass Eintracht Trier aus einem 0:2 Rückstand zur Pause noch 3:2 gewann. Goettle hob die Hand, mehr musste er nicht lesen.

»Du moinsch also, der Thomas b'scheißt sein oigena Verei?«

Frieder zuckte die Schultern. »Womöglich. Und vielleicht ist er nicht der Einzige.«

Der ehemalige Journalist tippte die Textzeile an, in der Riemenschneiders Leistungsverweigerung angeprangert wurde.

»Auch sein Name taucht immer wieder auf.«

»Dem Maik trau i des ja scho zu, dass der sich zahle lässt. Des isch a halbseidenes Bürschle. Aber em Thomas doch net. Der war doch emmer aständig. Außerdem war der lang Minischdrant bei mir.«

»Tja, Geld verändert den Charakter. Du weißt ja nicht, was ihm Röder alles versprochen hat.« Frieder war hinter der Rauchwolke, die er in den Raum pustete, kaum zu entdecken.

Und ich sah, und siehe, es kam ein ungestümer Wind von Mitternacht her mit einer großen Wolke voll Feuer, das allenthalben umher glänzte, und mitten in dem Feuer war es lichthell.

»Hesekiel 1,4«, murmelte Goettle und sah zu, wie sich das Gesicht seines Freundes langsam aus dem Dampf schälte und an Konturen gewann.

»Du meinst wohl Holstein Kiel? Nein, die spielen in einer ganz anderen Liga als der 1. FC.«

Goettle überhörte den unqualifizierten Einwand. »Du moinsch also, der Röder steckt hinter der Sach.«

»Da kannst du einen drauf lassen.«

Als wäre es sein Stichwort, gab Luka einen Darmwind von sich.

»Also ganz ehrlich, Frieder. Wenn de des Urviech no mol mitbrengsch, dann kündige ich dir die Freundschaft«, empörte sich der Geistliche.

Er sah den Computer-Nerd streng an, der mit unbeteiligter Miene vor sich hinstarrte. Der ehemalige Journalist schenkte dem Fauxpas seines Informanten keine Beachtung. Er erhob den Zeigefinger wie ein Lehrer, der zur Erklärung einer komplexen Mathematikaufgabe anhebt.

»Nehmen wir doch einfach mal an, dass Kaiser auch in diese Geschichte involviert war und seinen Kumpanen, aus welchen Gründen auch immer, gedroht hat, die Sache auffliegen zu lassen. Wer hätte das größte Motiv, ihn aus dem Weg zu räumen?«

Die Geräusche in der Bar schienen zu versiegen, nur das leise Blubbern am Nebentisch war zu vernehmen. Der Verursacher hielt inne, als sich alle Blicke auf ihn richteten.

»I würd saga: der Röder«, brachte Goettle hervor.

»Oder Heimerdinger.«

»Oder Riemenschneider.«

»Womöglich war es aber auch Kaisers Ehefrau. Beziehungstaten stehen nach den neuesten Auswertungen der Kriminalstatistik an dritter Stelle nach Habgier und Rache. Ein nicht unwesentlicher Einfluss hat bei diesen Fällen die Einnahme von bewusstseinserweiternden Substanzen, allen voran der Alkohol. Ein kausaler Zusammenhang jedoch zwischen der Abhängigkeit einer Person zu diesen Stoffen und seinem Potenzial, zu einem Mörder zu werden, ist jedoch völlig haarsträubend und kann wissenschaftlich nicht belegt werden.«

Goettle und Frieder starrten Luka an, als wäre er soeben der Wasserpfeife entstiegen und hätte sie nach drei Wünschen gefragt. Der war jedoch schon wieder in Lethargie verfallen und hinterließ den Eindruck eines Duracell-Hasen, dem man die Batterien entfernt hatte.

»Der kann schwätza«, wunderte sich Pfarrer Goettle laut.

»Hab ich nicht gewusst. Aber was er sagt, ist nicht dumm. Womöglich hat die Witwe auch ein Interesse daran, dass der für tot erklärte Gatte tot bleibt.«

Luka hämmerte erneut in die Tastatur und rief eine weitere Internetseite auf. Ilka Kaiser und Arthur Kessler strahlten dem Betrachter entgegen. »Dreharbeiten im Kieswerk Ehinger Straße gehen weiter«, lautete die Schlagzeile zu dem Bild.

»Du lieber Gott, isch des älles kompliziert«, kommentierte Goettle das Gelesene. »Wettbetrug, Mord, Geldgier. Sodom und Gomorrha sen ja a Pfarrgärtle gega onser Städtle.«

»Ja, ein wenig Beistand von oben wäre jetzt nicht schlecht«, erwiderte Frieder.

Goettle stand auf.

»Ja, aber irdischer Beistand duat's au. I gang zur Polizei.«

Fast zeitgleich erbleichten Frieder und Luka. Der PC-Spezialist quiekte, klappte seinen Rechner zu und schob ihn in Windeseile in seine Tasche zurück. Wie von der Tarantel gestochen sprang er auf, drückte sich an dem

Geistlichen vorbei und verschwand. Goettle sah ihm verblüfft hinterher.

»Was hot er denn?«

Frieder zuckte die Schultern. »Wahrscheinlich hat er Angst, dass du verrätst, woher du deine Informationen hast. Dir ist hoffentlich klar: Dieses Gespräch hat nie stattgefunden. Und vor allem nicht mit uns.«

25

Anwalt Klaus Behrens saß am Schreibtisch in Siegfried Röders Büro und prüfte die Vertragsunterlagen, die vor ihm lagen. Hin und wieder machte er eine Notiz an den Rand. Röder stand am Fenster und blickte in das menschenleere Stadion. Die neue Haupttribüne reflektierte das Licht der Morgensonne, der Platzwart zog seine Runden, um den Rasen für das letzte Heimspiel herzurichten. Ein Gefühl von Stolz durchflutete den Manager: Vor ihm lag sein Lebenswerk, und es würde noch größer werden. Bald schon würde der 1. FC Oberschwaben in den oberen Ligen angekommen sein, TV- und Sponsorengelder würden strömen, Spieler-Scouts aus der ganzen Welt würden anreisen, um seine Schützlinge unter Vertrag zu nehmen.

Sein Traum von einer Villa auf Ibiza mit eigenem Ankerplatz für sein Boot und mit einem funkelnden roten Ferrari in der Auffahrt könnte sich schon bald verwirklichen lassen. Dann hätte er es allen Kritikern gezeigt, die ihn immer noch als wenig erfolgreichen Immobilienmakler betrachteten und ihm mangelnden Sachverstand vorwarfen. Die Unkereien der Vereinsmeier, denen es am liebsten gewesen wäre, in der Bezirksliga zu versauern, würden endlich verstummen. Er hatte seine Vision durchgesetzt – und bald war es an der Zeit, dafür die Rechnung zu präsentieren.

Behrens unterbrach sein Gedankenspiel. »Ich habe in diesem ganzen Stapel keinen Vertrag für Riemenschneider gefunden. Habe ich den übersehen?«

»Riemenschneider ist Geschichte«, antwortete Röder, ohne sich umzudrehen. »Unreif, unzuverlässig und stinkfaul. Der schafft es nicht an die Spitze.«

»Aber vor einigen Wochen hast du noch gesagt, dass er bei seinem Talent bestimmt bald von einer europäischen Spitzenmannschaft entdeckt wird.«

Siegfried Röder drehte sich vom Fenster weg, durchschritt langsam den Raum und blieb vor dem Schreibtisch stehen.

»Talent reicht im Fußball nicht aus. Wenn du etwas erreichen willst, musst du über deine eigenen Grenzen gehen. Physisch wie psychisch. In deinem Kopf darf nur noch der Ball existieren, sonst nichts. Eltern, Freunde, Hobbys, Schule, Ausbildung, saufen, vögeln … Wenn es hart auf hart kommt, wenn du auf dem Sprung nach oben bist, darf das alles nicht interessieren. Sonst bleibst du auf ewig Amateur. Riemenschneider ist so einer. Sich mit ihm zu befassen, ist pure Zeitverschwendung.«

Behrens musterte seinen Klienten. Er meinte es ernst, Röder war kein sehr humorvoller Mensch. Die Menschen, die mit ihm geschäftlich zu tun hatten, mussten nach seinen Prinzipien funktionieren: diszipliniert, ausdauernd, erfolgsorientiert, loyal bis zur Selbstaufgabe. Röder war eine durch und durch dominante Persönlichkeit, die keine andere Meinung als die eigene zuließ. Wer sich ihm nicht unterordnen konnte, dem verweigerte er die Zusammenarbeit. Im besten Fall. Es war aber auch schon vorgekommen, dass der FC-Manager seinen wachsenden Einfluss in Wirtschaft und Politik geltend gemacht hatte, um Kooperationsunwillige zu ruinieren.

Behrens wandte sich wieder seiner Arbeit zu und blätterte das Vertragswerk von Thomas Heimerdinger auf. Der Junge war einer von Röders Lieblingen, der bereits in der B-Jugend bei ihm unter Vertrag genommen wurde und sich seither streng an die Vorgaben seines Managers hielt. Als er jedoch das Salär betrachtete, das der Torwart von seinem neuen Club Urawa Red Diamonds erhalten sollte, stutzte er. Er tippte seine Währungsrechner-App auf dem Smartphone an, gab die Zahl ein und schüttelte den Kopf.

»Ich glaube, bei dem Gehalt von Thomas ist dir ein Fehler unterlaufen. Entweder hast du die falsche Währung angegeben oder eine Null vergessen.«

Er wies auf die Ziffer vor sich, die Röder kurz betrachtete.

»Nein, das stimmt so.«

Behrens lachte auf. »Aber das kann doch nicht sein. Drei Millionen Yen im Jahr. Das sind noch nicht mal 25.000 Euro.«

»Der Thomas wird von mir unterstützt.«

»Ja, aber warum denn? Urawa spielt in der ersten Liga und wird sich doch ein anderes Gehalt leisten können …«

Röder schlug mit der Hand auf den Tisch. »Wenn ich sage, dass es in Ordnung ist, dann ist es auch in Ordnung, kapiert?«, raunzte er seinen Anwalt an.

»Schon gut, schon gut. Du wirst schon wissen, was du tust.«

Behrens zuckte mit den Schultern und legte das Vertragswerk auf den Stapel mit den erledigten Akten.

»Chef, da sen grad eine Dame und ein Herr von der Polizei komma, die möchtet Sie dringend sprecha«, schepperte Evelyn Seiferts Stimme aus der Gegensprechanlage. Der Manager drückte den Antwortknopf und knurrte: »Einen Moment noch«, in das Mikrofon.

Der Anwalt sah seinen Mandanten fragend an: »Polizei? Müsste ich etwas wissen?«

Röder winkte ab. »Es geht wahrscheinlich um die Sache mit Kaiser. Oder um den Überfall auf Maik. Was weiß denn ich.«

Behrens kannte den Manager gut genug, um zu erkennen, dass ihn der Besuch der Polizisten ein wenig aus dem Konzept brachte. Kleine Schweißperlen standen ihm auf der Stirn, rote Flecken am Hals signalisierten seine Erregung.

»Und? Muss ich was wissen?«, bohrte Behrens noch mal nach.

»Nein, zum Kuckuck«, brüllte Röder und ließ erneut seine Faust auf den Tisch krachen. Im gleichen Moment öffnete sich die Tür und Greta Gerber sowie ihr Kollege Denis Schneider schoben sich in den Raum. Eine sichtlich aufgebrachte Evelyn Seifert folgte ihnen.

»Herr Röder, wir haben nicht massenhaft Zeit«, fauchte die Hauptkommissarin den Manager an. »Mag sein, dass Ihre Schützlinge mehr Geduld aufbringen müssen, um bei Ihnen eine Audienz zu bekommen, meine ist aufgebraucht.«

Greta baute sich breitbeinig vor dem Schreibtisch auf und verschränkte die Arme vor der Brust. Ihr Kollege wirkte im direkten Vergleich eher eingeschüchtert.

Röders Überraschung wich so schnell, wie sie gekommen war. Er erhob sich aus seinem Stuhl, wies auf eine Sitzecke und säuselte seiner Sekretärin zu, sie möge die Herrschaften mit Kaffee versorgen.

»Das ist Frau Kommissarin … äh … Wie war gleich der Name?«, sagte er zu seinem Anwalt gewandt.

»Hauptkommissarin Gerber«, ergänzte Greta. »Und mein Kollege Schneider. Und Sie sind?«

»Das ist mein Anwalt, Herr Klaus Behrens. Es stört Sie hoffentlich nicht, dass er bei dieser Unterhaltung dabei sein wird. Setzen Sie sich doch.«

Denis Schneider wollte der Aufforderung nachkommen, doch der giftige Blick seiner Kollegin ließ ihn in der Bewegung erstarren.

Er konnte von Glück sagen, dass sie ihn zur Befragung mitgenommen hatte, nachdem er hatte gestehen müssen, dass ihm Thomas Heimerdinger entwischt war. Die Fahndung nach dem Jungen lief, doch offenbar verstand der die Kunst des Versteckspiels.

»Gut, kommen wir gleich zur Sache, Herr Röder. Wir haben einige Fragen, was den Mord an Karlheinz Kaiser betrifft. Zum Beispiel, wo Sie in der Nacht von Dienstag auf Mittwoch, zwischen Mitternacht und 3 Uhr waren?«

»Warum wollen Sie denn das wissen? Besteht ein konkreter Verdacht gegen meinen Mandanten?«, schaltete sich Klaus Behrens ein.

»Das wollen wir gerade herausfinden. Karlheinz Kaiser war ein ehemaliger Geschäftspartner von Herrn Röder, ist auf mysteriöse Weise verschwunden, taucht plötzlich wieder auf und wird umgebracht. Warum? Hat er Forderungen gestellt?«

»Du musst darauf nicht antworten, Siegfried«, riet Behrens seinem Mandanten.

Röder nickte selbstgefällig. »Ich weiß, aber es ist schon okay. Die Frau Kommissarin macht ja nur ihre Arbeit, und je schneller sie meine Antworten bekommt, desto eher ist sie aus meinem Büro wieder verschwunden und kann den Mörder fangen.«

Der süffisante Ton Röders traf Greta Gerbers empfindlichen Nerv. Sie rang um Fassung. »Also?«, bellte sie.

Der Manager zog einen in Leder eingebundenen Kalender aus der Tasche, befeuchtete einen Finger und blätterte um.

»Lassen Sie mal sehen. Dienstag auf Mittwoch. Ah ja. Da war erst die Besprechung mit Stefan Reuter …«

»Mit Stefan Reuter, dem Manager vom FC Augsburg?«, schaltete sich Schneider ein. Seine Augen glänzten wie bei einem Kind kurz vor der Bescherung an Weihnachten.

Röder nickte. »Ja, der Stefan ist an unserem Maik interessiert. Hoffentlich geht es ihm bald wieder besser. Eine schlimme Sache. Haben Sie schon einen Hinweis, wer ihn so zugerichtet hat?«

»Würden Sie bitte meine Frage beantworten: Wo waren Sie am Dienstag auf Mittwoch zwischen Mitternacht und 3 Uhr?«, grollte Greta.

Siegfried Röder genoss es sichtlich, dass er die Hauptkommissarin bis aufs Blut reizte. Er spürte, dass sie in ihren Ermittlungen noch nicht besonders weit gekommen war.

»Ach so, ja. Jetzt erinnere ich mich. Nach der Besprechung war ich im ›Grünen Baum‹ eine Kleinigkeit essen. Die haben da einen wunderbaren Rostbraten. Köstlich. Und selbst gebrautes Bier. Ein Genuss. Danach bin ich nach Hause gegangen.«

»Kann das irgendjemand bezeugen?«

Röder nickte. »Die Kellnerin vom ›Grünen Baum‹, ungefähr 20 Gäste und natürlich meine Begleiterin. Eine attraktive junge Dame namens Joanna. Eine Sängerin, der ich ein bisschen unter die Arme greife. Nicht nur finanziell.«

Greta Gerber hätte ihm gern das schmierige Lächeln aus dem Gesicht geschlagen, aber im Beisein seines Anwalts war das keine allzu gute Strategie.

»Und weiter?«

»Wissen Sie, ich kann so schlecht einschlafen, wenn ich mich einsam fühle. Und Joanna singt mir dann immer etwas vor. Sie ist wahnsinnig gut im Zubettbringen.«

Röder lächelte Behrens an, der verschämt auf die Tischplatte vor sich starrte.

»Wo finden wir diese Joanna?«, fragte Schneider. Er hatte einen Stift und einen Block gezückt, bereit, eine Notiz anzufertigen.

Röder zuckte die Schultern. »Wahrscheinlich ist sie zu Hause, wenn sie nicht gerade beim Shoppen ist. Oder im Fitnessstudio. Oder beim Friseur, im Nagelstudio. Oder in der Kirche. Oder im Studio. Wie gesagt. Ich lasse mich nur von ihr ab und zu ins Bett bringen. Sie ist mir keine Rechenschaft darüber schuldig, was sie tagsüber so treibt.«

»Was will sie denn in der Kirche?« Schneider war sichtlich irritiert.

»Beichten, Herr Kommissar, was sonst?«

Röder grinste. Eine Spur zu schmutzig, wie Greta fand.

»Bevor sie sich in weiteren Altmännerfantasien verlieren, kommen wir zurück zu unserem Fall. Wussten Sie, dass Karlheinz Kaiser noch lebt? Hatten Sie Kontakt zu ihm? Hat er sich bei Ihnen gemeldet, bevor er hier auftauchte?«

Behrens räusperte sich, wollte eben schon für seinen Mandanten antworten, doch Röders besänftigende Handbewegung ließ ihn verstummen.

»Ich muss Sie enttäuschen, werte Frau Kommissarin. Ich hatte mit Karlheinz Kaiser zum letzten Mal Kontakt, bevor er diese unsägliche Reise in die Ägäis angetreten ist, von der er nicht mehr zurückkam. Das ist vier Jahre her. Wenn ich gewusst hätte, dass er noch lebt, hätte ich ihm ordentlich den Marsch geblasen.«

»Ach ja? Wieso das denn?«

»Er hat eine Menge Trubel verursacht. Es kam der Verdacht auf, dass er das Geld, mit dem wir den 1. FC Oberschwaben und das Trainingscenter in Laupheim aufgebaut haben, bei seinem Arbeitgeber unterschlagen hat. Die Polizei hat hier alles durchkämmt. Man hat mich öffentlich einen Betrüger genannt. Meine Reputation stand auf dem Spiel. Und nicht nur meine. Sein Kollege Strobel hätte sich fast das Leben genommen. Und was macht dieser Kaiser? Er verschwindet sang- und klanglos. Taucht unter, lässt sich irgendwo die Eier kraulen, während hier fast alles zusammengebrochen wäre.«

Auf Röders Stirn bildete sich eine Zornesfalte. Behrens bemerkte die Bestürzung seines Mandanten und griff ein.

»Das Gerücht hat einige Verhandlungen mit Sponsoren blockiert. Herr Röder hat mit seinem Privatvermögen für den 1. FC Oberschwaben gebürgt, nur so konnte Schlimmeres verhindert werden.«

Greta Gerber stütze sich an der Kante des Schreibtischs ab und schob ihr Gesicht an den Manager heran. »Und dieses Privatvermögen, wie ist das entstanden? Lassen Sie mich raten: Durch Spielmanipulationen, die Sie initiiert und auf die Sie gewettet haben?«

Die Frage fiel wie ein Funke auf ein Pulverfass. Röder explodierte.

»Was erlauben Sie sich …«, brachte er wutschäumend hervor. Er war aufgesprungen und bebte am ganzen Leib.

»Du sagst jetzt nichts mehr«, riet ihm sein Anwalt und wandte sich Greta zu. »Diese Behauptung ist eine bodenlose Unverschämtheit. Und wenn Sie dafür keine Beweise haben, wäre es besser, wenn Sie jetzt gehen.«

Schneider wandte sich bereits zur Tür, doch Greta blieb an ihrem Platz.

Sie sah dem Anwalt in die Augen, als sie fortfuhr, den Sportmanager mit den Informationen zu konfrontieren, die sie von Pfarrer Goettle erhalten hatte. »Wir haben Hinweise darauf bekommen, dass auf dem asiatischen Wettmarkt hohe Summen auf Spiele des 1. FC Oberschwaben gesetzt wurden, die alle eine hohe Quote auf die Niederlage des Vereins aufwiesen. Zwei Ihrer Schützlinge, Maik Riemenschneider und Thomas Heimerdinger, waren an den besagten Tagen in auffällig schlechter Verfassung. Es ist nicht ausgeschlossen, dass sie hierfür

Geld bekamen. Könnte es sein, dass Kaiser davon wusste und Sie erpresst hat?«

Röder schwieg, doch es fiel ihm schwer, Ruhe zu bewahren. Sein Anwalt trat ihm zur Seite.

»Wir sind sehr gespannt, wie Sie das beweisen wollen.«

Greta wollte eben zu einer entsprechenden Antwort ansetzen, doch Schneider unterbrach sie.

»Was hatten Sie denn neulich nach dem Spiel gegen Homburg auf dem Parkplatz mit Thomas Heimerdinger zu besprechen? Er war ja ziemlich außer sich.«

Die Hauptkommissarin starrte ihren Kollegen an, als hätte er soeben verkündet, dass er in Wahrheit nicht Denis Schneider, sondern Kurt Wallander hieß. Es wurmte sie, dass er davon bislang nichts hatte verlauten lassen, aber sie hielt sich mit einer Maßregelung zurück.

Röder gewann seine Fassung wieder. »Der Thomas ist im Moment ein bisschen durcheinander. Er steht kurz vor dem Wechsel zu einem japanischen Erstligisten, der Großvater will ihn nicht gehen lassen. Und dann seine Krankheit …«

Röder wischte mit einer Hand vor seinem Gesicht herum, als wollte er damit andeuten, dass der Torhüter verrückt sei.

»Er ist ein Spitzenmann, aber er hat Aussetzer. Und das verzeihen ihm die Fans nicht. Sie haben Angst, dass es nichts wird mit dem Aufstieg, suchen einen Schuldigen für die zum Teil verheerende Leistung der Mannschaft. Das kann er nicht verkraften. Da braucht Thomas ab und zu meinen väterlichen Rat.«

Das Klingeln von Greta Gerbers Mobiltelefon unterbrach Röders Ausführungen. Sie nahm ab.

»Laura, was gibt's?«

Sie lauschte gespannt der Mitteilung der Kollegin, dann erhellte sich ihre Miene. »Maik Riemenschneider ist aus dem Koma aufgewacht, und sie haben ihn auf die Normalstation verlegt«, sagte sie zu Schneider. »Er ist noch nicht vernehmungsfähig, aber wir fahren trotzdem kurz vorbei. Und Sie, mein lieber Herr Röder, sollten sich zu unserer Verfügung halten.«

»Das geht nicht. Ich reise morgen nach Singapur«, sprudelte es aus dem Manager hervor.

»Das werden Sie nicht. Die Herren von ›Winner's Best Bet‹ werden sich ein wenig gedulden müssen.«

Greta lächelte, als sie die verdutzten Gesichter von Röder, Behrens und nicht zuletzt das von Schneider sah. Damit stand es in Sachen zurückgehaltene Information zwischen den Polizisten unentschieden.

Mit einem »Schönen Tag noch« ließ sie die Herren stehen.

26

Seit mehr als einer Stunde beobachtete er das Eingangsportal des Krankenhauses nun schon, sah Menschen hinein- und herausströmen. Besucher mit Blumen im Arm, einige mit besorgten Gesichtern, andere wiederum schienen sich auf die Begegnung mit den Patienten zu freuen. Die Kinder zum Beispiel, die völlig unbedarft den von kugelförmigen Leuchtkörpern gesäumten Weg entlang hüpften und munter drauflosplapperten.

Nachdem er vor den Polizisten geflohen war, hatte er sich im Wald versteckt, und als er sicher war, dass sie es aufgegeben hatten, ihn zu suchen, hatte er sich in Richtung Innenstadt fortbewegt. Langsam, wie ein wandelnder Schatten, immer auf der Hut. Sein innerer Kompass hatte ihn direkt vor das Spital geführt, und hier hockte er nun im Gebüsch, unsicher, ob er sich trauen sollte, seinen Freund zu besuchen.

Er wollte ihn sehen, ihn um Verzeihung bitten, auch wenn er nicht genau wusste, wofür er sich entschuldigen sollte. Vor den Bildern der Erinnerung hing ein blickdichtes schwarzes Tuch, das er nicht beiseite ziehen konnte.

Aber Maik war sein Freund, mehr noch, er war wie ein Bruder. Er konnte ihm nichts getan haben, es musste sich um einen Irrtum handeln, jemand musste ihn verwechselt und bei der Polizei angeschwärzt haben. Vielleicht ein Fan, der wütend auf ihn war.

Nun waren sie hinter ihm her, sogar hier im Krankenhaus suchten sie nach ihm. Er hatte den Polizisten erkannt, der vor einer halben Stunde mit einer Frau das Portal durchschritten hatte. Warum konnten sie ihn denn nicht einfach in Ruhe lassen? Er wollte doch nur zu seinem Freund, um zu sehen, wie es ihm ging. Ihm sagen, dass es ihm leidtat. Ihm zeigen, dass er da war.

Thomas Heimerdinger erschrak von dem knackenden Geräusch. Ungläubig besah er den trockenen Ast in seinen Händen, den er zerbrochen hatte. Unbewusst, unbemerkt, ohne Anstrengung.

Er duckte sich, als der Polizist und die Frau das gelb geklinkerte Gebäude verließen. Er sah ihnen nach, wie sie zum Parkplatz schlenderten, ihr Fahrzeug bestiegen und wegfuhren.

Dann fasste er den Entschluss. Er wollte zu Maik. Und zwar sofort.

27

»Gut, verschaffen wir uns noch einmal einen Überblick.«

Greta Gerber sah in die übermüdeten Gesichter ihrer Kollegen. Die Untersuchungen liefen auf Hochtouren, und der Druck der Öffentlichkeit wuchs. Täglich riefen Journalisten bei Kriminalrat Seidel an und verlangten Informationen, die Staatsanwaltschaft wurde unruhig.

Sie lief Gefahr, den Fall abgeben zu müssen, wenn sie nicht bald eine Spur vorweisen konnte. Das LKA hatte bereits Ermittlungen wegen des Betrugsverdachts gegen den Verein eingeleitet.

»Was ergab die Untersuchung von Strobels Telefon?«, fragte sie Laura Behrmann. Die Polizistin nahm eine Liste von ihrem Schreibtisch und überreichte sie der Hauptkommissarin.

»Er hat ziemlich oft mit Röder telefoniert, aber das ist ja auch nicht sehr überraschend. Schließlich haben die beiden geschäftlich miteinander zu tun. Ansonsten hat er mit einigen Spielern gesprochen, nichts Auffälliges. Seine Fingerabdrücke haben wir auch überprüft, aber nichts gefunden.«

Greta rieb sich die Augen. Wieder kein Anhaltspunkt.

»Wir haben auch den Anschluss von Röder auswerten lassen. Eigentlich mit dem gleichen Ergebnis. Telefonate mit Strobel, mit Spielern, mit Geschäftsleuten, viele davon im Ausland. Aber auch zwei Telefonate mit …«, Laura Behrmann setzte eine Pause, um die Spannung zu steigern, »… Ilka Kaiser. Und zwar am Tag vor dem Tod ihres Mannes und nach unserem Besuch bei ihr.«

Greta Gerber entließ einen leisen Pfiff.

»Das ist ja interessant. Da wird wohl jemand unruhig. Gibt es denn einen Hinweis, bei wem sich Kaiser gemeldet haben könnte. Irgendeine nicht zuordenbare Nummer?«

Laura Behrmann schüttelte den Kopf.

»Der Bericht von de Uffschneider isch jetzt au komma«, meldete sich Polizeiobermeister Fritz zu Wort.

»Von der Gerichtsmedizin«, ergänzte er, als er Gretas fragenden Blick sah. »Die hen Schmauchspura an Kaisers linker Hand festg'stellt. 's könnt also sei, dass er sich selbst erschossa hot.«

Greta schlug mit der flachen Hand gegen den Türrahmen.

»Jetzt hören Sie aber auf. Das ist doch absurd. Der Mann taucht vier Jahre lang unter, kommt wieder nach Biberach, um eine Pistole zu stehlen, mit der er sich auf dem Parkplatz des Stadions erschießt. Und danach hat er sich selbst in einen Sack gepackt, ein paar Steine dazugetan, ist zum See gerobbt und hat sich hineinfallen lassen. Menschenskind, Herr Fritz, was ergibt das denn für einen Sinn?«

Fritz senkte betroffen den Kopf. »I wollt's bloß g'sagt han.«

»Nein, er muss sich mit jemandem getroffen haben. Dass er eine Pistole dabei hatte, beweist, dass diese Begegnung wohl kaum freundschaftlicher Natur war. Er wollte irgendetwas erzwingen. Vermutlich ging es um Geld. Gibt es denn keine verwertbaren Reifenspuren, die einen Hinweis auf das Fahrzeug des Täters liefern können?«

»Na ja, Täter und Opfer haben sich auf einem Parkplatz getroffen. Da gibt es natürlich Reifenspuren. Aber welche gehören zum Fahrzeug des Täters?«, warf Laura Behrmann ein.

Hauptkommissarin Gerber massierte sich die Schläfen. Manchmal half ihr das beim Nachdenken.

»Okay, das bringt uns nicht weiter. Was wissen wir? Kaiser hatte unter seinen ehemals Vertrauten keine Freunde mehr. Seine Frau hatte ihn wegen seiner Affären aufgegeben. Strobel musste wegen des Verdachts, die Unterschlagung gedeckt zu haben, in die Psychiatrie, Röder musste sich des Vorwurfs erwehren, ein Nutznießer der angeblich nie stattgefundenen Unterschlagung zu sein. Alle drei haben also ein Motiv, ihn aus dem Weg zu räumen.«

»Weil die drei inzwischen einen Weg gefunden haben, ohne Kaiser und sein Geld auszukommen. Und sei es durch Betrug«, ergänzte Laura Behrmann. Sie tippte sich mit der ungespitzten Seite des Bleistifts gegen das Kinn und errötete, als sie Greta Gerbers anerkennenden Blick bemerkte.

»Das ist doch alles wachsweich. Wir haben keinerlei handfeste Beweise für die Unterschlagung und für die Spielmanipulationen auch nicht. Wir haben lediglich die Hinweise eines Pfaffen, der sich für Pater Brown hält. Und im Grunde ist das auch nicht unser Job, dafür sind die Jungs vom Betrug zuständig. Wir haben hier einen Mord aufzuklären und tappen völlig im Dunkeln. Wir wissen schlicht gar nichts.«

Schneider saß in einer völlig teilnahmslosen Haltung an seinem Tisch und bearbeitete einen Anti-Stress-Ball, den er mit festen Bewegungen durchknetete.

»Ich sag es mal so, lieber Kollege. Wenn Sie den jungen

Heimerdinger nicht hätten entwischen lassen, hätten wir auf jeden Fall einen Anhaltspunkt, was die Spielmanipulationen angeht«, entgegnete Greta Gerber scharf. »Der Junge ist nervlich angeschlagen, den können wir knacken. Aber dazu müssten wir wissen, wo er ist.«

Schneider erwachte aus seiner Lethargie und knallte den Anti-Stress-Ball gegen die Wand.

»Ja, schon gut. Sie hätten ihn natürlich gefasst. So antilopengleich, wie sie sich bewegen.«

Er stieß beim Aufstehen seinen Stuhl um und verließ den Raum.

»Wo gehen Sie hin? Wir sind noch nicht fertig«, brüllte ihm Greta hinterher.

Behrmann und Fritz schwiegen betroffen, die Atmosphäre schien durch die Spannung zwischen Gerber und Schneider elektrisch aufgeladen.

Greta schlich müde zum Flipchart, nahm einen Stift und schrieb die Namen Kaiser, Röder und Strobel auf das Blatt. »Okay, wir haben drei Verdächtige. Alle drei haben ein Alibi …«

»Aber keines davon ist sonderlich stabil«, fiel ihr Laura Behrmann ins Wort. »Kessler wird wohl kaum eine Aussage gegen die Frau machen, die sein Herzensprojekt finanziert. Pralinen-Lizzy dürfte bereits ab 15 Uhr so hackedicht sein, dass sie ihren Mann nicht vom Staubsauger unterscheiden kann. Lediglich Röders Alibi scheint ihn entlasten zu können.«

Greta Gerber erhob sich, zog ihre Jacke von der Garderobe und sah ihre Kollegen auffordernd an. »Und genau das gilt es jetzt zu überprüfen. Ich weiß, wo Joanna jeden Donnerstagabend arbeitet. Sie tritt im ›Lava‹ am Marktplatz auf. Kommen Sie mit?«

Der Schnurrbart von Polizeiobermeister Fritz wippte aufgeregt. »I han meiner Frau versprocha, dass i heut zom Veschper drhoim ben ond Faschdabretzla vom Bäcker Häring mitbreng.«

»Und was ist mit Ihnen? Wartet daheim auch ein Partner, den Sie abvespern müssen? Oder vielleicht noch ein Laubfrosch von Muttern?«

Greta Gerber richtete sich schon innerlich darauf ein, allein ins »Lava« zu gehen.

»Nö, ich habe heute Abend noch nichts vor. Ich komme mit«, antwortete Laura Behrmann zu ihrer Überraschung.

Greta Gerber lächelte.

»Gut, dann steht unserem Mädelsabend ja nichts mehr im Wege. Ich bin mir sicher, dass es an dem Ort, an dem Joanna auftritt, vor Kerlen nur so wimmelt. Schön für sie, schön für uns. Das Auge fahndet schließlich mit.«

28

Wie er daliegt. All diese Schläuche, die in seinem Körper stecken. Diese Apparate um ihn herum, der durchdringende Piepton, der den Rhythmus seines Atems durchbricht. Wie kann er bei diesem Lärm schlafen.

Der Mond ist aufgegangen …

Der Verband war wie ein Turban um seinen Kopf geschlungen. Wenn sich Maik so sehen könnte. Scheich Riemenschneider.

Thomas Heimerdinger grinste, doch ebenso schnell versiegte sein Lächeln wieder. Er nahm die Hand seines Freundes und drückte sie. Sie war kalt, kraftlos, als sei kein Leben mehr darin.

»Es tut mir alles so leid«, flüsterte Thomas. Er fühlte sich schuldig, auch wenn es keinen Anhaltspunkt gab, ob er für den Zustand seines Freundes verantwortlich war. Aber sie waren gemeinsam ausgegangen, und nun lag Maik im Krankenhaus. Er hätte besser auf ihn aufpassen müssen.

Wie blass er aussah. So blass konnte doch kein Mensch sein. Thomas schob seinen Kopf vor die Nase seines Freundes und spürte den leichten Luftzug, als Maik ausatmete. Erleichtert ließ er sich zurücksinken.

Die Türklinke wurde betätigt, ein schmaler Lichtschein schob sich in das Zimmer, ergoss sich in den Raum. Eine dunkle Gestalt glitt langsam der Lichtbahn entlang. Thomas ließ sich unbemerkt unter das Bett fallen. Gerade noch rechtzeitig, denn im nächsten Moment hörte er, wie sich die Tür schloss. Schritte näherten sich, Thomas erkannte schwarze Lederschuhe. Nicht sonderlich gepflegt und ganz bestimmt nicht neu.

Die Schuhe schoben sich noch näher an das Bett heran, und Thomas unterdrückte seinen Atem, um nicht Gefahr zu laufen, entdeckt zu werden. Die Matratze über ihm setzte sich in Bewegung. Ein Schaukeln, erst ganz leicht, dann heftiger. Sie kam näher, in immer schnelleren Intervallen hob und senkte sie sich. Eine Panikwelle erfasste ihn, er versuchte, sich aus seinem Versteck zu befreien. Sein Puls raste. Die wogende Matratze klemmte ihn ein, ohne ihn zu berühren. Er hörte ein gedämpftes Stöhnen, im Duett mit einem Keuchen, leise Schreie. Über ihm vollführte die Matratze einen wilden Tanz, er bekam keine Luft mehr.

Der Knall der Airbags. Der Geruch von Benzin.

Leise Schreie, noch mehr Keuchen.

Mama. Papa. Das viele Blut.

Die Stöße der Matratze wurden schwächer, blieben endlich ganz aus.

Stille. Pfeifton. Ohne Rhythmus. Schnelle Schritte.

Thomas schob sich unter dem Bett hervor. Die Tür zu Maiks Zimmer stand auf, ein Lichtstreifen, der durch den Spalt hereinflutete, schien direkt auf ihn zu deuten.

Da ist einer. Ein Junge. Auf dem Rücksitz. Er lebt.

Heimerdinger erhob sich. Das Kissen auf Maiks Gesicht, der durchgehende Ton, die Linie auf dem Monitor, der eigentlich seinen Herzschlag zeigen sollte. Maiks Arm, der schlaff über die Bettkante hing.

Er hob das Kissen an, sah in die Leere von Maiks geöffneten Augen. Es dauerte einen Moment, bis Thomas Heimerdinger begriff.

Einen Moment zu lang.

Die Schritte auf dem Gang, der Schreckensschrei der Schwester, die kräftigen Arme der Pfleger, die ihn in den Schwitzkasten nahmen, das Hämmern des Defibrillators, Maiks zuckender Leib. Noch mehr Schritte, noch mehr Geschrei, das Klicken der Handschellen, der fluchende Fahrer des Polizeiwagens, Fragen, Fragen, Fragen. Das Rasseln von Schlüsseln, der Schlag einer Tür, die ins Schloss fiel. Das alles schien nur Sekunden zu dauern. Und dann war Ruhe. Endlos.

29

Die Einrichtung des »Lava« war in schummriges Licht getaucht. Ungefähr 20 Gäste saßen in kleinen Gruppen an den Tischen, die meisten von ihnen hatten große Gläser mit einer bunten Flüssigkeit vor sich. Eine Gruppe Engländer stand am Tresen und flirtete lautstark mit den Bedienungen. Offenbar war unter den Herren ein Wettbewerb ausgeschrieben, wer bei dem Vortrag seiner Anzüglichkeiten die größte Fantasie bewies, und so donnerten die schlecht getarnten und von Lachsalven begleiteten Zweideutigkeiten in den Raum und übertönten zuweilen die Jazz-Standards, die ein Pianist vortrug. Der Musiker wehrte sich gegen die Lärmkulisse, indem er seinem Spiel eine gewisse Härte mitgab, was so manche Balladen vom romantischen Schmelz befreite.

Als er die ersten Akkorde von »The Girl from Ipanema« anspielte, verzog Greta Gerber das Gesicht.

»Das ist einer der Songs, von denen ich wünschte, ihn nie mehr im Leben hören zu müssen«, sagte sie. »Gleich nach ›Last Christmas‹ von ›Wham!‹ und ›Smoke on the Water‹ von ›Deep Purple‹.«

Laura Behrmann lachte. »Da würden mir aber noch ein paar mehr einfallen. Zum Beispiel das Gesamtwerk von ›Modern Talking‹.«

Greta zog eine Grimasse. »›Modern Talking‹? Waren Sie überhaupt schon geboren, als die ihre große Zeit hatten?«

»Gerade mal so. Aber meine Mutter hat uns Kinder damit dauerbeschallt. Ich kann Ihnen sagen: Es hat lange gedauert, bis ich Kirschen essen konnte, ohne an dieses bescheuerte ›Cheri, Cheri Lady‹ zu denken.«

»Sie Arme. Welch eine Qual.« Greta Gerber lachte.

Mit langsamen, fast tänzerischen Schritten näherte sich Joanna dem Pianomann. Die Gespräche im Raum verstummten. Selbst die Engländer schwiegen für einen Moment und starrten die junge Frau an, als wäre sie eine Erscheinung aus einer anderen Welt.

Sie trug ein langes, eng anliegendes schwarzes Kleid, das ihre Formen sanft umspielte. An der Seite war es hoch geschlitzt und gab den Ausblick auf ein rotes Strumpfband frei. Joannas streng zurückgekämmte schwarze

Haare und der knallrot geschminkte Mund verliehen ihr etwas Divaeskes. Sie lächelte, führte mit einer eleganten Geste das Mikro vor die Lippen und hauchte zur Begrüßung »La vie en rose« in den Raum.

Greta spürte, wie Neid in ihr hochstieg. Joanna schaffte es, ihr Publikum in nur wenigen Sekunden für sich einzunehmen. Sie strahlte Selbstbewusstsein, Charme und Sex-Appeal aus allen Poren. Ihre Stimme berührte die Menschen im tiefsten Winkel der Herzen, sie durchbohrte die Zuhörer mit ihrem Soul.

Von diesem jungen Ding könnte ich mir mal eine Scheibe abschneiden, dachte die Hauptkommissarin und nippte an ihrem alkoholfreien Cocktail. Joanna hatte bestimmt keine Probleme, Männer kennenzulernen. Dass sie sich ausgerechnet mit einem Kotzbrocken wie Siegfried Röder abgab, sprach jedoch nicht für ihren Geschmack.

»Haben Sie eigentlich einen Freund?«, fragte Greta an Laura gewandt.

Die junge Kollegin schüttelte den Kopf. »Nein, im Moment nicht. Für die Liebe habe ich keine Zeit. Zunächst muss ich mich um mein berufliches Fortkommen kümmern. Kriminalprävention beim LKA wäre okay. Oder etwas in diese Richtung.«

Greta nickte. Sie erkannte sich selbst in der jungen Kollegin. Auch sie war nach dem Abitur von dem Ehrgeiz und dem Willen beseelt gewesen, etwas zu erreichen. Sie hatte bei der Bereitschaftspolizei die harte Seite des Berufs kennengelernt, stand wütenden Anti-AKW-Demonstranten gegenüber, hatte bei Fußballspielen rivalisierende Fangruppen voneinander getrennt. Dabei hätte sie gern mitdemonstriert, hätte den Hooligans gern ihre persönliche Haltung gezeigt, doch der berufliche Auftrag hatte schon immer einen höheren Stellenwert gehabt als ihre Überzeugung.

Die Polizeihochschule hatte sie mit Bravour absolviert und dann bemerkt, dass sie ihr Privatleben außer Acht gelassen hatte. Was blieb, waren ein paar kurze Beziehungen mit Männern, die mindestens genauso kompliziert waren wie sie, und wenige Affären, die sich lediglich dazu eigneten, das körperliche Befinden ins Lot zu bringen.

Sie konzentrierte sich wieder auf die Sängerin. Joanna war bei »Sittin' on the dock of the bay« angekommen. In ihrer Interpretation des Soul-Klassikers konnte man das Meer rauschen hören.

»Was ist mit Ihnen? Haben Sie einen Mann?«, konterte Laura Behrmann. Greta Gerber schüttelte den Kopf. »Nein. Wegen meiner letzten Beziehung habe ich Freiburg verlassen, und hier wüsste ich gar nicht, wo ich suchen sollte. Ist vielleicht auch besser, allein zu sein.«

Laura Behrmann lächelte. »Ja, das ist nicht leicht. Ich kann Ihnen ja bei Gelegenheit mal ein paar Lokalitäten zeigen, in denen es sich lohnt, sich umzusehen.«

»Abgemacht. Aber erst, wenn wir unseren Fall gelöst haben.«

Greta hob das Glas und prostete der Kollegin zu.

»Oh Alkohol, oh Alkohol, dass du mein Feind bisch, weiß ich wohl. Doch in der Bibel steht geschrieben, du sollsch auch deine Feinde lieben.«

Greta drehte sich zu dem Rezitator um und sah Pfarrer Andreas Goettle ins Gesicht, der schelmisch grinste.

»Von wegen Alkohol. Ich lasse mich nur von Joannas Stimme berauschen«, erwiderte Greta. »In meinem Glas befinden sich nur Fruchtsäfte und ein Schuss Mineralwasser.«

Goettle blickte verklärt zur Sängerin und wiegte seinen massiven Korpus im Takt zu »Summertime«.

»Isch des net dr Wahnsinn, wie des Mädle singt?«, sagte er zu Greta Gerber gewandt. »Wie an Engel. Wenn no älles so rein wär wie ihr Stimm.«

Die Hauptkommissarin runzelte die Stirn. »Wie meinen Sie das?«

Goettle winkte ab. »Beichtgeheimnis. Wie isch es denn beim Röder g'laufa? Hot er es zugeba, dass er Spiele verkauft hot?«

»Nein, sein Anwalt war bei dem Gespräch dabei und hat ihm empfohlen zu schweigen. Aber er ist ganz schön ausgeflippt, als wir ihn mit der Geschichte konfrontiert haben. Die Leute vom Betrugsdezernat sind jetzt an ihm dran.«

Goettle nickte. »Gier macht die Menschen allezeit arm, und die Fülle dieser Welt macht ihn nicht reich. Könnt aus der Bibel sei, isch aber aus der Mongolei. Und was isch mit dem Mord an Kaiser. Hot er den g'standa?«

Greta Geber schüttelte den Kopf. »Nein, er hat ein Alibi für die Tatzeit. Die engelsgleiche Joanna war bei ihm und hat ihn in den Schlummer gesungen. So lautet zumindest die jugendfreie Interpretation des Abends.«

Pfarrer Goettle warf einen besorgten Blick auf die schöne Sängerin.

»Oh, des Menschle. Die lässt aber au nix aus.«

Frenetischer Beifall beendete Joannas Vortrag. Sie verbeugte sich und schwebte durch den Raum, direkt auf Pfarrer Goettle zu, dem sie um den Hals fiel und einen Kuss auf die Wange drückte.

Die Engländer johlten und grölten Unanständiges, was das Glück der Chanteuse jedoch nicht trüben konnte. Der Geistliche schien von dieser Geste ebenfalls überrascht, wehrte sich jedoch nicht allzu heftig gegen die Zuneigungsbekundung. Seine Wangen leuchteten im allerschönsten Radieschen-Rot, und ein paar Schweißtröpfchen auf der Stirn zeugten von seiner inneren Aufgewühltheit.

»Herr Pfarrer, müssen wir etwas wissen?«, fragte Greta Gerber spöttisch. Auch Laura Behrmann blickte konsterniert aus der Wäsche. Ein katholischer Pfarrer und eine junge Dame, die es mit der Moral nicht so genau nahm. Bahnte sich da ein weiterer Skandal in Biberach an?

»Isch bin so glucklisch«, sprudelte es aus Joanna hervor. »Der viele Applaus von nette Menschen. Und bald mache isch eine CD mit meine Lieder. Nächste Woche isch bin in Studio.«

Sie küsste Goettle auf die Stirn, der so gar nicht wusste, wie er reagieren sollte. Er lächelte verlegen.

»Hoffentlich steigt dir des net zu Kopf. Und net vergessa. Du spielsch in onserm Musical die Maria Magdalena. Da brauchsch du die volle Konzentration.«

»He, ich dachte, ich spiele die Maria Magdalena«, protestierte Greta Gerber.

Der Pfarrer errötete. »I hab umdisponiert. Die Rolle passt besser zur Joanna. Außerdem brauch i Sie im Alt. Der isch grottaschlecht.«

Greta nippte ein wenig verschnupft an ihrem Cocktail, und auch Joanna sah betroffen zu Boden. Sekunden der Stille lasteten auf Pfarrer Goettles Schultern. »Herrgottnochmol, Frau Gerber, jetzt sen Se doch net sauer. Sie als Proschdituierte, des nemmt ons doch koi Sau ab.«

»Toll, noch so ein Kompliment und ich kann vor Aufregung nicht einschlafen. Bin ich nicht sexy genug?«, erwiderte Hauptkommissarin Gerber. »Aber mir soll es recht sein. Vielleicht passt die Rolle einer Prostituierten ja wirklich besser zu Joanna.«

Die Lippen der jungen Frau glichen zwei dünnen Linien, in ihren dunklen Augen explodierte ein Feuerwerk aus Zorn, ihre selbstsichere Haltung wich der Verletzlichkeit eines Kindes. Aus der Diva wurde die 20-Jährige, die unter der Fassade der Verruchten steckte. Nur kurz, dann reckte sie stolz das Kinn.

»Isch weiß, was isch will und wie isch es bekommen kann«, zischte sie.

»Tut mir leid«, raunte Greta Gerber. »Das war nicht so gemeint.«

Joanna orderte ein Glas Champagner und genoss die anerkennenden Blicke der Gäste in der Bar, die keine Bewegung von ihr ausließen. Sie verteilte gehauchte Handküsse in Richtung der Engländer, die ihr Repertoire an Anzüglichkeiten von den Bedienungen auf sie umleiteten.

»Die Aufnahmen im Studio, bezahlt die eigentlich Siegfried Röder?«

Laura Behrmanns Frage tötete die Hochstimmung der Sängerin. Sie funkelte die Polizistin an wie ein Raubtier, das sein Opfer anvisiert, bereit zum Sprung. Laura ließ sich davon nicht einschüchtern und hielt den Blicken stand.

»Ja. Siegfried ist ein guter Mann. Er hat Geschmack«, sagte Joanna und lächelte sanft. »Er wird misch machen berühmt.«

Greta unterdrückte die Frage nach der Gegenleistung. Es war allzu offensichtlich, dass Joanna ihre Interessen mit allen zur Verfügung stehenden Mitteln durchsetzte.

»Siegfried Röder hat gesagt, dass Sie in der Nacht von Dienstag auf Mittwoch bei ihm waren. Ist das richtig?«

Joanna nickte, ohne zu zögern.

»Die ganze Nacht?«, hakte Laura Behrmann nach.

»Ja, bis am Morgen. Warum fragen Sie?«

»Und er war die ganze Zeit bei Ihnen?«

Joanna zuckte mit den Schultern. »Isch glaube schon.«

Die Sängerin nippte an ihrem Glas und sah Pfarrer Goettle unschuldig an. »Oh Herr, halt dir jetzt besser die Ohren zu. 's isch besser so«, murmelte er.

»Sie glauben, dass er die ganze Zeit bei Ihnen war, aber Sie wissen es nicht genau?«

Greta verfolgte Joannas Mienenspiel, eine Parade von Unsicherheit, Zweifel und Trotz.

»Isch habe getrunken zwei Glas Champagner, danach haben wir gemacht Liebe. Nach Liebe schlafe isch immer ein, sofort.«

»Wenn also Siegfried Röder das Haus noch einmal verlassen hätte, dann hätten Sie es nicht mitbekommen, richtig?«

Joanna schüttelte den Kopf. »Nein, nach Liebe isch schlafe wie eine Kuh.«

Interessanter Vergleich, dachte Greta. Aber das war es dann auch mit dem wasserfesten Alibi von Röder.

»Ist Ihnen sonst etwas aufgefallen? War Herr Röder am nächsten Morgen irgendwie verändert? War er nervös oder hektisch?«

»Nein, er war wie immer still, hat gelesen Zeitung und einige Leute angerufen. Isch habe geduscht und dann isch bin gegangen.«

Greta Geber sah Laura Behrmann an, die ebenso wenig begeistert von dieser Aussage war wie sie selbst.

»Haben Sie mitbekommen, mit wem er telefoniert hat? Hat er einen Namen genannt?«

Joanna zuckte die Schultern. »Es rufen andauernd Leute an, so viele Namen. Isch interessiere misch nischt für seine Geschäfte. Isch verstehe sie auch nischt.«

Sie wandte sich ab, winkte den Engländern zu und rief ihnen ein fröhliches »Hello, Boys!« zu. Die Briten hoben ihre Gläser und brüllten ihre Begeisterung in den Raum, dass die Zapfhähne wackelten.

Pfarrer Goettle erkannte, dass sich die junge Frau damit der Befragung entziehen wollte.

»Joanna, wenn du irgendetwas woisch, dann musch des jetzt der Frau Gerber saga. Sonschd bleibet dir die Pforten des Paradieses auf ewig verschlossa. Und i sorg persönlich dafür, dass du als Putzfrau den Vorhof zur Hölle fega musch.«

»Herr Pfarrer, bitte!« Greta unterbrach den Geistlichen.

Allerdings zeigten seine metaphysischen Drohungen Erfolg. Joanna senkte die Schultern, blickte zu Boden.

»Isch weiß nur, dass Basti angerufen hat«, sagte sie leise.

»Sebastian Strobel?«

Joanna nickte. »Er ruft jeden Tag an. Es geht immer um Geld. Und da war noch ein Anruf. Danach war Siegfried sehr still. Er hat sisch Sorgen gemacht.«

Laura Behrmann, die sich beflissentlich Notizen gemacht hatte, sah von ihrem Skript auf.

»Wissen Sie, mit wem Siegfried Röder gesprochen hat?«

»Nein. Er hat misch aus dem Zimmer geschickt. Er hat ganz leise gesprochen. Und danach hat er nischts mehr gesagt. Das ist gefährliche Stimmung. Isch kenne das, also bin isch gegangen.«

Greta Gerber sah Joanna an, dass sie Röder schon mehrfach in dieser Gemütslage erlebt und womöglich schlechte Erfahrungen damit gemacht hatte.

»Gut«, beendete sie die Unterredung. »Wir werden herausfinden, mit wem Röder gesprochen hat. Wenn Ihnen noch etwas einfällt, oder wenn Sie etwas beobachten, was uns interessieren könnte, rufen Sie uns bitte an.«

Die Hauptkommissarin überreichte der jungen Frau ihre Visitenkarte. Die nickte kurz und steckte sie in Ermangelung anderer Verräumungsmöglichkeiten in ihren Ausschnitt.

Die Geste blieb von den Engländern nicht unbemerkt.

»Wow, she got the ticket to her heart«, johlte einer und wurde von den anderen dafür gefeiert, als hätte er einen Comedy-Wettbewerb gewonnen.

Joanna lächelte, warf mit einer schwungvollen Kopfbewegung ihr Haar über die Schultern und stellte sich in Pose, bei der ihr Schlitz im Kleid weiter auseinanderklaffte, als es die Etikette erlaubte. Es war ihr Abend, ihre Show – und ihr Auftritt endete keinesfalls am Bühnenrand.

Pfarrer Goettle starrte auf die bestrumpften Beine der Sängerin.

»Heimatland, hot die lange Fiaß«, entfuhr es ihm.

»Lange Füße?« Hauptkommissarin Gerber sah den Geistlichen fassungslos an, während Laura Behrmann grinste.

»Das ist die ureigene schwäbische Metapher für schöne Beine«, klärte die Polizistin auf.

Greta Gerbers Handy unterbrach die Unterredung. Sie nahm ab und drückte sich das klobige Telefon ans Ohr. »Herr Schneider, was gibt's?«

Sekundenlang sagte sie gar nichts. Sie lauschte den Worten ihres Kollegen und erbleichte. Langsam ließ sie die Hand mit dem Hörer sinken und starrte Laura Behrmann entsetzt an.

»Thomas Heimerdinger wurde verhaftet. Er hat Maik Riemenschneider umgebracht. Erstickt, mit einem Kissen«, sagte sie tonlos.

Behrmann, Goettle und Joanna nahmen die Nachricht mit vor Schreck geweiteten Augen auf.

»Des kann doch net sei«, raunte der Geistliche. »I kenn den Thomas scho ewig. Der kann koiner Mugg ebbes doa. So ebbes würde der net macha.«

Greta Gerber sah ihn mit einem traurigen Blick an.

»Menschen ändern sich, Herr Pfarrer. Leider.«

Sie gab Laura Behrmann das Zeichen zum Aufbruch. Beide verließen das Lokal. Joanna und Goettle sahen ihnen nach.

»Do isch ebbes gewaltig faul in dem Verei«, murmelte der Pfarrer. »Und i glaub, mir müsset bei de Ermittlunga a bissle nochhelfa, mir zwoi.«

Er nickte Joanna zu, die fassungslos ihren Champagner-Kelch betrachtete. Offenbar wägte sie ab, ob ihre Mitarbeit den in Aussicht gestellten Studiotermin gefährden konnte. Schließlich legte sie Goettle einen Arm um die Schulter. »Gut, isch helfe«, hauchte sie ihm ins Ohr.

30

Greta Gerber und Denis Schneider saßen im Verhörzimmer des Biberacher Kommissariats dem in sich zusammengesunkenen Thomas Heimderdinger gegenüber. Auf der Tischplatte vor ihnen stand ein Aufnahmegerät, das schon seit einigen Minuten nichts als Stille aufzeichnete. Aus dem jungen Mann war sämtliches Leben gewichen, sein Kopf hing kraftlos auf seinem Hals, seine Hände befanden sich in einem nervösen Ringkampf.

»Jetzt machen Sie endlich den Mund auf, Heimerdinger!«, schrie Schneider. »Sie haben Maik Riemenschneider umgebracht. Und wir wollen wissen, warum.«

Thomas Heimerdinger begann zu weinen. Seine Schultern zuckten, sein Gesicht verwandelte sich in eine Maske des Schmerzes.

»I hab ihm nix g'macht. Er war mei Freund«, brachte er schluchzend hervor.

Schneider ließ sich davon nicht beeindrucken und blieb seiner schonungslosen Linie treu.

»Und warum wurden Sie in seinem Krankenzimmer mit dem Kissen in der Hand entdeckt? Halten Sie uns bitte nicht für bescheuert. Eindeutiger geht es doch wohl kaum: Sie haben Riemenschneider brutal erstickt. Aber warum? Was hat er Ihnen getan? Was?«

Schneider war aufgestanden und hatte sich über den Tisch gebeugt, um dem Torhüter seine ganze Verachtung entgegenzuschleudern. Greta Gerber legte ihm eine Hand auf den Rücken und gab ihm zu verstehen, dass er sich beruhigen sollte. Sie schob Heimerdinger ein Taschentuch zu.

»Herr Heimerdinger, was wollten Sie im Krankenhaus? Warum waren Sie da?«

Ihre Stimme klang warm und sanftmütig, war frei von Anklage. Mit Strenge war dem Jungen ihres Erachtens nicht beizukommen, also versuchte sie es mit Milde.

»I … wollt … ihn seha. Ihm saga, dass älles gut wird.«

Heimerdinger nahm das Papiertaschentuch, entfaltete es und schnäuzte hinein.

»Und dann drücken Sie ihm mit grober Gewalt ein Kissen aufs Gesicht, bis er keine Luft mehr bekommt?«

Denis Schneider hielt es nicht mehr an seinem Platz. Er ging nervös auf und ab, die Arme fest vor dem Brustkorb verschränkt.

»I war's net«, schluchzte Heimerdinger.

»Erzählen Sie uns alles noch einmal der Reihe nach. Wo waren Sie, nachdem Sie vom Hof Ihres Großvaters geflohen sind?«

Greta legte die größtmögliche Ruhe in die Stimme, um das Vertrauen des jungen Mannes zu wecken.

»Im Wald«, antwortete er zögerlich. »I ben emmer bloß ahne g'laufa und plötzlich war i am Kreisverkehr an der Riedlinger Stroß ond da hab i denkt, i muss zum Maik. Oifach so, bloß, um ihn zum seha.«

Greta Gerber hatte nicht alles verstanden, aber die wesentlichen Details konnte sie sich erschließen. »Und weiter?«

»I hab em Gebüsch vor dem Krankahaus g'wartet, bis es donkel war. Dann bin i nei, i hab g'frogt, wo der Maik liegt, ond dann bin i in der erschde Stock nuff.«

»Und da hat Sie niemand gesehen?«

»Noi, do war faschd koiner auf dr Station.«

Greta Gerber glaubte ihren Ohren nicht zu trauen. Eine Krankenstation ohne Personal sprach nicht unbedingt für eine patientengerechte Betreuung. Vielleicht hätte sie Riemenschneider bewachen lassen sollen, vielleicht war es ein Fehler gewesen, dass sie die Gefahr nicht erkannt hatte, in der sich der junge Mann befunden hatte. Sie wischte den düsteren Gedanken beiseite.

»Was geschah, als Sie in seinem Zimmer waren?«

Heimerdinger betrachtete das zerknüllte Taschentuch in seinen Händen.

»Zuerschd bin i bloß dog'sessa, weil der Maik g'schlofa hot. Des war scho ziemlich gruselig. Die ganze Schläuch ond so. Dann isch die Tür uffganga ond i bin unters Bett krocha. I wollt jo net, dass mi oiner sieht. Ond dann hab i Schritte g'hört.«

Seine Lippen bebten, als er mit schwacher Stimme weitersprach.

»Dann hat des Bett ang'fanga zum wackla, die Matratze isch auf mi zukomma. Der Maik hot komische Geräusche g'macht, so ganz hoch. Ond da war so ein Schnaufa. I han Panik kriagt, wollt aus mei'm Versteck raus, aber i konnt' mi net bewega. Ond dann woiß i nix meh.«

»So ein Schwachsinn«, meldete sich Schneider vom anderen Ende des Raumes. »Wollen Sie jetzt einen auf unzurechnungsfähig machen? Und uns den großen Unbekannten präsentieren? Das glaubt Ihnen doch kein Mensch.«

Greta Gerber sah ihn strafend an. Wenn Schneider so weitermachte, sagte der junge Mann gar nichts mehr. Allerdings war sie sich auch noch nicht sicher, ob sie seiner Aussage trauen konnte. Die Indizien sprachen eindeutig gegen ihn.

»Haben Sie irgendetwas gesehen? War die Person, die sich Riemenschneider genähert hat, eher ein Mann oder eine Frau?«

»Koi Ahnung. I hab bloß die Schuah g'seha. Ganz alte Latscha waret des. Mehr woiß i net.«

»Das ist doch Mumpitz«, platzte es aus Schneider heraus. In rasanter Geschwindigkeit näherte er sich wieder dem Befragungstisch und baute sich vor Heimerdinger auf.

»Jetzt erzähle ich Ihnen mal, wie es war. Sie hatten vor Tagen mit Riemenschneider einen Streit in der Diskothek B30. Dafür haben wir Augenzeugen. Später wurden Sie mit ihm im ›Tweety‹ in der Consulentengasse gesehen. Auch dort gab es Handgreiflichkeiten, dieses Mal mit Fans des 1. FC. Sie sollen ziemlich ausgetickt sein, Riemenschneider hat versucht, sie zurückzuhalten. Kurze Zeit später lag er schwer verletzt auf der Straße. Und nun ist er tot. Um was ging es bei dem Streit? Um Geld? Oder um eine Frau?«

Thomas Heimerdinger hatte sich Schneiders Worte ohne Regung angehört, es schien, als hätte er abgeschaltet. Er starrte auf die Tischplatte, wischte mit dem Taschentuch an der Kante entlang und schien sich ganz auf diesen Prozess zu konzentrieren.

»Herr Heimerdinger, wir wissen, dass Sie Geld bekommen, damit Sie in Fußballspielen Fehler machen. Auf diese Spiele wird dann gewettet und viel Geld verdient. Hat Ihnen Maik Riemenschneider gedroht, dass er Sie verraten wird?«

Der Bluff der Hauptkommissarin zeigte Wirkung. Heimerdinger erwachte aus seiner Lethargie, Zornesröte stieg ihm ins Gesicht, er schlug mit der flachen Hand auf die Tischplatte.

»I wollt des doch gar net. I hab des bloß für mein Opa doa. Damit er den Hof b'halta kann.«

»Dann stimmt es also. Sie haben Geld bekommen, damit Spiele des 1. FC Oberschwaben verloren gehen? Maik Riemenschneider auch?«

Die Tür zum Verhörzimmer wurde aufgestoßen. Kriminalrat Seidel und Röders Rechtsanwalt Behrens betraten den Raum. Greta sah Denis Schneider an, der ebenso perplex zu sein schien wie sie.

»Mein Mandant wird nichts mehr sagen, ohne vorher mit mir gesprochen zu haben«, sagte Behrens und legte Thomas eine Hand auf die Schulter. »Aus seinem aufgewühlten Zustand folgere ich, dass er seine Tabletten nicht bekommen hat. Sie wissen hoffentlich, dass Herr Heimerdinger starke Antidepressiva einnehmen muss?«

Greta Gerbers fragender Blick zu Kriminalrat Seidel wurde mit einem Schulterzucken quittiert. Kann man nichts machen, sollte das wohl heißen. Sie fühlte den Stich heißer Wut in ihrem Inneren. Fünf Minuten mehr und sie hätte Heimerdinger dazu gebracht, den Betrug zuzugeben.

»Ich möchte mich mit meinem Klienten beraten«, unterbrach Behrens ihre Gedanken. »Allein, und ohne dass Sie die Möglichkeit haben, das Gespräch mitzuverfolgen.«

Er wies auf den dunklen Spiegel an der Wand, hinter dem das Überwachungszimmer lag. Greta seufzte.

»Gut, dann begleitet Sie der Herr Schneider in Herrn Heimerdingers Zelle. Wir nehmen ihn wegen des Verdachts, Maik Riemenschneider umgebracht zu haben, vorläufig fest.«

»I war des aber net!«, schrie Heimderdinger.

»Jaja, es war der große Unbekannte mit den ausgelatschten Schuhen«, murmelte Denis Schneider, als er dem jungen Mann die Handschellen anlegte. Unsanft hakte er sich bei dem Verdächtigen ein und verließ das Verhörzimmer. Behrens folgte den beiden.

»So ein Mist. Fünf Minuten, und ich hätte ihn gehabt.«

Die Kommissarin konnte ihren Zorn nur mäßig unterdrücken. Ihr Chef sollte von ihr nicht den Eindruck bekommen, dass sie ihre Gefühle nicht unter Kontrolle hatte. Kriminalrat Seidel nickte mit besorgter Miene.

»Meinen Sie, dass diese ganzen Spieleverschiebereien etwas mit dem Mord an Kaiser zu tun haben?«

»Das ist so sicher wie das Amen in der Kirche«, antwortete Greta Gerber. Komisch, dass sie dabei an Pfarrer Goettle dachte.

31

»Isch weiß nischt, ob das rischtig ist. Wenn Siggi erfährt, er wird sehr böse.«

Joanna sah sich angsterfüllt um, während sie den Schlüssel in das Schloss zu Röders Appartement steckte und ihn drehte.

»Selig sind, die da hungern und dürsten nach Gerechtigkeit, denn sie sollen satt werden«, zitierte Andreas Goettle aus der Bergpredigt. »Des hot scho der Jesus g'wusst, dass mr net b'scheißa darf.«

Joanna stieß die Tür auf, schlenderte hüftschwingend über die Schwelle und rief ein gut gelauntes »Hu hu, Darling, isch bin es. Isch habe gestern vergessen meine Handy« in die Wohnung.

Sie erhielt keine Antwort, also winkte sie Pfarrer Goettle herein.

»Ist nischt da«, flüsterte sie, zog jedoch ihre hochhackigen Pumps aus, um sich nicht durch Geräusche auf dem Parkett zu verraten.

Goettle besah seine ausgetretenen Halbschuhe, zog den linken aus, bemerkte das Loch in seinem Strumpf, noch bevor es Joanna sehen konnte, und beschloss, den Schuh wieder anzuziehen.

»Do wird die Münzenmaier wieder maula«, murmelte er.

Die junge Frau, die passend zu ihren Schuhen einen eng anliegenden Hosenanzug in Leoparden-Optik trug, war schon vorangegangen. Goettle folgte ihr in Röders Arbeitszimmer. Ein breiter Schreibtisch aus massivem Holz dominierte den Raum, der ansonsten eher schlicht eingerichtet war. Fotos an den Wänden zeigten den Manager an der Seite von Berühmtheiten aus Sport und Politik: Röder mit Beckenbauer, Röder mit Pelé, Röder mit Assauer, Röder mit Daum, Röder mit Altkanzler Schröder, Röder mit Landrat Mössinger.

»Da hen sich zwoi g'funda«, brummte Pfarrer Goettle.

Auf einigen Bildern schmückte Joannas glamouröse Erscheinung die eher konservative Anmutung der Fotografien, und hin und wieder lugte auch das kleine Rattengesicht von Sebastian Strobel in die Linse.

»Der Strobel guckt, als hätt der nemme alle Latta am Zaun«, sagte Goettle.

Joanna konnte mit diesem Vergleich offensichtlich wenig anfangen, bestätigte jedoch die Einschätzung des Geistlichen.

»Der Basti, oje, der iss a bissele verruckt.«

»Sag i doch«, erwiderte Goettle und sah sich weiter um.

Er öffnete einen Aktenschrank, blätterte in Hängeregistern herum, die jedoch lediglich Spielerverträge und Sponsorenvereinbarungen enthielten. Er wusste eigentlich auch gar nicht so recht, wonach er suchen sollte. Er hielt Röder für schlau genug, dass er die Einnahmen aus dem vermeintlichen Wettbetrug nicht ordentlich verbuchte und die Belege nicht abheftete. Und dennoch musste es Unterlagen über diese Transaktionen geben. Oder einen Hinweis. Er durchwühlte Papierstapel, sah in Ordner, blätterte in Überweisungen, las Schriftverkehr quer. Es handelte sich um die Dokumentation ganz normaler Geschäftsvorgänge eines Managers, der nebenbei noch Immobiliengeschäfte tätigte.

»Haben Sie gefunden etwas?«, fragte Joanna und sah ängstlich zur Tür. »Siggi kann jeden Moment kommen.«

»Noi, zdonderlattich«, ärgerte sich Pfarrer Goettle. »'s scheint älles in Ordnung zum sei.«

Er zog einen Ordner aus der Reihe, der die Rückenbeschriftung »SR Immobilien« trug und stöhnte, als er wieder nur Zahlentabellen erblickte. Lustlos fuhr er mit dem Zeigefinger die Kolonnen entlang, bis er plötzlich stutzte. Er blätterte weiter, stutzte wieder und sah Joanna an.

»Des isch jo interessant«, sagte er leise. »Da gibt es regelmäßig Überweisunga zu einer Firma ›KK Consulting‹ in Liechtenstein. KK wie Karlheinz Kaiser. Den Ordner nehm i mit.«

In diesem Moment wurde der Schlüssel in der Eingangstür gedreht. Joanna entließ einen Schreckenslaut, wies Goettle an, sich hinter dem Schreibtisch zu verstecken, und lief ihrem Galan entgegen.

»Darling!«, rief sie. »Da bist du. Isch habe schon so lange gewartet.«

Sie warf sich Röder an den Hals und überdeckte sein Gesicht mit Küssen. Der Manager schob die junge Frau unsanft zur Seite. »Was willst du hier? Wir sind nicht verabredet. Ich habe keine Zeit für dich.«

»Aber isch habe Zeit für disch. Und solche Sehnsucht«, hauchte Joanna.

Sie befreite Röder von seiner Jacke und nestelte an den Knöpfen seines Hemdes.

»Was soll denn das? Ich habe zu tun«, versuchte sich der Manager gegen die Angriffe der Liebestollen zu wehren. Er stieß sie zu Boden. Joanna fiel unsanft auf den Rücken, unterdrückte jedoch ihren Schmerz. Sie stand auf, zog den Reißverschluss ihres Hosenanzugs auf, der wie ein Vorhang bei der Enthüllung eines Gemäldes zu Boden glitt, bewegte sich mit der Anmut eines Raubtieres auf Röder zu und presste ihr Becken gegen ihn.

»Uh, isch mag es, wenn du bist wild auf misch«, gurrte sie.

Ihre Hand wanderte in Röders Hemd, knetete seine Brustwarze, während sie sich an ihm rieb und seine Reaktion darauf deutlich spürte.

»Also gut, du kleines Miststück«, keuchte Röder. »Ich weiß ja nicht, was du dir davon schon wieder erhoffst, aber ich will mal nicht so sein.«

Er hob Joanna an, die lustvoll juchzte, trug sie ins Schlafzimmer, warf sie aufs Bett.

»Ogottogott«, murmelte Goettle leise in seinem Versteck, als er Joannas Lustschreie hörte, die immer lauter wurden. »I sag dir oins, Herr. Wenn de mir no mol so a Mädle in mei Obhut gibsch, dann kann i mei Zölibat nemme halta.«

Er packte den Ordner, schlich zur Tür und verließ im akustischen Schutz der Lust die Wohnung.

32

»Ich kann mir nicht helfen, aber ich glaube, Heimerdinger sagt die Wahrheit.«

Greta Gerber und ihr Team starrten auf die Aufzeichnungen an dem Flipchart. Kaisers Name war in der Mitte des Blattes eingekringelt, von ihm gingen Pfeile weg, an deren Enden die Namen Ilka Kaiser, Arthur Kessler, Sebastian Strobel und Siegfried Röder standen. In Stichpunkten hatten sie die jeweiligen Beziehungen zum Opfer und zueinander aufgezeichnet und mögliche Motive hergeleitet.

Unter diesem Geflecht ergab sich eine neue Verkettung, die von Riemenschneider ausging. Er war mit den Namen Heimerdinger, Strobel und Röder verbunden. Dennoch ergab der Mord an ihm für Greta keinen Sinn. Das Auftauchen des Anwalts hatte die Befragung von Heimerdinger ins Stocken gebracht. Er war bei seiner Behauptung geblieben, unter dem Bett gelegen zu haben, als sein Freund erstickt wurde. Seine Hautschuppen auf dem Kissen waren als Beweis nicht ausreichend, um ihn zu überführen. Seiner Aussage nach hatte er es erst nach der Tat berührt.

»Im Grunde genommen hat er kein Motiv, seinen Freund umzubringen. Die saßen doch im gleichen Boot.«

»Das sehe ich etwas anders«, fiel ihr Denis Schneider ins Wort. »Gesetzt den Fall, Riemenschneider und er haben sich von Röder und seiner Wettmafia benutzen lassen, dann musste er ständig befürchten, dass ihn Riemenschneider verrät. Vielleicht aus Neid, aus Missgunst. Damit wären alle seine Pläne geplatzt. Seinen Traum von einer Profikarriere kann er dann getrost begraben, weil er sicher mit einer Sperre rechnen muss. Sein Großvater verliert womöglich den Hof und er damit den letzten Halt in seinem Leben. Eine Verzweiflungstat.«

Greta Geber nickte: »Ja, das ist durchaus im Bereich des Möglichen. Aber wir dürfen nicht vergessen: Auch Riemenschneider träumte davon, bei einer Profimannschaft zu spielen. Wenn er Heimerdinger verraten hätte, musste er damit rechnen, selbst aufzufliegen. Und das wäre auch sein Karriereende.«

Laura Behrmann blickte angestrengt auf den Aufschrieb, ihre Augen wanderten von einem Namen zum anderen.

»Ich habe da eine ganz abgefahrene Theorie«, begann sie. »Möglich, dass sie völlig aus der Luft gegriffen ist …«

»Raus damit«, ermunterte Greta Gerber die junge Kollegin.

»Es gibt doch eigentlich nur einen, der die beiden Jungs in der Hand hat. Das ist Siegfried Röder. Er leitet ihre Geschicke und hat sie womöglich auch bei den Manipulationen eingespannt. Nun taucht Kaiser auf, der wahrscheinlich der Kontaktmann in Asien war. Aus irgendeinem Grund bedroht er Röders Konstrukt und damit alle, die damit zusammenhängen. Also auch Riemenschneider und Heimerdinger.«

»Sie meinen, die beiden könnten von Röder angestiftet worden sein, Kaiser umzubringen?«, vervollständigte Greta Geber den Gedanken der jungen Polizistin.

Laura Behrmann nickte. »Könnte doch sein. Heimerdinger litt unter dieser Schuld und fühlte sich von seinem Komplizen Riemenschneider bedroht. Also hat er ihn auch aus dem Weg geräumt.«

»Das ist doch absurd«, meldete sich Denis Schneider zu Wort. »Die beiden sind nicht gerade die hellsten Kerzen am Weihnachtsbaum, das ist schon klar. Aber so abgebrüht, wie sie von Laura dargestellt werden, sind sie auch nicht.«

»Außerdem hot der Thomas für die Tatnacht a Alibi.«

Alle Augenpaare richteten sich auf Polizeiobermeister Fritz, der im Begriff war, in eine Wurstsemmel zu beißen. Er setzte das Brötchen ab.

»Was isch denn? I hab den Bericht halt no net fertig. Aber i hab eh den Eindruck, dass den Gruschd koiner liest«, gab er empört von sich.

»Warum sagen Sie denn das erst jetzt? Wo war Thomas Heimerdinger in der Nacht von Dienstag auf Mittwoch?«, fragte die Hauptkommissarin.

»Bei einem Mädle. Christine Kurrle. Bildhübsches Deng mit schwarza Hoor und große Auga. Ond des isch nicht des Oinzigschde, was bei ihr groß isch.«

Das aggressive Funkeln in Laura Behrmanns Augen brachte ihn zum Verstummen. Er räusperte sich verlegen und wandte sich wieder seinem Wecken zu.

Denis Schneider hingegen wirkte, als hätte die Nachricht ein Ventil geöffnet, er fiel in sich zusammen.

»Die Dame spielt aber nicht zufällig Fußball?«, fragte er zögerlich.

Polizeiobermeister Fritz nickte.

»Doch, beim FC Memminga«, brachte er hervor.

Dass er dabei einige Speisebröckchen auf seinen Bildschirm beförderte, schien ihn nicht zu stören.

Schneider atmete tief und hörbar aus.

»Was ist? Kennen Sie die Dame?«, fragte Greta Gerber.

»Flüchtig, im wahrsten Wortsinn«, antwortete er leise.

Sein rauer Charme war vollständig verflogen, der Kommissar war sichtlich geknickt. Mitleid regte sich in Greta, die sich vorstellen konnte, was in ihrem Kollegen vorging. Offensichtlich hatte er selbst ein Auge auf die bildhübsche Christine geworfen, hatte bei ihr aber nicht landen können.

»Und was ist mit Riemenschneider? Wo war er?«, fragte sie, um den Hauch von Peinlichkeit zu vertreiben.

»Der war mit seine Kumpels onderwegs. Stoht au in

dem Bericht. Also, wenn er fertig isch«, stöhnte POM Fritz.

»Dann sind die beiden also außen vor«, resümierte Gerber und betrachtete das Diagramm am Flipchart. Ilka Kaiser, Arthur Kessler, Siegfried Röder und Sebastian Strobel. Einer von ihnen hatte gelogen. Oder vielleicht auch mehrere? War es möglich, dass sie die Tat zusammen ausgeführt hatten? Sie fröstelte bei diesem Gedanken.

33

Die Stimme war wieder da.

Aber heidschi bum beidschi bum bum.

Nicht dieses Lied, Mama, es ist so traurig.

Thomas Heimerdinger lag auf der Pritsche und starrte an die Decke. In seinem Kopf wirbelten Gedanken herum, Bilder blitzten auf.

Das Verhör. Immer wieder dieselben Fragen. Warum sind Sie geflüchtet, als wir Sie sprechen wollten? Was wollten Sie im Krankenhaus? Warum haben Sie ihn getötet? Die Polizisten haben es nicht verstanden: Er wollte den Maik doch nur sehen. Er konnte ihm doch nichts tun.

Und bist du auch einsam und bist so allein,
bald schaun ja die Engel zum Fenster herein.

Maik war doch sein Freund. Sein bester Freund. Und jetzt war er tot. Wie seine Eltern. Einfach nicht mehr da. Er hatte ihn alleingelassen. Alle hatten ihn alleingelassen.

Aber heidschi bum beidschi schlaf lange
Und ist auch dein Mutter gegangen.

Lange schlafen. Ja, genau das wollte er. Sehr lange schlafen und von Fußball träumen. Von Siegen, von Pokalen, vielleicht auch von Christine. Süße Christine. Der Gedanke an sie versetzte ihm einen Stich ins Herz.

Und ist sie gegangen und kehrt nicht mehr heim
Und lässt ihr kleins Bübchen so ganz allein.

Er zog die Nähnadel aus dem unteren Hosensaum. Die haben sie nicht gefunden, dieses Versteck hielt jeder Untersuchung stand. Das hatte er in der Klinik gelernt. Auch dort haben sie ihm alle Gegenstände abgenommen, damit er sich nicht selbst verletzen konnte. Sinnlos. Schwachsinnig. Er wollte sich doch nicht verletzen. Die Nadel gab ihm ein Gefühl zurück. Das Gefühl, am Leben zu sein, etwas zu spüren.

Er betrachtete die dunklen Narben an seinem Arm. Sie ergaben ein Muster. Wie die Maschen eines Tornetzes. Geometrie des Leids. Dieses Mal würde er es richtig machen.

Er drückte sein linkes Handgelenk, bis die Pulsader hervortrat, ließ los, stach die Nadel tief ins Fleisch und zog sie langsam in Richtung Armbeuge.

Aber heidschi bum beidschi bum bum …

Der Schmerz breitete sich nur langsam aus. Er drehte die Nadel um und fuhr mit dem Öhr in die Wunde, um sie zu verbreitern. Blut troff zu Boden. Er stöhnte.

Rote Karte. Platzverweis.

Er wiederholte die Prozedur am rechten Handgelenk, stach zunächst daneben. Zähne zusammenbeißen, erneut ansetzen, das Zittern unterdrücken. Beim zweiten Versuch traf er die Ader. Er spürte die Wärme seines Blutes, das auf seinen Unterarmen seine Bahnen zog, und einen leichten Schwindel.

… der weiße Nebel wunderbar.

Keine Fragen mehr, einfach nur schlafen. Lange schlafen. Weck mich nicht, Opa. Du kannst ohne mich frühstücken. Warte nicht auf mich. Mir geht es gut, mach dir keine Sorgen. Halt durch, Opa. Und bis bald.

Der dunkle Vorhang begann, sich zu regen, zog sich langsam zu. Die Zelle verschwamm vor seinen Augen, er ließ sich auf die Pritsche sinken. Einfach nur schlafen.

… aber heidschi bum beidschi …

34

Andreas Goettle saß auf einem Schreibtischstuhl in Lukas Zimmer, das von seiner Einrichtung her einem Kontrollzentrum eines Weltraumunternehmens glich. An den Wänden hingen etliche Monitore, die mit Tastaturen sowie Schaltpulten verbunden waren und unterschiedliche Bilder zeigten.

Frieder schritt die Bildschirme ab und betrachtete interessiert das Geschehen. Immer wieder hob er eine Plastiktüte an die Nase und nahm einen tiefen Atemzug.

»Was hosch denn scho wieder in dem Güggle dren? Des stenkt jo abartig«, fragte der Pfarrer scharf.

Frieder grinste breit.

»Lackreste«, erklärte er knapp. »Hab ich auf dem Eisenbahngelände gefunden. Solltest du auch mal probieren. Du siehst die Natur mit ganz anderen Augen. So viele Farben. Violett, mauve, champagner, keksbraun, betongrau. Unvorstellbar.«

»Betongraue Natur. Ha, du hosch se doch nemme älle z'samma«, maulte Pfarrer Goettle und zwang sich, nicht in Frieders Richtung zu sehen.

Der nahm noch einen Zug aus seiner Tüte und studierte die Aufnahmen, die eine äußerst karge Landschaft zeigten. Er betrachtete das Schild, das vor dem Monitor stand, und gab sich beeindruckt.

»Hast du das gesehen, Andreas? Die Bilder hier kommen direkt vom Mars. Von Curiosity, dieser Sonde. Das ist ja der Wahnsinn.«

Goettle betrachtete den Computerfreak von der Seite, der sich darauf konzentrierte, den Zugangscode der Banque Central in Vaduz zu knacken. »Sag bloß, du hasch dich au ins System der NASA eig'schlicha?«, fragte er den jungen Mann. Luka errötete und gab ein schüchternes Kichern von sich.

»Nicht nur bei der NASA. Auch ins Weiße Haus, in den Kreml und nicht zuletzt in den Vatikan. Da haben wir schon einiges gesehen, das besser nicht an die Öffentlichkeit dringt. Luka, weißt du noch? Die After-Show-Party, als der neue Papst ernannt wurde. Die haben einige Herren sehr wörtlich genommen und ihren nackten Hintern in die Kamera …«

»Jetzt hältsch aber dei Gosch«, unterbrach ihn Goettle scharf. »Des entspringt doch älles bloß deinem kranka Hirn.«

»Meine Güte, Andreas, alles ganz harmlos. Die haben gefeiert und rumgeblödelt. Ganz normal«, beschwichtigte Frieder. »Eine Party unter Freunden gewissermaßen.«

»Kuckuck«, flötete Luka und wies auf seinen Bildschirm.

Der Computerspezialist hatte es offenbar geschafft, den elektronischen Sicherheitsschirm des Bankhauses zu durchbrechen und die Kundenkartei aufzurufen. Goettle überflog die Namen und entließ einen kleinen Pfiff.

»Ja jetzt, Grüß Gott. Der Herr Bischof hot do au a Konto. Do isch wohl die ein oder andere Kollekte umg'leitet worda. Ond der Herr Landrat Mössinger isch natürlich au Kunde. Des hätt i mir ja denka könna.«

Luka scrollte weiter. Die Liste las sich wie ein weltweites Who's who aus Wirtschaft, Politik, Kultur und Sport.

»Sodom und Gomorrha«, wisperte Andreas Goettle, als die Namen vor ihm vorbeiflogen.

Bei dem Konto der »KK Consulting« angekommen, rief Luka das Untermenü durch einen Doppelklick auf. Er gurrte wie eine Taube.

»Hemmlarschondwolgabruch. Frieder, guck dir des amol a!«, rief Pfarrer Goettle.

Sein Freund stand vor einer Schreibtischlampe, betätigte den Schalter und erfreute sich an dem Lichtschein, als hätte er soeben eine Entdeckung gemacht, die sein Leben verändern konnte.

»Hast du dir schon mal überlegt, Andreas, wie wertvoll so eine Lampe für uns ist? Sie ist so bescheiden, bleibt ganz ohne Ansprüche. Nun gut, sie will mit Strom gespeist werden, aber dafür belohnt sie uns mit Licht. Sie führt uns heraus aus der Dunkelheit, sie beleuchtet Dinge, die wir ohne sie nicht entdeckt hätten. Sie stellt keine Forderungen, sie verrichtet ihren Dienst, wann immer wir das wollen, bleibt uns ein treuer Freund. Genau wie dieser Drucker …«

»Bevor du di au no bei der Abortschüssel bedanksch, kommsch mol her. Du musch dir des angucka«, unterbrach ihn Goettle.

Frieder schleppte sich zum Sofa herüber, beugte sich über den Bildschirm und begann zu glucksen.

»Oh ja, wenn diese Zahlen reden könnten. Was würden sie uns erzählen? Geschichten aus ihrer Heimat? Von den Erlebnissen auf Reisen? Wen haben sie dort getroffen, wer waren ihre Gefährten …«

»Des wird ja emmer-schlemmer mit dir. Jetzt reiß di mol z'samma. Auf dem Konto sen Milliona. Des hoißt: seit vorgeschdern irgendwie nemme.«

Er wies auf eine Position, die eindeutig belegte, dass eine Summe von drei Millionen Euro von dem Konto abgebucht worden war. Eine Gegenbuchung war nicht auszumachen. Offensichtlich hatte jemand das Geld bar abgehoben.

»Freiheit für Millionen, nieder mit der Zinsknechtschaft, empört euch.«

Goettle überhörte den Einwurf von Frieder und verfolgte die Zahlenkolonnen auf dem Bildschirm mit dem Zeigefinger.

Hohen Ausgaben standen noch höhere Einnahmen gegenüber, und offenbar gab es einen Zusammenhang zwischen Investition und Rückfluss.

»Kann mr des seha, wohin des Geld transferiert worda isch?«

Luka nickte. Er hämmerte Zahlen und Buchstaben in die Tastatur, seine Augen verfolgten unablässig das Kauderwelsch, das er eintippte.

»Könnten wir nur all diese Buchstaben und Zahlen verstehen! Wenn wir ihre Bedürfnisse kennen würden, hätten wir die Chance, ihnen ein artgerechtes Leben zu verschaffen. In einer Buchstabensuppe zum Beispiel oder in einem Kreuzworträtsel. Aber nein, was tun wir? Wir halten sie auf kleinstem Raum, in einem PC gefangen, wenige Millimeter stehen ihnen zur Verfügung. Sie hassen sich, jeder kämpft für sich, will seinen Platz erobern. Sieh nur, das dicke ›O‹, wie es das kleine schüchterne ›i‹ verdrängt.«

Frieder wischte sich eine Träne aus dem Augenwinkel, hielt sich die Tüte an die Nase und nahm einen tiefen Atemzug.

Goettle riss sie ihm aus der Hand. »Du hörsch jetzt uff mit dem Geschnüffle. Dei G'schwätz isch net zum Aushalta.«

Luka drückte die Reset-Taste. Ein triumphales »Ha! Ha! Ha!« entrang sich seiner Kehle.

Der Priester rückte näher heran, um zu erkennen, was den jungen Mann zu der ungewohnten Gefühlsäußerung geführt hatte.

»Lass mol seha. Die Einnahma kommet von ganz viela Kunda. Aus Asien, Italien, aus Russland, aus Kroatien. An Großteil des Geldes isch zu oiner Firma namens ›Real Estate Singapur‹ überwiesa worda, wahrscheinlich a Immobilienklitsche. Aber seit a paar Monat isch koi Geld mehr g'flossa. I versteh es net.«

Frieder hatte sich im Schneidersitz vor der Bildschirmwand niedergelassen und betrachtete die Bilder, die von der Marssonde Curiosity auf die Erde gesandt wurden.

»Wasser«, murmelte er. »Da ist Wasser. Der rote Planet wäscht sich rein …«

»Wäsche«, schrie Goettle aufgebracht. »Des isch es. Die waschet Geld über des Konto. Guck mol, ob du des Konto von dieser Immobilienfirma in Singapur aufrufa kannsch.«

Luka hämmerte wie ein Berserker auf die Tastatur ein. Schweißperlen standen ihm auf der Stirn, ein angestrengtes Ächzen entwich seiner Kehle. Pfarrer Goettle konnte nicht erkennen, was der junge Mann eingab, so schnell flitzten seine Finger über das Keyboard. Ein leiser Summton ertönte, der sich zu einer Fanfare ausweitete, dann erschien das Logo der Bank in Singapur. Ein weiterer Knopfdruck gab die gewünschten Daten preis. Luka juchzte und ließ sich erschöpft gegen die Lehne seines Stuhles sinken.

Pfarrer Goettle überflog die Zahlen, runzelte die Stirn.

»Zaperlott, isch des kompliziert. Aber oins stoht feschd. Die Kunda, die bei ›KK Consulting‹ ebbes zahlt hen, kriagat von ›Real Estate Singapur‹ Geld auszahlt. Offensichtlich Gewinnbeteiligunga. Interessant, aber mir isch des a Nummer zu hoch.«

Luka räusperte sich. »Die Sache liegt doch auf der Hand. Firmen, die schmutziges Geld aus Drogengeschäften, Prostitution oder anderen dunklen Kanälen verdienen, zahlen einer Firma in Liechtenstein Beratungshonorare. Womöglich werden Steuersparmodelle angeboten oder sonstige Dienstleistungen deklariert. Diese Gelder werden wiederum in Immobilien auf dem asiatischen Markt investiert. Die Frage ist, gibt es diese Immobilien wirklich oder existieren sie nur zum Schein. Der Verkauf dieser Gebäude bringt Erlöse in nicht unerheblicher Höhe, die an die Firmen als Gewinnbeteiligung ausgeschüttet werden. Erstaunlich daran ist, dass die Ausschüttungen immer montags erfolgten.«

»Immer wenn der 1. FC g'spielt und verlora hot«, murmelte Pfarrer Goettle und klopfte Luka anerkennend auf die Schulter. »Des hoißt, die Gelder sind net in Immobilie g'flossa, sondern in Sportwetta.«

Der junge Mann fiepte und wies aufgeregt auf die Datumsleiste des Kontos.

Pfarrer Goettle staunte. »Und seit Januar isch koi Geld mehr von ›KK Consulting‹ g'flossa. ›Real Estate Singapur‹ goht pleite. Wenn die Theorie von der Geldwäsche stemmt, dann werdet a paar Leut richtig sauer. Auf wen lauft denn die Firma?«

Zwei Clicks, dann erschien der Name auf dem Display.

»Jonathan Richman«, brummelte Goettle, der offenbar ein anderes Ergebnis erwartet hatte. »I kenn bloß den Musiker, der so hoißt. ›Egyptian Reggae‹ und so.«

»Da ist einer«, schrie Frieder aufgeregt. Luka und Pfarrer Goettle fuhren herum. Frieder wies mit zitterndem Zeigefinger auf den Bildschirm, der unentwegt Bilder vom Mars zeigte.

»Da war ein ziemlich behaarter Typ, der hat mit mir gesprochen. Er hat ›Hallo‹ gesagt. Unglaublich. Es gibt Leben auf dem Mars. Endlich ist es bewiesen.«

Auf dem Bildschirm flogen Bilder der kargen Marsoberfläche vorbei. Goettle verdrehte die Augen. »Frieder, dua mir den G'falla ond hör mit deina Droga uff. Du fangsch a zum spenna.«

Sein Freund ließ sich damit nicht von seiner Beobachtung abbringen. »Ich weiß, was ich gesehen habe. Da war ein behaarter Typ, der mit mir gesprochen hat. Auf dem Mars.«

»Reinhold Messner war no nie uffm Mars«, antwortete Goettle.

Luka kiekste, was mit einigem Wohlwollen als Lachen interpretiert werden konnte.

»Ich habe da aber jemanden gesehen«, schnappte Frieder beleidigt und rückte noch näher an die Bilder der Mars-Live-Übertragung heran.

»'s wird emmer schlemmer mit dem«, kommentierte Pfarrer Goettle die Euphorie seines Freundes und wandte sich wieder Luka zu.

»Jetzt sodd mr bloß no wissa, auf wen des Konto der ›KK Consulting‹ lauft.«

Wenige Sekunden später erschien der Name auf dem Bildschirm.

»Des hab i mir faschd denkt,« sagte er und griff zum Telefon, um Hauptkommissarin Gerber anzurufen.

35

Männer, dieses schmutzige Geschlecht. Wie oft musste sie sich noch belügen und betrügen lassen? Warum ließ sie sich ausnutzen und immer wieder demütigen? War sie es nicht wert, um ihrer selbst willen geliebt zu werden? Das Klappern der Buchstaben und Zahlen der Anzeigetafel, die neue Abflugzeiten und Ziele anzeigte, holte sie kurz in die Realität zurück. Sie verglich die Angaben mit denen auf ihrem Ticket. Nur noch eineinhalb Stunden bis zum Abflug nach Zürich, dann konnte die Zukunft beginnen. Eine andere Zukunft als die, die sie sich vorgestellt hatte, aber eine, die sie fortan nur noch selbst bestimmte. Ohne Männer.

Sie drückte den schwarzen Lederkoffer an die Brust und fühlte die Energie, die von dem Inhalt ausging. Drei Millionen Euro, das verhieß Freiheit und Luxus. Und in einem Land wie Brasilien auch Unabhängigkeit. Dieses Hochgefühl überlagerte die Trauer, die sie allzu oft aushalten musste. Karlheinz war ein schlechter Lügner gewesen, konnte seine Affären nur schwer vertuschen. Er reagierte auf die simpelsten Reize. Ein tiefes Dekolleté oder ein kurzer Rock bei einer Frau reichten aus, um ihn auf den Pfad der Lust zu locken. Er stand ständig unter Strom, hatte seine Antennen jederzeit ausgefahren, nur bei ihr versagten seine Triebe. Monatelang hatten sie nicht mehr miteinander geschlafen, bevor er zu seinem Segeltörn aufgebrochen war. Es war kein normaler Urlaub gewesen, er war auf der Flucht. Externe Finanzprüfer waren ihm auf den Fersen gewesen, um Haaresbreite entging er den Nachforschungen. Weil sie die rettende Idee gehabt hatte. Akten schreddern, Unfall vortäuschen, für immer verschwinden.

Am Anfang hatte auch alles wunderbar geklappt. Das gesunkene Boot wurde gefunden. Karlheinz, der sich mittels eines Begleitbootes in Sicherheit gebracht hatte, blieb verschollen. Die Behörden sprachen ihr Mitleid aus. Abwarten, den Tod bestätigen, Versicherungssumme kassieren.

Schon damals hatte es sich gut angefühlt, viel Geld zu haben. Aber natürlich hatte es nicht lange gedauert, bis sich Karlheinz gemeldet hat. Es war ihm gelungen, unentdeckt nach Singapur zu gelangen, und natürlich hatte er sofort eine Geschäftsidee entwickelt, für die er wichtige Partner gewonnen hatte. Es hörte sich alles ganz simpel an. Seine Partner zahlten hohe Summen in fingierte Beteiligungsmodelle einer Firma in Liechtenstein. Die überwies an die »Real Estate Singapur« Geld, um vermeintliche Immobiliengeschäfte zu tätigen. Der Gewinn aus dem Verkauf wurde zurücktransferiert und an die Partner ausgeschüttet. Natürlich unter Abzug einer Provision.

Karlheinz, der sich inzwischen Jonathan Richman nannte und unter diesem Namen auch die Geschäfte führen wollte, war total besessen von dieser Idee, aber er brauchte Geld, um notwendige Anschaffungen zu tätigen, wie er es nannte.

Mit keiner Silbe hatte er sich nach ihr erkundigt. Er wollte nicht wissen, wie es ihr oder den Kindern ging. Es interessierte ihn einfach nicht. Es ging ihm nur um Geld. Da hatte sie begonnen, ihn zu hassen.

Arthur hingegen hatte alles, was sie an ihrem Mann immer vermisst hatte. Er hatte Klasse, Eleganz, er hatte eine künstlerische Vision, eine ureigene Philosophie, er hatte Stil, war einfühlsam, sexy und besaß eine ungeheure Ausdauer im Bett. Die einzige Eigenschaft, die ihn mit Karlheinz verband, war, dass er sie von Anfang an belogen hatte.

Ihre Alarmglocken hätten wesentlich früher läuten müssen. Nach den rauschenden Liebesnächten erfolgte schon bald die Ernüchterung. Seine nächtlichen Besprechungen mit der Dramaturgin, die Einzelsitzungen mit dieser kleinen Schlampe, die sich in die Hauptrolle hineingeschlafen hatte, nahmen zu. Arthur, der große Förderer. Der sein Projekt nur durchführen konnte, weil sie Geld zur Verfügung gestellt hatte. Das Geld aus der Lebensversicherung, das sie kassiert hatte, als sie Karlheinz für tot erklären ließ. Und das sie nun zurückzahlen sollte, weil die Lebensversicherung durch das Auftauchen ihres Mannes einen Betrug witterte und Anzeige gestellt hatte.

Sie hätte Arthurs Unterstützung gebraucht, seinen Zuspruch. Doch stattdessen trieb er sich mit diesem kleinen Schauspieler-Flittchen mit den billigen Silikontitten in Bars herum, gab ihr Geld aus.

Erneut drückte Ilka Kaiser den schwarzen Lederkoffer an sich. Nur noch 80 Minuten bis zum Flug nach Zürich.

Drei Millionen Euro würden reichen. Für ein neues Leben, für eine neue Perspektive, für eine neue Liebe.

Gut, dass sie vorsichtig genug gewesen war, das geheime Konto in Liechtenstein gegenüber Arthur nicht zu erwähnen. Karlheinz hatte es auf ihren Namen eröffnet und hatte sie mit allen Vollmachten ausgestattet, genau wie Siegfried Röder, der ebenfalls Zugang zu dem Konto hatte und viele Geschäfte darüber abwickelte.

Lange Zeit hatte sie nicht hinterfragt, woher das Geld kam, doch dann hatte sie begonnen zu recherchieren. Die Firmen, die immer wieder hohe Beträge überwiesen, waren überwiegend im Veranstaltungsmanagement oder im Security-Bereich tätig. Die Bilder der Geschäftsführer, die sie auf den Internetseiten der Unternehmen gesehen hatte, sprachen Bände. Dunkle Gestalten waren das gewesen, als Businessmen getarnt. Mit denen traf man sich nicht, um einen gemütlichen Abend zu verbringen, auch ließen die Fotos den Rückschluss zu, dass die Herren wenig Spaß verstanden. Sich mit solchen Typen abzugeben, war typisch für Karlheinz. Er wollte zu den ganz Großen gehören. Ihr Hass auf ihn wuchs.

Drei Millionen Euro war eine angemessene Entschädigung für 30 beschissene Ehejahre, für all die ertragenen Launen und Erniedrigungen.

Ihr Smartphone piepte.

SMS von Arthur. Noch so ein Drecksack.

»Schatz. Ich wurde gerade von etlichen Leuten angesprochen, die ihr Honorar noch nicht bekommen haben. Ein Irrtum, oder?«

Nein, du kleiner Wichser. Kein Irrtum. Ab jetzt finanziert ihr euch selbst. Oder eben gar nicht. Vielleicht springt die kleine Schauspieler-Schlampe ein. Oder eine andere alte Kuh wie ich, die sich von dir um den Finger wickeln lässt.

Mich findest du an der Copacabana. Aber mach dir keine Hoffnung. Ich warte nicht auf dich. Es gibt jüngere, knackigere Liebhaber als dich, Arthur Kessler.

Ilka drückte den Lederkoffer noch näher an sich und beobachtete die beiden Polizisten, die vor ihr patrouillierten. Sie sahen sich um, als suchten sie jemanden.

Ilka fühlte, wie ihr der kalte Schweiß den Rücken hinunterfloss, und drehte sich zur Seite. Jetzt nur keine Aufmerksamkeit erregen. Ein Blick zur Anzeigetafel. Nur noch 70 Minuten bis zum Abflug.

36

Hauptkommissarin Gerber klingelte Sturm an der Pforte zu Ilka Kaisers Anwesen. Pfarrer Goettle, der es sich nicht hatte ausreden lassen mitzukommen, verzog anerkennend das Gesicht.

»Net schlecht, des Häusle. Dät sich au guad als Kita macha. Oder als Begegnungsstätte.«

Der Türsummer ertönte, Greta drückte das Tor auf und hastete an dem in der Einfahrt geparkten Alfa Romeo Cabrio vorbei. Der Porsche Cayenne von Frau Kaiser fehlte.

Greta donnerte mit der Faust gegen die Haustür. »Frau

Kaiser, machen Sie auf. Ich muss Sie dringend sprechen«, polterte sie.

»Die isch vielleicht gar net drhoim«, folgerte Goettle, verstummte jedoch, als er sah, dass die Polizistin wenig erfreut über diese Mutmaßung war.

Aus dem Fenster über ihnen erschien Arthur Kesslers Antlitz. Seine Haare klebten feucht am Kopf, überhaupt schien er sehr erhitzt zu sein. Sein Oberkörper war nackt, Schweißperlen standen ihm auf der Stirn, seine Wangen glühten, als hätte er ein Nickerchen auf einer heißen Herdplatte gemacht.

»Was gibt's?«, knurrte er, schlug jedoch einen freundlicheren Ton an, als er die Hauptkommissarin erkannte. »Moment, ich mache Ihnen auf.«

Sekunden später erschien er in der Tür. Zum Anziehen hatte die Zeit nicht gereicht, sein Sommerhemd hatte er nicht zugeknöpft, bei seiner Hose stand der Reißverschluss auf.

»So, hem mer a Sieschda g'macht?«, deutete Pfarrer Goettle das derangierte Outfit des Filmproduzenten.

Kessler errötete. »So etwas Ähnliches. Eine Art Powernapping«, sagte er.

»Und Frau Kaiser? War die bei Ihrem Programm auch dabei? Die würde ich nämlich gern sprechen«, unterbrach Greta Gerber.

»Das würde ich auch gern«, antwortete Kessler und fingerte aus seiner Hosentasche ein ziemlich ramponiertes Zigarettenpäckchen hervor. Er entnahm einen Glimmstängel, zog ihn einigermaßen in Form, steckte ihn in den Mund und tastete sich erfolglos nach einem Feuerzeug ab.

»Was soll das heißen, dass Sie Frau Kaiser auch gern sprechen würden? Ist sie weg?«

Der Produzent nickte. »Ja, seit vorgestern. Keine Ahnung, wohin sie gegangen ist. Aber sie hat ihren großen Koffer dabei, und es fehlen einige ihrer Klamotten.«

Der Filmproduzent sah sich nervös um, die Zigarette hing schlaff zwischen seinen Lippen.

»Und sie hat nicht gesagt, wohin sie gehen will?«

Kessler warf die Zigarette achtlos zur Seite. »Nein, hat sie nicht. Und bevor Sie noch weitere Fragen stellen: Wir haben uns gestritten. Ziemlich heftig sogar.«

»Um was isch's ganga? Um's Powernapping mit andra Weiber?«

Greta starrte den Pfarrer an, der mit einer Geste in den hinteren Teil des Raumes deutete, in dem sich eine junge Frau ohne Eile anzog.

Kessler lächelte überheblich. »Ich habe Ilka immer gesagt, dass ich meine Musenküsse brauche, um erfolgreich zu sein. Die körperliche Liebe fördert meine Kreativität, erweitert meinen Horizont. Das verstehen viele Frauen offenbar nicht.«

»Stimmt. Ich zum Beispiel, ich verstehe das absolut nicht«, gab Greta Gerber zurück. »Aber gut. Sie haben sich also gestritten, dann hat Frau Kaiser Sachen gepackt, hat ihr Auto bestiegen und ward seither nicht mehr gesehen.«

Arthur Kessler begann, sein Hemd zuzuknöpfen.

»Das stimmt nicht ganz. Sie hat sich in ihr Zimmer eingeschlossen, ich bin ins Kieswerk an der Ehinger Straße gefahren, um das Filmset neu aufzubauen, und als ich wiederkam, war sie verschwunden. Sie hat keine Nachricht hinterlassen, geht nicht ans Telefon und offenbar hat sie auch kein Interesse mehr an unserem Projekt. Fast alle Mitwirkenden an meinem Projekt haben seit Wochen kein Geld mehr erhalten.«

Greta Gebers Körper meldete Alarmbereitschaft.

»Sie filmen im Kieswerk an der Ehinger Straße?«

Kessler stopfte mit stoischer Ruhe sein Hemd in die Hose, zog den Reißverschluss zu, betrachtete sein Bild im Garderobenspiegel. Es schien ihm zu gefallen, was er sah.

»Ja, da haben wir Platz, um unsere Kulissen aufzubauen, wir können auch in der Nacht drehen, ohne jemanden zu stören. Wir müssen keine Absperrungen vornehmen, um Passanten vom Drehort abzuhalten …«

»Und da gibt es auch Säcke, die groß genug sind, um einen Toten darin zu verstauen. Nicht zu vergessen, die Steine, mit denen man den Sack beschweren kann, damit er am Grund des Badesees bleibt.«

Greta Gerbers Augen verengten sich zu Schlitzen. Nur mühsam bewahrte sie die Beherrschung. Arthur Kessler ließ sich davon nicht beeindrucken.

»Ich weiß nicht, wovon Sie reden«, sagte er.

»Karlheinz Kaisers Leiche wurde in einem Sack mit dem Logo des Kieswerks im Badesee versenkt. Komischer Zufall, nicht? Herr Kessler, ich muss Sie bitten, mit auf das Präsidium zu kommen.«

Zum ersten Mal seit Beginn der Befragung zeigte Kessler so etwas wie eine Regung. Seine selbstsichere Miene entgleiste, fassungslos starrte er die Hauptkommissarin an.

»Wieso denn? Ich weiß nichts von Toten in Säcken, ich habe nichts mit dem Mord an Kaiser zu tun.«

»Packen Sie ein paar Sachen ein, Sie werden ein paar Tage unser Gast bleiben.«

Greta Gerber genoss das Entsetzen des Filmproduzenten, verspürte eine Art Genugtuung.

»Das … können … Sie nicht machen! Mein Film, ich

muss weiterdrehen. Wissen Sie, was mich ein verlorener Tag kostet?«

Er wandte sich Hilfe suchend an Pfarrer Goettle, doch der zuckte nur die Schultern.

»Es ist ja nicht Ihr Geld, das verloren geht, nicht wahr? Welches Kennzeichen hat das Fahrzeug von Ilka Kaiser? Wir werden sofort eine Fahndung einleiten.«

Arthur Kessler starrte sie an, als zweifelte er am Verstand der Polizistin.

»Was werfen Sie uns denn vor?«, fragte er tonlos.

»Sie und Ihre Lebensgefährtin Ilka Kaiser stehen unter dem dringenden Verdacht, am Mord von Karlheinz Kaiser beteiligt gewesen zu sein. Frau Kaisers Flucht und das falsche Alibi, das Sie ausgestellt haben, werden für einen Haftbefehl ausreichen. Holen Sie Ihre Sachen. Und wenn ich um die Mobilfunknummer und das Kennzeichen von Ilka Kaiser bitten dürfte.«

Greta Gerber war sich dessen bewusst, dass ihre Anklage auf einem wackeligen Fundament stand. Wenn Kessler nicht redete, dann musste sie ihn nach 48 Stunden wieder auf freien Fuß setzen. Doch die Worte zeigten Wirkung. Kesslers Atem rasselte, als er die Angaben vor sich hin murmelte. Mit mechanischen Bewegungen schlurfte er die Treppe hoch, um eine Tasche mit den notwendigsten Utensilien zu packen. Die dralle Blondine, mit der Kessler offenbar sein Powernapping-Programm durchgeführt hatte, trat auf den Flur und sah ihm nach.

»Arthur, wo willssst du denn hin. Wir wollten doch noch an meiner Ausssssprache arbeiten«, lispelte sie.

»20 Zwerge üben Handstand. 10 im Wandschrank, 10 am Sandstrand«, sagte Andreas Goettle an die junge Frau gewandt.

»Wasss isss losss?«, fragte die Frau mit verächtlicher Miene.

»Des isch so a Sätzle, um die Aussprache zum üba. I kenn mi da aus. I ben nämlich Chorleiter.«

Goettles Stolz auf seine Position war deutlich herauszuhören, doch offenbar beeindruckte er die Dame damit nicht.

»Ich bin Ssssaussssspielerin und nicht Ssssängerin«, entgegnete sie und strich mit einer dramatischen Geste die Haare hinter das Ohr. Sie stürzte auf Kessler zu, als er die Treppe herunterkam.

»Arthi-Sssatz, wo willssst du hin?«

Sie klammerte sich an den Filmproduzenten, doch der befreite sich schroff aus ihrer Umarmung.

»Mach ohne mich weiter. Ich bin bald wieder da«, presste er hervor.

»Da würde ich mich nicht drauf verlassen«, sagte Hauptkommissarin Gerber und ließ ihr Telefon sinken, mit dem sie das Autokennzeichen und die Mobilfunknummer von Ilka Kaiser an die Kollegen weitergegeben hatte. »Die Fahndung läuft. Gehen wir.«

Sie nahm Arthur Kessler am Arm und führte ihn zum Haus hinaus. Die junge Frau blickte ihnen verdutzt hinterher.

»Bismarck biss Mark, bis Mark Bismarck biss«, sagte Pfarrer Goettle zu ihr und legte ihr sanft die Hand auf den Rücken.

»Emmer sche üba, no wird des no ebbes mit dem ›s‹. Zwischen zwei Zweigen sitzen zwei Zecken …«

37

Nur noch 40 Minuten bis zum Abflug …

38

… bum …

39

Diese Stille hatte etwas Bedrückendes. Sie lastete auf Laura Behrmann und Denis Schneider wie ein schweres Gewicht. Nur das Ticken der Wanduhr wagte es, die unheilvolle Ruhe zu rhythmisieren.

Die beiden Polizisten saßen am Esstisch in der Küche des Heimerdinger'schen Gehöfts; ihnen gegenüber starrte Walter Heimerdinger in seine Hände, die er wie zum Gebet gefaltet hatte. Der Alte hatte die Nachricht vom Suizidversuch seines Enkels fast regungslos aufgenommen, doch dann hatten plötzlich seine Beine nachgegeben, und er musste auf Schneider gestützt zu einem Stuhl geleitet werden.

Da saß er nun. Der sonst so vitale Mann hatte sich in einen Greis verwandelt. Die ledrige Haut wirkte transparenter als sonst, die bläulichen Lippen waren fast weiß.

»Es ist ihm nichts wirklich Schlimmes passiert«, sagte Laura Behrmann, die das Leid des alten Mannes rührte. Noch nie zuvor hatte sie die Einsamkeit eines Menschen so deutlich gespürt.

Kommissar Schneider kratzte mit seinem Autoschlüssel in einer Furche im Holztisch herum. Er versuchte, die Ereignisse der letzten Tage in seinem Kopf zu ordnen, doch irgendwie fehlten Verbindungsstücke, um alles zu begreifen. Wie bei einem Puzzle, bei dem man die zentralen Teile verschlampt hatte, wollte sich kein Bild einstellen.

Laura Behrmann legte Walter Heimerdinger eine Hand auf den Arm.

»Was meinen Sie? Warum hat Thomas versucht, sich das Leben zu nehmen?«, fragte sie sanft.

Heimerdinger stöhnte und schob ihre Hand weg.

»Was isch denn des für a Frog«, schrie er. »Der Bua isch krank. Ond ihr sperret den ei, als wär er an Verbrecher. Dabei lauft die gröschd Drecksau no frei rum.«

»Gehe ich recht in der Annahme, dass Sie von Siegfried Röder sprechen?«, hakte Denis Schneider nach.

Heimerdingers Gesichtsfarbe kehrte zurück, allerdings viel zu schnell und weit über das gesunde Maß hinaus.

»Von wem denn sonschd? Der wurmige Blitz hot doch denne jonge Kerle total dr Kopf verdreht mit seina Spinnereia. Dass se älle ins internationale G'schäft eisteiga könnet, hot er denne versprocha. Er hot ihne sogar Geld geba. Er hot ihne die Seele g'raubt, dieser Haderlomp. I sag's eich: Der Röder isch an Deifel.«

Heimerdinger hatte sich so in Rage geredet, dass ihm Speichel vom Kinn tropfte. Er wischte sich mit dem Ärmel seiner Arbeitsjacke über das Gesicht. Angewidert starrte Schneider auf die schleimige Schliere, die auf dem Stoff glitzerte.

»Was hat Röder Thomas versprochen?«, setzte Laura Behrmann die Befragung fort.

»Des woiß i net«, raunte der Alte. »Der Thomas hot nix g'sagt. Aber seit a paar Wocha isch der so andersch. Als hätt er Sorga. Oder Angschd. Der schreit im Schlof. Guckt sich ständig um, als wär der Leibhaftige hinter ihm her.«

Walter Heimerdingers Lippen bebten. »Ond i kann nix doa. Er schwätzt jo nix. Dabei dät i ihm so gern helfa. Er isch doch mei Bua.«

Ein heftiger Weinkrampf schüttelte den Alten.

Laura Behrmann blicke zum Fenster hinaus. Ihr Kollege Schneider sollte nicht merken, dass sie mit den Tränen kämpfte. Sie konzentrierte sich auf den Hahn, der eine Henne über den Hof jagte, auf das leise Muhen, das von dem Stall herüberwehte. Trügerisches Idyll, doch es gelang ihr, die Fassung zurückzugewinnen.

»Wäre es möglich, dass wir uns in Thomas' Zimmer ein wenig umsehen?«, fragte sie.

Walter Heimerdinger zuckte mit den Schultern, stand auf und führte sie zur Küche hinaus in den oberen Stock des Gebäudes.

»Sieh an, ein neuer Apple-Computer, eine Bose-Anlage, Markenklamotten, so weit das Auge reicht. Ihr Enkel scheint ein ordentliches Taschengeld zu bekommen.«

Denis Schneider schritt den Raum ab und blieb immer wieder ehrfürchtig vor Dingen stehen, die er offensichtlich auch gern sein Eigen genannt hätte.

Walter Heimerdinger saß auf der Bettkante und betrachtete seine Hände.

»Von mir hot er des net. Aber er hot a bissle was g'erbt. Ond der Galgahond Röder hot ihm au emmer was g'steckt.«

Laura Behrmann blätterte in einem Ordner mit Kontoauszügen.

»Von den bescheidenen Einnahmen, die hier verbucht sind, kann er sich diese Dinge aber nicht geleistet haben«, sagte sie.

Heimerdinger lachte verächtlich. »Noi, von der Waisarente wird er des net kauft han.«

»Also waren Röders Zuwendungen doch etwas höher

ausgefallen«, mutmaßte Schneider. Er zog ein Notizbuch aus einer Schreibtischschublade und las darin.

Der Alte sprang auf und wollte es ihm entreißen, doch Schneider drehte sich von ihm weg, sodass der Großvater das Büchlein nicht erreichen konnte.

»Des dürfet Sie net lesa. Des isch sei Tagebuch. Gebat Se des her«, flehte der Alte.

Schneider las den letzten Eintrag, der nur wenige Tage alt war.

Ich habe es getan, Mama. Zum ersten Mal. Und es war so schön. Ihr Mund, ihre Haut, ihr Busen, alles so weich …

Schneider räusperte sich, überlegte einen Moment, ob er weiterlesen sollte, doch dann entdeckte er einen Namen, der wie ein Blitzschlag in ihn hineinfuhr.

Zärtlich, Mama, Christine war so zärtlich. Ihre Hände. Ihre Lippen. Alles.

Und wie sie duftete. Nach Vanillepudding mit Zimt.

Eine heiße Eifersuchtswelle überflutete Schneider. Thomas Heimerdinger hatte mit Christine geschlafen. Er, dieser Betrüger und Mörder, hatte seine Göttin vom Sockel gestoßen, sie zum Flittchen degradiert.

Walter Heimerdinger nutzte Schneiders Schockstarre und entriss ihm das Notizbuch.

»Des dürfet Sie net lesa. Des isch privat. Do steckt sei Seele drin«, knurrte er und presste die Kladde an sich.

»Geben Sie uns das Buch«, sagte Laura Behrmann und streckte die Hände danach aus. »Wir müssen schauen, ob wir Hinweise darauf finden, was zwischen Maik Riemenschneider und Thomas vorgefallen ist. Und inwiefern Siegfried Röder oder irgendjemand anderes in die Angelegenheit verstrickt ist.«

Heimerdinger ließ sich nicht beirren. Wie ein trotziges Kind schüttelte er den Kopf.

Laura rückte näher an ihn heran.

»Sie wollen doch auch, dass wir den Mörder von Maik finden. Vielleicht steht in dem Tagebuch etwas, was Thomas entlastet. Dann wäre er schon bald ein freier Mann. Dann haben Sie ihn wieder bei sich. Sobald er das Krankenhaus verlassen kann, versteht sich.«

Widerwillig überreichte Walter Heimerdinger das Büchlein. Laura nahm es an sich und steckte es in ihre Hosentasche.

»Ja, das war es dann. Gehen wir«, sagte Denis Schneider und eilte aus dem Zimmer. Laura Behrmann nickte Walter Heimerdinger zu und folgte ihrem Kollegen. Der Alte blieb im Zimmer stehen und sah stumm aus dem Fenster.

»Ja, des war's dann, Röder, du Galgastrick«, murmelte er. Er wusste, was zu tun war.

40

Boarding Time. Noch 30 Minuten bis zum Abflug. Ilka Kaiser blickte nochmals auf das Display ihres Smartphones. Keine neuen Nachrichten. Zumindest keine von Belang. Arthur hatte noch einige Male versucht, sie zu erreichen. Sobald sie in Brasilien war, würde sie sich ein neues Telefon kaufen. Mit diesem Möchtegernkünstler wollte sie nichts mehr zu tun haben. Sie schaltete das Gerät ab, ließ es unauffällig in einem Papierkorb verschwinden und begab sich in Richtung Ausgang, an dem eine Stewardess die Tickets und die Ausweise prüfte.

»Ich wünsche einen guten Flug«, sagt die Stewardess, als sie ihr die Unterlagen zurückgab.

»Den werde ich haben«, antwortete Ilka Kaiser und lächelte.

41

»Ich hasse diese Spiele unter der Woche. Eine Zumutung ist das. Wir haben nicht die geringste Chance, pünktlich zu kommen.«

Siegfried Röder schlug auf das Lenkrad seines Mercedes ein und schickte einige derbe Flüche in Richtung der Autokolonne, die sich im Schritttempo auf der A 8 am Flughafen Stuttgart vorbeischob. In zwei Stunden sollte das letzte Auswärtsspiel des 1. FC Oberschwaben bei Waldhof Mannheim angepfiffen werden, und der Manager hatte trotz der widrigen Umstände darauf bestanden, dabei zu sein.

Beamte des Landeskriminalamts hatten seine Geschäftsräume nach Unterlagen durchsucht, die einen Hinweis auf Wettmanipulationen liefern sollten. Eine abstruse Vorstellung, dass er solche Belege sorgfältig abheftete und in seinem Büro aufbewahrte. Er hätte dem deutschen Polizeiwesen mehr Sachverstand zugetraut. Solche Geschäfte liefen über Scheinfirmen, über Konten im Ausland. Die Polizisten waren also ohne Erfolg abgezogen, hatten jedoch angekündigt, dass sie noch einmal kommen wollten.

Auf dem Beifahrersitz saß Sebastian Strobel, der nervös an seinem Mobiltelefon herumspielte und ihm dabei elektronische Töne entlockte.

»Hör auf damit. Das macht mich verrückt«, blaffte Röder ihn an und versuchte, ihm das Gerät zu entreißen. Er geriet mit dem Fahrzeug ein Stück auf die Überholspur, was ein zorniges Hupen anderer Verkehrsteilnehmer auslöste.

Strobel schaltete das Gerät aus, steckte es in seine Jackentasche und starrte aus der Windschutzscheibe. Die Rücklichter der vorausfahrenden Fahrzeuge spiegelten sich in seinen Brillengläsern.

»Das hat doch alles keinen Sinn mehr«, sagte er leise. »Der Traum ist ausgeträumt. Es wird alles auffliegen. Der FC steigt nicht auf und wir landen alle im Knast.«

Er wandte sein Gesicht zum Seitenfenster und betrachtete die Regentropfen, die wie Tränen Schlieren auf dem Glas zogen. Wäre er allein gewesen, hätte Strobel seinem Kummer mehr Raum gegönnt.

Zu viel hing von dem Aufstieg des 1. FC Oberschwaben für ihn ab. Röder wollte im Falle eines Aufstiegs eine Marketing-Gesellschaft gründen, die sämtliche Verwertungsrechte des 1. FC Oberschwaben verwaltete. Und er, Sebastian Strobel, sollte den Posten des kaufmännischen Leiters bekommen. Mit diesem Titel ging ein stattliches Gehalt einher. Er hatte schon Immobilienanzeigen gewälzt und sich einige Objekte angesehen. Er wollte weg aus dem »Weißen Bild«, das nur ein Synonym für die bisherige Konturenlosigkeit seines Lebens war. Hier wohnten die Perspektivlosen, Menschen wie Lizzy. Sie konnte in seinem neuen Leben keine Rolle mehr spielen. Wenn er schon die Chance auf einen Neuanfang bekam, dann, bitte schön, alles zurück auf null. Mit dieser Schnapsdrossel, die nicht einsah, dass sie ihre Blüte auch durch eine Vielzahl von Schönheitsoperationen nicht aufrechterhalten konnte, war eine Zukunft für ihn undenkbar.

»Weißt du, Strobel, was dein Problem ist?«, schnarrte Röder missmutig. »Du bist nicht flexibel. Darum wirst du auch immer auf der Stelle treten. Das A und O ist, dass du immer einen Plan B in der Schublade hast.«

Strobel dachte einen Moment lang über diese Worte nach, die für ihn jedoch wenig Sinn ergaben. Seit Jahren hatte es nur ein Ziel für ihn gegeben. Der Aufstieg des 1. FC Oberschwaben in die Bundesliga. Vereine wie Hoffenheim und Augsburg hatten es vorgemacht, konnten sich neben Mannschaften wie Bayern München, Borussia Mönchengladbach und dem VfB Stuttgart etablieren. Es war zu schaffen. Und Strobel hatte sich geschworen, diesen Erfolg für sich zu nutzen. Um wieder Tritt zu fassen, koste es, was es wolle. Er hatte Röder vertraut, der immer wusste, was zu tun war. Der immer Entscheidungen traf, die sich im Endeffekt als die richtigen herausstellten. Was sollte also nun dieses Gefasel von einem Plan B? Wovon sprach Röder?

»Wie sieht er denn aus, dein Plan B? Das würde ich ja wirklich gern wissen«, fragte Strobel.

Siegfried Röder lächelte selbstgefällig.

»Das glaube ich dir gern, dass dich das interessiert. Weißt du, Sebastian, wenn du nur ein kleiner Kläffer bist, aber ein Wolf sein willst, dann musst du zumindest schaurig heulen können.«

»Aha, und was heißt das?«

Strobel fühlte, wie heiße Wut in ihm aufstieg. Er konnte es sich nicht recht erklären, aber irgendwie fühlte er sich übervorteilt.

Röder behielt den Verkehr vor sich im Auge und sagte minutenlang nichts. Im Radio verkündete ein Sprecher, dass auf ihrer Strecke 15 Kilometer zäh fließender Verkehr zu erwarten seien. Röder stieß einen Fluch aus. Sebastian Strobel rechnete schon nicht mehr mit einer

Antwort auf seine Frage, doch Röder blieb selten eine Erklärung schuldig.

»Du hast auf das falsche Pferd gesetzt, Sebastian. Du bist ein Idealist. Du bist der Meinung, dass es immer fair zugehen muss. Aber so ist es nicht. Im Sport, in der Wirtschaft, in der Politik ist immer nur der erfolgreich, der die bessere Strategie hat. Du musst schlauer sein als andere. Du musst bereit sein, Opfer zu bringen. Auch wenn das manchmal wehtut.«

Röder sah Strobel eindringlich an. Sebastian spürte den Ernst der Worte, fühlte sich unterlegen. Ihm wurde der Irrsinn bewusst, dass er diesem Mann blind vertraut hatte und bereit gewesen war, alles für ihn zu tun. In diesem Moment dämmerte es ihm, dass er sich nicht auf Röders Wohlwollen verlassen konnte. Der Manager hatte ihn in der Hand. Er konnte ihn jederzeit fallen lassen.

»Ich habe genug Opfer gebracht«, entfuhr es Strobel. Es klang hilflos.

Röder lächelte väterlich.

»Och, Basti. Natürlich hast du das. Dein Problem ist, dass du eindimensional denkst. Du bist parteiisch. Sieh es doch einmal so: Wenn eine Mannschaft verliert, gewinnt eine andere. Es ist wie beim Roulette: Rot oder schwarz, eine Farbe kommt bestimmt, du musst nur den richtigen Riecher haben.«

»Und du denkst mehrdimensional?«, konterte Strobel.

Röder nickte und lächelte süffisant.

»Selbstverständlich. Wenn der 1. FC nicht aufsteigen sollte, und das ist ohne Maik und Thomas sehr wahrscheinlich, dann müssen Konsequenzen folgen. Da rollen Köpfe. Vielleicht wird der Trainer entlassen, vielleicht geben die Leute auch mir die Schuld und jagen mich vom Hof. Oder dich. Die Menschen urteilen nicht gerecht, sie lassen sich von Gefühlen leiten. Für diese Fälle muss man rechtzeitig vorsorgen.«

Sebastian Strobel wurde nicht schlau aus Röders Vortrag. Er hatte ihn als ehrgeizigen Mann eingeschätzt, der alles dafür tun wollte, im Profifußball seinen Platz zu finden. Und er hatte diesen Gedanken immer mit dem sportlichen Aufstieg des 1. FC verbunden. Aber vielleicht gab es für Röder ja auch andere Wege, sich zu etablieren. Vielleicht hatte er schon Kontakte zu anderen Vereinen geknüpft.

»Aber was wird denn dann aus mir?«

Röder zuckte mit den Schultern.

»Na ja, vielleicht findest du wieder eine Anstellung als Controller. Oder du machst beim FC den Platzwart. Vielleicht kann Lizzy wieder die Vereinsgaststätte übernehmen und die Stammgäste gegen ein gewisses Entgelt nicht nur am Tresen befriedigen. Das kennt sie doch noch von früher.«

Röder lachte laut. Sein Doppelkinn wackelte, er lief rot an, japste nach Luft, wischte sich eine Träne aus den Augen. Strobel ballte die Faust, unterdrückte mit Mühe den Impuls, Röder ins Gesicht zu schlagen.

»Du Sau«, knurrte er.

Röder stellte das Radio lauter, für ihn war das Gespräch beendet.

Helene Fischer sang »Atemlos durch die Nacht«.

Vor Sebastian Strobels Augen begannen die Rücklichter der vorausfahrenden Fahrzeuge zu tanzen. Sie vereinten sich zu einem Wirbel, wie Blut, das mit Wasser vermischt in einen Abfluss floss.

Plan B, schoss es ihm durch den Kopf. Oh ja, es gab einen Plan B. B wie Befreiung.

42

Die Luft im Vernehmungsraum war zum Schneiden dick. Arthur Kessler saß in gebeugter Haltung auf einem Stuhl und fuhr sich unentwegt mit einer Hand durch die Haare. Er gab Unmutslaute von sich, die Befragung, die mittlerweile schon zwei Stunden dauerte, quälte ihn.

»Also gut, noch mal von vorn.«

Denis Schneider holte tief Luft und startete einen neuen Versuch, den Sachverhalt zu klären, der bislang noch im Verborgenen geblieben war.

»Herr Kessler, Sie geben also zu, dass Sie Karlheinz Kaiser in der Tatnacht auf dem Parkplatz des Stadions vom FC getroffen haben?«

Arthur Kessler nickte schwach. »Das habe ich doch schon hundertmal erzählt.«

»Dann erzählen Sie es uns noch einmal«, fuhr Schneider fort.

Es fiel ihm schwer, seine Anspannung zu unterdrücken. Viel lieber hätte er den Möchtegernkünstler richtig hart rangenommen. Dieser eingebildete Lackaffe, der von dem Geld seiner Geliebten lebte, hätte keine fünf Minuten durchgehalten und alles gestanden. Doch er wusste, dass er unter Beobachtung stand. Kriminalrat Seidel und Pfarrer Goettle, dem es entgegen aller Vorschriften zugestanden worden war, im Überwachungsraum dabei zu sein, sahen ihm zu. Und auch seine Kollegin Gerber hatte ja schon oft durch ihre Haltung klargemacht, dass sie seine Art des Verhörs nicht sehr schätzte.

»Was wollte Kaiser von Ihnen? Oder besser: Was wollte er von seiner Frau?«

Kesslers Atem rasselte. »Kann ich rauchen?«, fragte er.

»Ja, sicher«, erwiderte Denis Schneider. »Sobald Sie unsere Fragen beantwortet haben, schnallt sich Kollegin Gerber einen Bauchladen um und Sie haben die freie Auswahl. Es liegt also an Ihnen.«

Greta Gerber, die in einer Ecke stand und scheinbar unbeteiligt die Wand inspizierte, verdrehte die Augen.

»Da kam ein Anruf«, brachte Kessler hervor. »Ilka war völlig außer sich. Sie wollte erst nicht darüber reden, doch ich habe nicht lockergelassen, also erzählte sie mir die ganze Geschichte. Dass ihr Mann gar nicht tot war, sondern sich in Asien aufhielt. Und dass er nun wiedergekommen war, um Geld einzufordern, das sie nicht hatte. Und dass unser Filmprojekt dadurch gefährdet war. Sie war völlig verzweifelt.«

»Okay, was geschah dann?«

Kessler wackelte auf seinem Stuhl hin und her, wie ein Junge, der kurz davor war, seinen Eltern etwas Unangenehmes zu beichten.

»Wir sind zum Stadion gefahren. Sie wollte erst nicht, aber ich habe sie überredet. Wir wollten mit Kaiser sprechen, ganz vernünftig. Er war überrascht, uns zu sehen. Offenbar hatte er jemand anderes erwartet. Er war sehr angespannt, um nicht zu sagen aggressiv. Er faselte etwas davon, dass er Geld brauchte. Und dass Leute nervös werden. Keine Ahnung, was er gemeint hat.«

Kessler starrte auf das Aufnahmegerät in der Mitte des Tisches, als wäre es ein ekelerregendes Insekt.

»Wie hat Ihre Lebensgefährtin reagiert?«, fragte Greta Gerber.

»Sie kam nicht so recht dazu zu reagieren«, antwortete Kessler. »Kaiser hat eine Waffe gezückt und sie auf uns gerichtet. Ich habe gedacht, er blufft, und bin auf ihn zugegangen. Ich habe versucht, ihm die Pistole abzunehmen. Wir haben gekämpft, Ilka hat geschrien. Und plötzlich lag Kaiser leblos auf mir. Ilka hatte diesen Stein in der Hand und der war voller Blut. Da habe ich Panik bekommen und bin abgehauen.«

Denis Schneider setzte sich und sah Arthur Kessler eindringlich an.

Feige bist du also auch noch, schoss es ihm durch den Kopf. Lässt seine Geliebte einfach im Stich. Doch irgendwie glaubte er ihm nicht.

»Das heißt also, dass Ilka Kaiser ihren Gatten mit einem Stein auf den Kopf geschlagen hat, richtig?«

Kessler nickte.

»Was geschah dann?«

»Ich weiß es nicht. Ich bin gelaufen, die Straße lang, immer weiter. Eine Ewigkeit. Irgendwann hielt ein Wagen neben mir. Ilkas Wagen. Sie forderte mich auf einzusteigen.«

»Mehr hat sie nicht gesagt?«, fragte Greta Gerber.

»Doch. Sie hat gesagt, der Albtraum sei vorbei.«

Kessler fuhr sich mit der Hand über das Gesicht. Er sah erschöpft aus.

»Was hat sie damit gemeint? Mensch, Kessler, lassen Sie sich doch nicht alles aus der Nase ziehen. Was hat sie mit Karlheinz Kaiser gemacht?«

Arthur Kessler hob schwach die Schultern.

»Ich weiß es nicht. Sie hat nicht darüber gesprochen. Sie wollte mich nicht mit der Sache belasten.«

»Wie edel von ihr«, schnarrte Schneider und stand auf. »Und für Sie war die Sache damit aus der Welt. Sie haben nicht nachgefragt. The show must go on, oder wie?«

Es klopfte an der Tür zum Vernehmungszimmer. Laura Behrmann wartete keine Antwort ab und stürmte herein.

»Wir haben das Handy von Ilka Kaiser geortet«, sagte sie atemlos.« Zuletzt war es am Flughafen in Vaduz in Betrieb. Allerdings hat sie es inzwischen ausgeschaltet. Die Dame versucht offensichtlich, sich abzusetzen.«

Arthur Kessler erbleichte.

»Wie? Was? Absetzen? Das kann sie doch nicht machen. Was wird denn aus unserem Film? Wir haben doch Verträge.«

»Tja, daraus wird wohl nichts«, triumphierte Kommissar Schneider.

Das war also Kesslers wunder Punkt. Er hatte es doch gleich gewusst, dass an dieser vermeintlichen Romanze zu der wesentlich älteren Frau nicht viel dran sein konnte.

»Offensichtlich ist Frau Kaiser der Film nicht ganz so wichtig«, schob er nach.

»Und offenbar hat sie auch von Ihren Fremdmusenküssen die Nase voll«, ergänzte Greta Gerber. »Was glauben Sie? Wohin wird die Reise von Ilka Kaiser gehen?«

Kessler starrte die Hauptkommissarin fassungslos an. Die Arbeit der letzten drei Jahre stand auf dem Spiel, das wurde ihm in diesem Moment schmerzlich bewusst. Ilka betrog ihn um sein Lebenswerk, ließ ihn zurück. Ohne Abschied, ohne Gruß und vor allem ohne Geld.

»Sie hat oft davon gesprochen, dass sie irgendwann einmal nach Brasilien reisen will.« Kessler hob die Augen. »Aber eigentlich wollte sie mit mir dahin.«

Schneider konnte ein boshaftes Grinsen nicht unterdrücken.

»Laura, checken Sie sofort alle Flugverbindungen von Vaduz nach Brasilien. Und überprüfen Sie, ob sich Ilka Kaiser unter den Fluggästen befindet. Und wenn dem so ist, verständigen Sie sofort die Kollegen im Ausland. Wir müssen Frau Kaiser erwischen, bevor sie in Brasilien landet.«

»Sophia Hepburn«, sagte Kessler schwach. »Vielleicht reist sie unter ihrem Künstlernamen.«

Greta Gerber starrte den Filmproduzenten verständnislos an.

»Sophia Loren und Audrey Hepburn sind ihre Vorbilder. Also hat sie sich nach ihnen benannt. Den Namen hat sie sich sogar in den Pass eintragen lassen«, klärte Kessler auf.

Laura Behrmann machte sich eine Notiz und rauschte zur Tür hinaus.

Jetzt gilt es, schnell zu sein, dachte Greta Gerber und hoffte inständig, dass es noch nicht zu spät war.

43

»In den letzten Tagen war der 1. FC Oberschwaben eher durch tragische Ereignisse als durch sportliche Erfolge in die Schlagzeilen geraten. Ohne den vor wenigen Tagen ermordeten Mittelfeldregisseur Maik Riemenschneider und den inhaftierten Torhüter Thomas Heimerdinger schlug sich die Mannschaft des 1. FC Oberschwaben gegen Waldhof Mannheim jedoch äußerst tapfer«, ertönte es aus dem Autolautsprecher von Röders Fahrzeug. »Fast eine Stunde rannten die Kurpfälzer gegen das Abwehrbollwerk aus Biberach an, hatten in der 44. Minute eine Großchance, als Sebastian Lindner aus 30 Metern abzog und nur die Latte traf. In der 55. Minute bewahrte Ersatzkeeper Timo Schmidberger seine Mannschaft vor einem Rückstand, in dem er den Flugkopfball von Salvatore Bari parierte. Die kompakte Mannschaftsleistung der Oberschwaben machte sich bezahlt. In der 77. Minute flankte Milešević auf den pfeilschnellen Lechner, der die Waldhof-Abwehr überlief. Sein Pass in die Mitte verwertete Mirabelli zum 1:0 für den FC Oberschwaben. Die Mannheimer reklamierten nicht ganz unberechtigt, dass sich Mirabelli im Abseits befunden habe, doch das Schiedsrichtergespann blieb bei seiner Entscheidung und erkannte das Tor an. Mit diesem Sieg bewahren sich die Oberschwaben die Chance auf den Aufstieg in die 3. Bundesliga. Eine endgültige Entscheidung wird jedoch erst in der letzten Begegnung der Saison fallen, die bereits in drei Tagen stattfindet. Am Samstag empfängt der 1. FC Oberschwaben Tabellenschlusslicht Jahn Regensburg, während Mitaufstiegsaspirant Wehen Wiesbaden bei den Stuttgarter Kickers antreten muss …«

Siegfried Röder schaltete das Autoradio aus und warf einen Blick auf Sebastian Strobel, der sich in seinen Sitz gekauert hatte. Er klopfte ihm auf den Schenkel.

»Na, was sagst du? Ist doch super gelaufen, oder?«

Strobel schüttelte den Kopf. »Ich verstehe das nicht. Ich hätte schwören können, dass wir heute verlieren. Und das Tor hätte auch nicht gegeben werden dürfen. Nico stand ganz klar im Abseits. Könnte wetten, dass du da wieder nachgeholfen hast.«

Röder lachte.

»Du überschätzt meine Einflüsse, Basti. Aber möglich, dass da andere Herren ein Sümmchen lockergemacht haben. So ein Schiedsrichter verdient gerade mal 300 Euro pro Spiel, da wird der eine oder andere schon empfänglich.«

»Was hat das noch mit Sport zu tun?«, zischte Strobel.

Röder stöhnte. »Kommst du mir jetzt mit Moral? Freu dich doch. Der Aufstieg ist immer noch drin. Dann bist du Platzwart bei einem Drittligisten.«

Strobel wusste nicht, was er von dieser Bemerkung halten sollte. Hielt Röder ihn zum Narren? War das seine Art, Witze zu reißen? Er kannte den Manager schon eine lange Zeit, doch er konnte nicht hinter seine Fassade blicken.

»Platzwart, ja. Der ist gut«, sagte er und kicherte.

»Das ist kein Witz, Basti.«

Röders Tonwechsel versetzte Strobel in Alarmbereitschaft. Er verhieß nichts Gutes. »Ich kann keine Mitarbeiter in meiner Nähe brauchen, die mich eine Sau nennen.«

Die Augen des Managers funkelten angriffslustig. Strobel bemerkte, wie sich seine Kehle zusammenschnürte. Sein Herz pochte in einem rasanten Tempo.

»Das habe ich doch nicht so gemeint. Aber du hast mich beleidigt. Und Lizzy auch …«

Röder unterbrach ihn. »Du kannst froh sein, wenn du die Striche auf dem Rasen und nicht an den Wänden einer Zelle ziehen darfst. Wenn die Polizei wüsste …«

Sebastian Strobel wurde es schwarz vor den Augen. Das würde Röder nicht wagen. Es stand für ihn genauso viel auf dem Spiel wie für ihn. Er konnte nicht zur Polizei gehen. Nicht, ohne selbst in die Schusslinie zu geraten. Und er würde dafür sorgen, dass er die Suppe nicht allein auslöffeln musste.

»Ha, du solltest dein Gesicht sehen. Zum Totlachen«, kreischte Röder vor Vergnügen. »He, Basti, bleib mal locker, ist doch alles nur ein Spiel. Nimm das alles nicht so ernst. Mal gewinnt man, mal verliert man.«

Strobel wusste nicht, was er erwidern sollte. Röder war unberechenbar und unterrichtete ihn längst nicht mehr über alle Schritte, die er unternahm. Er ging über Leichen, wenn es um die Umsetzung seiner Ideen ging. Und ja, er würde auch ihn über die Klinge springen lassen, wenn es ihm einen Vorteil brachte. Aber dazu würde es nicht kommen.

Sebastian Strobel beruhigte sich, gab seine verkrampfte Sitzhaltung auf und lehnte sich zurück. Ein Spiel, das war es also für ihn. Gut, dann war es Zeit, die Regeln zu ändern. Der Gedanke gefiel ihm. Zufrieden schloss er die Augen.

44

Durch den Gemeindesaal von St. Joseph wehte ein Hauch von Aufruhr. Pfarrer Andreas Goettle schritt die Reihe mit Stühlen ab, auf denen die »Grünen Minnen« Platz genommen hatten. Die Aktivistinnen lauschten andächtig den Worten des Geistlichen, der sie einberufen hatte, um ihnen seine Idee einer Störaktion gegen den 1. FC Oberschwaben zu unterbreiten. Von seiner Haushälterin Münzenmaier war er als »Kindskopf« bezeichnet worden, als er ihr den Schlachtplan verraten hatte, doch die radikalen Protestlerinnen hatten sofort ihre Bereitschaft zur Beteiligung signalisiert.

»Biberach muss von seinem größten Sündenpfuhl befreit werda. Der 1. FC Oberschwaben isch ein Konschdrukt aus Lug und Trug. Und der gröschde B'schissgockel hockt in der Chefetage. Und den werda mir am letschda Spieltag rupfa.«

Die »Grünen Minnen« raunten ihre Zustimmung.

»Kampf dem Tyrannen!«, rief Eleni Theadopoulo und schlug die rechte Faust in die linke Hand.

»Also, mir treffet ons um 13.30 Uhr vorm Stadion. Um die Zeit isch no nix los ond mir könnet die Lage sondiera. Der Bibelkreis verteilt die Flugblätter. Schließlich müsset die Leut endlich aufklärt werda, was bei dem Verei los isch. Damit die des in Ruhe macha könnet, werdet meine Firmling vor de Eingäng Knallfrösch anzünda, um die Ordner abzumlenka.«

»Und was machet mir?«, fragte Ilona Schultheiß, die

mit ihren 78 Jahren die älteste, aber auch die unerschrockenste »Minna« war. In die Annalen des Protests hatte sie sich geschrieben, als sie bei einer Demonstration gegen Naziaufmärsche einen Polizisten so fest in die Hand gebissen hatte, dass er operativ von ihrem Gebiss befreit werden musste.

Pfarrer Goettle zog eine ernste Miene. »Es isch ziemlich sicher, dass die Polizei auftaucha wird. Um die müsset ihr euch kümmra.«

Die Damen nickten.

»Ja, ond wie?«, fragte Lisa Pfäffle. Die Leiterin der Kindertagesstätte Sonnenschein wickelte einen ihrer Rasta-Zöpfe um den Zeigefinger und unterstrich mit dieser Geste ihre Ratlosigkeit.

»I woiß es. Mir machet des wie diese Fraua von Femen, ziehet ons aus ond kettet ons an die Eingangstore«, rief Ilona Schultheiß.

Ihre Mitkämpferinnen jubelten vor Begeisterung und bewarfen sich mit Parolen, die sie sich auf die blanken Brüste malen wollten.

»Röder raus.«

»Och nö, mit dem Namen versau ich mir meinen Busen nicht.«

»Ich schreibe ›Befreit Biberach vom kapitalistischen Wahnsinn‹ auf meine Brust«, sagte Mandy Biselski, die Jüngste im Bunde.

Die anderen sahen die schmal gebaute Frau mitleidig an.

»Ob des älles druffpasst, bei dem bissle Busa.«

Ilona Schultheiß sprach wohl das aus, was alle dachten.

»Na, dann könntest du ja ›Für die Abschaffung der Schwerkraft‹ auf deine Titten schreiben. Da wäre sogar noch genug Platz für eine Begründung«, schnappte Mandy Biselski zurück.

»An mei'm Busa sen vier Kender satt g'worda. Dafür stoht der no wie a Ois.«

»Jetzt isch aber mol a Ruah«, bellte Goettle, um die Kontrolle über die Lagebesprechung wieder an sich zu reißen. »Es isch mir ziemlich egal, was ihr auf eure Brüschde schreibet oder wie ihr die Polizischda ablenket. Aber i muss mi druaf verlassa könna, dass es klappt.«

»Darauf können Sie sich verlassen, Herr Pfarrer«, sagte Eleni Theadopoulo. »Unsere Aktionen haben immer funktioniert.«

Ihre Mitstreiterinnen murmelten ihre Zustimmung.

»Gut. In der Zwischazeit schleichet der Karatetrainer Bischoffsberger ond i in Richtung Sprecherkabine. Ond dann informieret mir älle über die donkla Machaschafta von dem Spitzbua Röder.«

Die Damen applaudierten.

Goettle blickte in die kampfbereiten Gesichter der Frauen und bat im Stillen den Schöpfer um Verzeihung, dass er die nicht ganz unbescholtenen Schäflein in seine Mission mit einbezog.

Tatsächlich aber freute er sich diebisch auf die Aktion.

45

»Frau Gerber, bevor wir die aktuelle Lage erörtern, möchte ich Sie gerne unter vier Augen sprechen. In meinem Büro!«

Ohne Gruß hatte Kriminalrat Seidel aufgelegt, er schien aufgebracht zu sein. Sein ansonsten freundlicher, aber korrekter Ton hatte eine gewisse Schärfe bekommen. Möglich, das ihn die Staatsanwaltschaft oder die Presse unter Druck setzten, weil die Ermittlungen nicht schnell genug vorangingen. Aber sie taten doch alles Menschenmögliche.

»Ich muss kurz zum Chef. In zehn Minuten beginnt unsere Besprechung. Haben Sie bis dahin alle notwendigen Berichte fertig, Herr Fritz?«, warf sie in den Raum.

Es sollte eigentlich ein Scherz sein, doch der Polizeiobermeister, der im Ein-Finger-Suchsystem auf der Tastatur seines PCs herumhackte, war so konzentriert, dass er auf die Bemerkung nicht reagierte.

»Dann eben nicht«, murmelte Greta Gerber und eilte aus dem Zimmer.

Kurze Zeit später saß sie Kriminalrat Seidel gegenüber, der sie streng über seinen Brillenrand hinweg ansah.

»Frau Gerber, Frau Gerber. Sie haben offenbar in ein Wespennest gestochen. Ach, was rede ich! In ein Hornissennest. Ist Ihnen das eigentlich bewusst?«

Greta Geber setzte ihre unschuldigste Miene auf.

»Ich weiß im Moment nicht, wovon Sie sprechen.«

Seidel seufzte. »Ich habe gestern Abend Oberfinanzdirektor Krüger auf einem Empfang getroffen. Er hat mir im Vertrauen erzählt, dass bei ihm derzeit vermehrt Selbstanzeigen wegen Steuerhinterziehung eingehen. Da sind Leute dabei, von denen ahnt man gar nicht, dass sie zu so etwas in der Lage sind. Lokale Persönlichkeiten aus Politik, Wirtschaft und sogar aus dem kulturellen Bereich.«

Greta lehnte sich zurück. Das Ganze schien nicht auf eine Ermahnung hinauszulaufen. Wie selbstverständlich wich ihre Anspannung.

»Ich verstehe noch nicht ganz. Was haben diese Selbstanzeigen mit mir zu tun?«

»Jetzt spielen Sie doch bitte nicht das Unschuldslamm!«, polterte Seidel mit gespielter Ungeduld. Er nahm die Brille ab und strich mit einer Hand über die Augen. Er sah müde aus, als hätte er nächtelang nicht geschlafen, aber sein Verstand war hellwach.

»Krüger hat gesagt, dass sich ein Hacker in die Kundendatei einer Bank in Liechtenstein eingeschlichen und Daten ausspioniert hat. Unter anderem hat er sich sehr für eine Firma namens ›KK Consulting‹ interessiert. Das Unternehmen läuft auf Karlheinz Kaisers Frau Ilka. Da sind hohe Summen im Umlauf. Seltsamer Zufall, nicht?«

Greta versuchte, ernst zu bleiben, auch wenn sie den Drang verspürte, laut loszuprusten. Sie musste Pfarrer Goettle unbedingt unterrichten, welche Kreise seine zugegebenermaßen äußerst unchristliche Aktion gezogen hatte. Obwohl – gab es ein Gebot, das da lautete: Du sollst nicht fremde Konten ausspionieren?

Kriminalrat Seidel musterte die Polizistin, versuchte, in ihrem Gesicht zu lesen. Er wurde nicht so recht schlau aus ihr.

»Ich hoffe, dass Sie nichts mit dieser Sache zu tun haben. Sie wissen doch, dass Informationen, die Sie sich auf diese Weise beschaffen, vor Gericht nur schwer als Beweise eingesetzt werden können.«

Greta nickte. »Das ist mir klar. Aber ich kann Sie beruhigen: Ich habe eine blütenweiße Weste.«

»Dann ist es ja gut.«

Kriminalrat Seidel setzte seine Brille wieder auf.

»Und was diese Wettbetrügereien angeht … Da haben sich inzwischen das BKA und Interpol eingeschaltet. Allerdings ist es fraglich, ob es zu einer Anzeige gegen diesen asiatischen Wettanbieter kommt. Da müsste die Polizei in Singapur mitspielen, und ich befürchte, da sind einige Beamte nicht sehr an einer Aufklärung interessiert.«

Seidel rieb Daumen, Zeige- und Mittelfinger aneinander, um seinem Verdacht Ausdruck zu verleihen, dass er den Polizisten vor Ort unterstellte, an den dunklen Geschäften mitzuverdienen.

»Es ist mir bewusst, dass die unerlaubt beschafften Hinweise auf das Konto in Vaduz nicht als Beweis dienen. Dennoch werde ich jedem Wink, der zur Lösung meiner Fälle führen könnte, nachgehen. Und es wird mir auch gelingen, sie zu verifizieren. Dabei ist es mir, ehrlich gesagt, ziemlich egal, auf welchem Wege diese Tipps beschafft wurden.«

Greta strich sich eine Strähne hinter das Ohr und sah ihren Chef kämpferisch an.

Seidels Miene erhellte sich, etwas Schelmenhaftes blitzte in seinen Augen.

»Das erwarte ich auch von Ihnen«, sagte er. »Wissen Sie, auch in dieser friedlichen, liebenswerten Stadt gibt es Menschen, die denken, Geld verschaffe ihnen einen rechtsfreien Raum. Wir werden diesen Leuten helfen, sich von diesem bösen Gedanken zu befreien.«

Greta schmunzelte. »Sie können sich auf meine tatkräftige Unterstützung verlassen.«

»Ich wollte nichts anderes von Ihnen hören«, erwiderte der Kriminalrat. »So, und nun lassen Sie uns zur Lagebesprechung gehen. Die Presse sitzt mir im Nacken. Ich muss den Blutdurst dieser Schreibvampire unbedingt stillen.«

46

Er war nicht gleich nach Hause gegangen, als Röder ihn am Parkplatz des Stadions abgesetzt hatte. Er war spazieren gegangen, um nachzudenken. Die Dunkelheit half ihm dabei, sich zu konzentrieren. Es ging darum, Entscheidungen zu treffen. Wichtige, existenzielle Entscheidungen. Zum ersten Mal in seinem Leben war er gezwungen, einen Plan zu schmieden. Davon hing nun alles ab.

Er lief am Jordanbad vorbei, aus dessen Eingang späte Badegäste tröpfelten. Sie unterhielten sich leise, schlenderten entspannt zu ihren Fahrzeugen, fuhren ohne große Eile davon. Offenbar war es ihnen gelungen, den Alltagsstress in dem warmen Wasser der Thermalbecken zu versenken. Wärme, danach stand auch ihm der Sinn. Und Ruhe. Ein geregelter Tagesablauf. Eine Arbeit, die ihn erfüllte. Und eine schicke Wohnung als Rückzugsort, in der eine liebende Frau auf ihn wartete.

Vor Sebastian Strobels innerem Auge verblassten die Wunschbilder und wichen denen, die seine Realität bestimmten. Keine Wärme, keine Ruhe, kein geregelter Tagesablauf, und an Schlaf war auch nicht mehr zu denken. Da halfen selbst Lizzys Tabletten nicht. Seine ihn liebende Frau, die schon jetzt aussah wie ihre eigene Großmutter und seinen vermeintlichen Rückzugsort in ein Kitschparadies verwandelt hatte, betäubte sich Nacht für Nacht mit den stärksten Tranquilizern. Es war an der Zeit, einen Schlussstrich zu ziehen. Einen endgültigen.

Trauer wehte ihn an. Wie oft war er in den letzten Jahren gezwungen gewesen, von vorn zu beginnen? Unzählige Male. Und jeder Neustart hatte ihn ein bisschen mehr Energie gekostet. Er lief auf Reserve, und die galt es zu nutzen, um sich zu befreien.

Er kehrte zu seinem Wagen zurück, der einsam auf dem Stadionparkplatz des 1. FC Oberschwaben stand, und öffnete den Kofferraum. Unter dem Reserverad fühlte er den kalten Stahl des Werkzeugs seiner Erlösung. Es fühlte sich gut an, gab ihm Kraft. Erleichtert zog er die Hand zurück. Er schloss die Klappe, setzte sich hinter das Lenkrad, führte sein Mobiltelefon an den Mund, stellte die Aufnahmefunktion ein und begann zu reden. Die Worte sprudelten nur so aus ihm heraus, als hätte er eine Verkrustung abgekratzt, die sein Bekenntnis zurückgehalten hatte. Befreiung. Endlich.

Teil eins.

47

»So, meine Damen und Herren. Ich habe nicht viel Zeit. Bringen Sie mich bitte schnell und konkret auf den Stand der Ermittlungen. In einer Stunde habe ich eine Pressekonferenz, und ich würde gern Konkretes liefern.«

Kriminalrat Seidel sah in die Gesichter des Soko-Kaiser-Teams. Allen standen die Anstrengungen der letzten Tage ins Gesicht geschrieben. Außer POM Fritz, der eigentlich aussah wie immer, wenn man von den herabhängenden Bartspitzen absah, die ihm eine Ähnlichkeit mit einem Walross verschafften.

»Also für mich steht die Sache fest«, ergriff Denis Schneider das Wort. »Ilka Kaiser hat ihren Mann umgebracht, und Kessler hat ihr geholfen, die Leiche wegzuschaffen. Sie hat ein glasklares Motiv. Das Auftauchen ihres Mannes brachte sie in existenzielle Not, da davon auszugehen war, dass die Lebensversicherung das bereits ausgezahlte Geld zurückfordert. Was übrigens der Fall ist, wir haben das geprüft. Die Klage gegen Ilka Kaiser wegen Versicherungsbetrugs läuft. Und ihre Flucht spricht Bände. Wer flieht, wenn er unschuldig ist?«

Schneider sah in die Runde, als erwartete er Zustimmung. Doch keiner seiner Kollegen regte sich.

»Wir haben dafür keine Beweise«, erwiderte Greta Gerber. »Wir wissen lediglich, dass Ilka Kaiser ihren Mann schwer verletzt hat. Und dass er in einen Sack des Kieswerks gesteckt wurde, in dem gerade die Filmarbeiten laufen. Aber was ist, wenn Kessler die Wahrheit gesagt hat und er wirklich geflohen ist, weil er Panik bekam? Er ist nicht das, was man einen Helden nennt.«

Denis Schneider schnaubte. »Frau Kaiser hat sicher nicht die Kraft, ihren Mann samt einem mit Steinen beschwerten Sack zum Wasser zu schleppen und zu versenken. Es muss ihr jemand geholfen haben.«

»Da widerspreche ich ja gar nicht. Ich sage nur, dass es nicht zwangsläufig Kessler gewesen sein muss, der geholfen hat.«

»Wer soll es denn sonst gewesen sein?«

Die Sturheit seiner Kollegin ging Schneider allmählich auf den Geist. Warum konnte sie nicht zugeben, dass er recht hatte?

»Siegfried Röder zum Beispiel. Ilka Kaiser hat vor und nach dem Mord mit ihm telefoniert. Das ist doch kein Zufall.«

»Aber er hat doch ein Alibi für die Tatzeit. Schon vergessen?«, höhnte Schneider.

Laura Behrmann schmunzelte. »Ja, eine ambitionierte Nachwuchssängerin, die mit ihm ins Bett steigt, um ihre Karriere zu befeuern. Und die nach dem Sex in einen ohnmachtsgleichen Schlaf fällt. Auf diese Aussage sollten wir uns nicht allzu sehr verlassen.«

»I woiß, es g'hört jetzt net hierher. Aber meiner Frau goht's au so. Und zwar scho während dem Sex.« POM Fritz kicherte, doch sein Versuch, die angespannte Atmosphäre aufzulockern, scheiterte. Er wandte sich wieder seiner Tastatur zu.

»Herr Fritz, melden Sie sich bitte erst wieder zu Wort, wenn Sie etwas zur Sache beizusteuern haben. Und melden Sie sich endlich bei einem Schreibmaschinenkurs an. Dieses Herumgestochere kann man ja nicht mit ansehen«, ermahnte Kriminalrat Seidel.

Er dachte an die provokanten Fragen der Journalisten und wie wenig er liefern konnte. Seine Stimmung verfinsterte sich.

»Und wie passt dieser Mord an Riemenschneider zu dieser Geschichte? Gibt es da einen Zusammenhang? Sind Sie in diesem Fall weitergekommen?«, fragte er ungeduldig.

»Thomas Heimerdinger war der Täter«, antwortete Denis Schneider scharf. »Da gibt es überhaupt keinen Zweifel.«

Wenigstens in diesem Punkt wollte er recht haben.

»Das kann ich mir nicht vorstellen. In seinem Tagebuch hat er sich über Maik Riemenschneider nur positiv geäußert. Sie waren richtig gute Freunde, die durch dick und dünn gingen. Und die eine nicht ganz lupenreine Geschichte verband. Wenn Heimerdinger darüber schreibt, bezeichnet er die Angelegenheit als Geschäft.«

Laura Behrmann wies auf das Notizbuch auf ihrem Schreibtisch.

»Mit Geschäft meint er bestimmt die Spielmanipulationen. Die beiden haben Geld bekommen, damit sie dafür sorgen, dass ihre Mannschaft verliert. Und Siegfried Röder hat viel Geld verdient, indem er Wetten platziert hat. Gegen die eigene Mannschaft«, ergänzte Greta Geber.

Kriminalrat Seidel blickte sie scharf an. »Und dafür gibt es Beweise?«

»Na ja, Röder hat Zugang zum Konto dieser Firma in Liechtenstein. ›KK Consulting‹. Und er hat immer vor den fingierten Spielen des 1. FC höhere Summen transferiert. Auf ein Konto in Singapur. Zwei Tage nach dem Spiel floss Geld zurück, wesentlich mehr, als eingesetzt wurde, versteht sich. Diese wunderbare Vermehrung war nur durch Wetteinsätze bei ›Winner's Best Bet‹ möglich. Das haben wir zwar noch nicht schwarz auf weiß, aber wir arbeiten daran.«

Die Hauptkommissarin zog einen Ordner von dem Aktenstapel auf dem Schreibtisch und reichte ihn an ihren Chef weiter. Seidel blätterte in den Unterlagen und nickte anerkennend.

»Wo haben Sie das her?«, fragte er.

»Von einem Kontaktmann«, antwortete Greta Gerber rasch.

Sie hob trotzig ihr Kinn, um zu signalisieren, dass sie keine Namen nennen würde.

»Wenn dieser Ordner auch auf illegale Weise beschafft wurde, dann bekommen Sie aber richtig Ärger mit mir«, wetterte Seidel.

»Keine Sorge. Diese Unterlagen wurden meinem Informanten freiwillig ausgehändigt.«

»Siegfried Röder hat diese Unterlagen ohne Widerstand herausgerückt? Das glauben Sie doch selbst nicht.«

»Siegfried Röder nicht. Aber eine ihm nahestehende Person.«

Kriminalrat Seidel winkte ab. Er sah ein, dass es sinnlos war, die Hauptkommissarin von den ungewöhnlichen Ermittlungsmethoden abzubringen. Und letztlich spielte es ja auch keine Rolle. Die Hauptsache war, dass die Fälle rasch aufgeklärt wurden.

»Gut, zurück zum Fall Riemenschneider. Was wissen wir?«

»Wir wissen, dass Thomas Heimerdinger mit dem Kissen in der Hand erwischt wurde, mit dem er zuvor Maik Riemenschneider erstickt hat. Wir wissen, dass er sich die Pulsadern aufgeschlitzt hat, weil er wahrscheinlich mit seiner Schuld nicht leben kann. Der Fall ist gelöst.«

Denis Schneider war aufgebracht. Es schien, als verschlössen seine Kollegen die Augen vor den Tatsachen. Wie deutlich konnte sich ein Sachverhalt denn noch präsentieren?

»Ich kann sein Motiv noch nicht erkennen«, warf Kriminalrat Seidel ein. »Ging es um ein Mädchen? War er scharf auf Riemenschneiders Freundin?«

Denis Schneider schluckte trocken und ging nicht auf die Frage seines Vorgesetzten ein. Seidel wusste ja nicht, wie falsch er mit seiner Vermutung lag. »Vielleicht hatte er Angst, Riemenschneider könnte die Geschichte mit den verkauften Spielen verraten. Aus vertraulicher Quelle weiß ich, dass Heimerdinger kurz davor war, einen Profivertrag zu unterschreiben.«

Der Gedanke an seine Informantin Christine schmerzte

Denis Schneider zwar, aber für die Absicherung seiner These musste er das aushalten.

»Keine Ahnung, ob Riemenschneider ein ähnliches Angebot hatte. Vielleicht wollte Maik an Thomas' Erfolg teilhaben und hat ihn erpresst.«

»Eifersucht also.« Kriminalrat Seidel wirkte nachdenklich, was Schneider als Erfolg wertete. Endlich ging jemand auf seine hieb- und stichfeste Argumentationskette ein.

»Aber vielleicht stimmt seine Version von dem ausgelatschten Schuhträger doch?«

Denis Schneider wertete Greta Gerbers Einwand als persönlichen Angriff, seine Reaktion fiel entsprechend heftig aus.

»Jetzt hören Sie doch auf. Während Heimerdinger unter dem Bett liegt, kommt der große Unbekannte und erstickt Riemenschneider mit einem Kissen. Und genau dieses Kissen hält Heimerdinger in der Hand, als er entdeckt wird. Diese Theorie ist doch hanebüchen.«

»Nicht ganz.«

Der Gerichtsmediziner Oliver Raible hatte sich unbemerkt zur Tür hereingeschoben. Er hielt eine Akte in der Hand, die er an Greta weiterreichte.

»Wir haben Hautspuren unter den Fingernägeln von Maik Riemenschneider gefunden. Er hat sich offenbar gegen seinen Mörder gewehrt. Der DNA-Abgleich zeigt, dass diese Hautspuren nicht von Thomas Heimerdinger stammen.«

Greta Gerber lächelte Oliver Raible an. Auch wenn dadurch noch kein Hinweis auf den Mörder gegeben war, verspürte sie Erleichterung. Raible errötete leicht.

Süß, dachte die Hauptkommissarin.

»Gut, dann begeben wir uns eben auf die Suche nach dem unbekannten Schuhträger. Die Presse wird jubeln vor Glück«, maulte Denis Schneider und warf einen Hilfe suchenden Blick zu Kriminalrat Seidel. Der verzog die Miene, als hätte ihm jemand in den Magen geboxt.

»Er ist ganz und gar nicht unbekannt«, erwiderte Raible und genoss die Aufmerksamkeit, die ihm zuteil wurde. Es war mucksmäuschenstill in dem Besprechungsraum, niemand wagte auch nur zu atmen, alle Augen waren auf ihn gerichtet.

Raible stellte sich neben Greta, nahm ihr die Akte ab. Dabei berührte seine Hand wie zufällig die ihre, und die Hauptkommissarin spürte, wie sie von einem wohligen Schauer erfasst wurde. Ohne seine Spermienverkleidung sah der Mediziner wirklich schmuck aus. Nicht adonisschön, aber attraktiv. Komisch, dass ihr das noch nie aufgefallen war.

Raible klappte den Ordner auf und wies auf einen Namen.

Greta lehnte sich an ihn, um lesen zu können, aber auch, um die Nähe dieses Mannes zu genießen. Der darüber hinaus auch noch fantastisch roch. Das, was sie las, brachte sie jedoch in den Polizeialltag zurück.

»Wow. Wie haben Sie das denn festgestellt?«, fragte sie.

Der Mediziner lächelte. »Wir haben auf einem Stück Papier und einem Bleistift dieses Herrn Schweißreste gefunden. Und die DNA stimmt überein mit den Hautfetzen unter Maik Riemenschneiders Fingernägeln. Gut, dass Frau Behrmann uns diese Utensilien überlassen hat.«

Laura Behrmann konnte ihre Verlegenheit nicht verbergen. Sie stand da wie ein kleines Mädchen, das soeben für ein vorgetragenes Gedicht gelobt wurde. Die Augen der jungen Polizistin leuchteten. Sie strahlte Raible an, und er erwiderte ihr Lächeln.

Greta Gerber zuckte zurück. »Das hat sie natürlich auf meine Veranlassung getan«, sagte sie mürrisch und fühlte einen heißen Eifersuchtsschwall in sich aufsteigen. Sie unterdrückte die Emotionswallung und bemühte sich um einen professionellen Ton.

»Gut, Laura. Sie orten den momentanen Aufenthaltsort dieses Herrn. Herr Schneider und Herr Fritz, Sie fahren zu Röder und nehmen ihn vorläufig fest. Wegen Betrugs und Spielmanipulation in mehrfachen Fällen. Und Sie, Herr Seidel, besorgen uns bitte einen Haftbefehl. Ausgestellt auf Sebastian Strobel. Wegen Mordes an Maik Riemenschneider.«

48

Die Maschine nach Zürich befand sich im Landeanflug.

Ilka Kaiser sah aus dem kleinen Fenster, konnte jedoch außer den Schlieren der Positionslichter der Landebahn, die sich durch den dichten Nebel kämpften, nichts erkennen.

Dieser Blick ins Nichts wirkte beruhigend auf sie. Es war fast so, als würde sie sich selbst in dem grauen Schleier auflösen. Nicht mehr erkennbar, konturenlos, nur noch eine schemenhafte Figur. Verneigung, Abgang Ilka Kaiser. Vorhang auf für Sophia Hepburn.

49

»Mist! Er hat sein Handy ausgeschaltet. Das letzte Signal kam vom Stadionparkplatz des 1. FC Oberschwaben. Das ist aber schon zwei Stunden her«, rief Laura Behrmann.

Greta Geber dachte fieberhaft nach. Was hatte Strobel vor? Versuchte er zu fliehen? Und wenn ja, wohin? Hatte er auch Kaiser getötet? Falls das zutraf, dann war davon auszugehen, dass er die Waffe noch bei sich trug. Die Hauptkommissarin spürte, wie sich die Härchen an ihren Unterarmen aufstellten. Sie steckte die Dienstwaffe in das Schulterhalfter, nahm zwei kugelsichere Westen aus dem Schrank und warf Laura Behrmann eine zu.

»Wir fahren sofort zu Strobel. Vielleicht haben wir Glück und treffen ihn zu Hause an. Oder vielleicht weiß Pralinen-Lizzy etwas. Laura, Sie kommen mit. Und ziehen Sie die Weste an. Wir müssen davon ausgehen, dass er bewaffnet ist.«

Laura Behrmann warf einen raschen Blick zu Oliver Raible, der jedoch von Greta Gerber nicht unbemerkt blieb.

Er könnte locker dein Vater sein, dachte sie.

Zum ersten Mal fand sie die Attraktivität der jungen Polizistin und ihre erfrischende Art abstoßend. Mehr noch, sie fühlte sich in Sachen Weiblichkeit unterlegen. Behrmann hatte die bessere Figur, die längeren Beine, das blondere Haar, das ebenmäßigere Gesicht.

»Passen Sie auf sich auf«, unterbrach Raible ihren Gedankengang. Er sah Greta an, als er den Satz sagte. Dann verschwand er.

Laura Behrmanns Miene verfinsterte sich, mit gespieltem Übereifer zog sie die Weste an.

1:0 für die Erfahrung. Greta Gerber jubelte. Innerlich, versteht sich.

50

»Basti? Wie schön. Komm rein.«

Joanna war nur mit einem leichten Bademantel bekleidet, der in ihrer Taille lose geschnürt war. Er gab mehr von ihrem Körper preis, als er verdeckte, und Strobel ertappte sich dabei, wie er auf die Rundungen ihrer Brüste starrte. Joanna raffte die Säume ihres Bekleidungsstücks zusammen, um sich vor weiteren lüsternen Blicken zu schützen, und trat zur Seite.

»Wo ist Siegfried? Ich muss ihn sprechen«, bellte Strobel.

»Er ist unter Dusche«, flötete die Brasilianerin und schwebte anmutig auf die lederne Sitzgarnitur im Wohnzimmer. Als sie ihren Körper auf den Zweisitzer goss, klaffte der Bademantel auf und legte ihre Beine frei. Joanna lächelte und genoss Strobels Verwirrung.

Einen Moment lang erlag er einer wilden Fantasie. Hier und jetzt mit Joanna zu schlafen, während Röder nebenan nichts ahnend unter der Dusche stand. Ja, dieser Gedanke hatte was. Damit könnte er dem Großkotz jede bisher erlittene Demütigung heimzahlen. Aber darum ging es ihm nicht. Nicht nur.

»Hol Siegfried her! Sofort!«, forderte Strobel.

»Basti, was ist los mit dir?«, fragte Joanna verdutzt und setzte sich auf. Ein kurzer Blick verriet Strobel, dass sie keinen Slip trug. Es fiel ihm schwer, sich zu konzentrieren. Er schoss auf sie zu, zerrte sie an einem Arm nach oben, nahm sie in die Umklammerung und drückte ihr die Pistole an die Schläfe.

»Hörst du schlecht? Du sollst Siegfried holen, habe ich gesagt.«

Joanna ächzte, versuchte, sich zu befreien. Sie hörte Strobels Keuchen, als er seinen Klammergriff um ihren Hals verstärkte. Sie röchelte, bekam fast keine Luft mehr. Und sie spürte noch etwas: Strobel hatte eine Erektion.

Sie drängte sich gegen ihn, rieb sich an ihm, in der Hoffnung, dass er den Druck seiner Arme lockerte. Er wimmerte, dann stieß er sie von sich weg. Sie fiel, blieb einen Moment auf dem Boden liegen und drehte sich dann um. Der Bademantel klaffte auf. Nackt lag sie vor ihm und ließ ihn nicht aus den Augen. Er schwitzte, seine Mundwinkel bebten, und in seinen Augen erkannte Joanna etwas, was sie noch nie an ihm entdeckt hatte: Ein Hauch von Wahnsinn schwamm in Sebastian Strobels Pupillen.

Noch immer hielt er die Pistole auf sie gerichtet.

»Ruhig. Ich hole Siggi«, sagte sie. Ihre Stimme zitterte.

»Ich komme mit«, erwiderte Strobel, ohne den Lauf von ihr wegzudrehen. Joanna stand auf, wandte ihm den Rücken zu und ging vor ihm her. Sie meinte, seine Blicke spüren zu können. Wie eine Schlinge, die sich um ihre Fesseln legte.

Röder kam ihnen auf halbem Weg entgegen. Auch er hatte einen Bademantel an und frottierte sich mit einem Handtuch die Haare.

»Wer hat denn da eben geklingelt?«, fragte er und unterbrach das Haaretrocknen erst, als er keine Antwort bekam. Es dauerte einen Moment, bis er die Situation erfasste. Strobel hielt Joanna von hinten fest und drückte ihr eine Waffe an den Hals. Er schlotterte, als hätte er soeben ein Eisbad genommen.

»Was soll der Auftritt, Sebastian?«, fragte Röder kühl.

»Ich will hier weg und dazu brauche ich Geld. Sofort. Solltest du dich weigern, dann ist deine Kleine Geschichte.«

Er drückte Joanna den Lauf etwas fester gegen den Hals. Die junge Frau stöhnte. Ihr schönes Antlitz verwandelte sich in eine Fratze des Schmerzes und der Angst.

Röder nahm seine Frottierarbeit wieder auf.

»Ich habe kein Geld. Ilka hat das Konto in Vaduz leer geräumt und ist damit abgehauen. Einige unserer Anleger sind darüber nicht sehr erfreut. Um nicht zu sagen richtig sauer.«

»Ich glaube, du hast mich nicht richtig verstanden. Du gibst mir jetzt sofort Kohle, sonst knall ich sie ab.«

Strobels Stimme überschlug sich. Er spannte den Hahn.

Joanna wimmerte. »Siggi, bitte«, flehte sie.

Auf dem Boden vor ihr bildete sich eine gelbliche Pfütze. Röder sah sie angewidert an.

»Ihr zwei seid schon ein tolles Gespann. Zwei Loser, die sich vor Angst anpissen, wenn es mal ernst wird. Ich habe nichts mehr, rien ne va plus. Bedankt euch bei der Kaiser-Schlampe.«

Er ging an ihnen vorbei ins Wohnzimmer, öffnete die Terrassentür und holte tief Luft. Einen Moment lang blendete er Joannas Geheul und Sebastians Beschimpfungen aus und genoss die Stille der Nacht.

Er mahnte sich zur Ruhe. Nachdenken, er musste nachdenken, wie es weitergehen konnte. Strobel würde Joanna nichts tun, dessen war er sich sicher. Er musste Ilka finden. Bevor die Investoren Nachforschungen anstellten. Das bekäme ihnen allen nicht sehr gut.

Ein Schuss sprengte Röders Gedanken. Er fasste sich an die Schulter, betrachtete das Blut in seiner Hand, fuhr herum und starrte Strobel an.

»Du Wahnsinniger«, keuchte Röder, wollte sich auf Strobel stürzen, strauchelte, fiel, blieb auf dem Bauch liegen.

Ein weiterer Schuss.

Die Fensterscheibe zersprang, Glassplitter ergossen sich auf Röders Rücken, der bäuchlings durch das Wohnzimmer robbte. Joanna schrie und nutzte Strobels Verwirrung, um sich zu befreien. Sie flüchtete ins Badezimmer und schloss sich ein.

»Ruf einen Krankenwagen. Du hast mich getroffen. Ich verblute.«

Röder hechelte wie ein durstiger Hund, der Stoff seines Bademantels sog sich voll mit seinem Blut. Er versuchte aufzustehen, doch seine Beine gaben nach und er sackte zusammen.

Strobel senkte die Pistole und besah sie wie einen Gegenstand aus einer anderen Welt. Er ging in die Hocke.

»Ich war das nicht«, sagte er leise. »Ich habe nicht geschossen.«

Es klang wie eine Entschuldigung.

Röder robbte weiter auf ihn zu, versuchte, eines seiner Beine zu fassen, wollte ihn zu Fall bringen. Strobel schlug ihm mit dem Griff der Pistole auf die Hand. Ein heiserer Schmerzenslaut entwand sich Röders Kehle.

»Du hinterfotziges Arschloch. Hol sofort einen Arzt. Sonst hänge ich dich hin. Die Bullen warten nur darauf …«

Ein weiterer Schuss schnitt ihm das Wort ab. Das Projektil krachte in die Decke. Weißer Putz rieselte auf sie herunter.

Strobel erfasste die Situation. Die Schüsse kamen von draußen, von der Straße her. Sie mussten in einen der hinteren Räume gelangen, um nicht weiter die Zielscheibe abzugeben.

Er rutschte auf Röder zu, drehte ihn auf den Rücken, packte ihn unter den Armen und zog ihn mit sich. Der Manager schrie vor Schmerz und ruderte mit den Beinen.

»Strobel, das zahl ich dir heim. Ich mache dich fertig.«

»Da bin ich mal gespannt, du Großmaul«, erwiderte Sebastian Strobel und schlug dem Manager mit der Hand gegen die verletzte Schulter. Röder heulte auf, dann wurde ihm schwarz vor den Augen. Strobel schleifte den Ohnmächtigen mit sich in den Flur und schloss die Wohnzimmertür. Nur wenige Sekunden später bohrte sich der vierte Schuss durch das Holz …

51

»An alle Einheiten. In der Weißhauptstraße, Stadtteil Mittelberg, wurden Schüsse gemeldet«, knarzte die Stimme aus dem Funkgerät, bevor sie von einem Rauschen übertönt wurde.

Denis Schneider fluchte und drückte auf den Knöpfen herum. Eine Besserung erzielte er jedoch nicht. Im

Gegenteil, das Rauschen schwoll an, ein Piepen mischte sich als Unterton bei.

»Ein Glück, dass wir keine Kurbel bedienen müssen, bevor wir eine Meldung empfangen können«, murmelte der Kommissar in Anbetracht des etwas aus der Mode gekommenen Geräts.

»Weißhauptstroß. Do wohnt doch dr Röder«, sagte Polizeiobermeister Fritz besorgt. »Do fahret mir doch sowieso no. Jessas, so an Fall hem mer ja no nie ghet.«

»Ja, es gibt immer ein erstes Mal«, erwiderte Schneider ernst. Eigentlich konnte er Floskeln wie diese nicht leiden, aber zu einer intelligenteren Antwort war er im Moment nicht in der Lage.

Er drückte das Gaspedal durch. Der Passat schoss nach vorn und drückte Ernst Fritz in den Beifahrersitz. Dieser spähte auf die Tachonadel, die sich vibrierend der Zahl 130 näherte. Schneider umkurvte die vor ihm fahrenden Autos mit quietschenden Reifen, überholte links wie rechts und machte durch stetiges Hupen seiner Sirene Konkurrenz.

Selbst das rote Licht der Ampel an der Kreuzung von Schlierenbachstraße und Valenceallee konnte ihn nicht aufhalten. Nur knapp entging er einer Kollision mit einem Lkw.

»'s wär aber guad, wenn es net unser letschder Fall wär«, kommentierte Fritz die rasante Fahrweise seines Kollegen und klammerte sich an seinen Türgriff.

Schneider würdigte ihn keines Blickes.

»Einen Tod müssen wir sterben, Herr Fritz.«

Noch so eine Floskel. Er beschloss, fortan zu schweigen.

52

Walter Heimerdinger legte sein Gewehr in den Kofferraum seines Wagens. Er konnte nichts mehr sehen. In der Wohnung war es dunkel geworden. Aber er hatte den Dreckskerl erwischt, das wusste er. Er hatte ihm eine Lektion erteilt.

»Auge um Auge, Zahn um Zahn«, murmelte er.

Er dachte an Thomas, fühlte diese Ohnmacht in sich aufsteigen. Vielleicht sollte er in Röders Wohnung eindringen, um das zu vollenden, was er begonnen hatte. Er wollte das Schwein leiden sehen. So wie sein Enkel litt.

Er setzte sich hinter das Lenkrad, versuchte, den Schlüssel in das Zündschloss zu stecken, doch seine Hand zitterte zu stark. Er musste sich beruhigen. Sein Brustkorb hob und senkte sich im Prestissimo seiner Atemzüge, sein Herzmuskel schmerzte. Jetzt nur keinen Infarkt kriegen, sonst war alles umsonst. Er musste durchhalten. Das Böse durfte nicht gewinnen. In den alten Filmen, die er so liebte, gewannen immer die Guten.

Er sah das Flackern des Blaulichts, das sich aus der Ferne näherte, er hörte quietschende Reifen und das Kreischen der Sirene.

Mit fahrigen Fingern gelang es ihm, den Schlüssel einzuführen. Er startete den Wagen und fuhr los. Als er auf die Saulgauer Straße einbog, stellte er das Radio an. Peter Alexander sang: »Der Papa wird's schon richten.«

Heimerdinger nickte. »Oder der Opa!«

53

Joanna verband die Wunde ihres Liebhabers und hielt gleichzeitig das Mobilteil des Telefons an ihr Ohr.

»Krankenwagen, bitte. Schnell. In die Weißhauptstraße!«, rief sie, als am anderen Ende abgehoben wurde.

»Isch was passiert?«, fragte die Männerstimme. Es klang, als hätte ihr Gesprächspartner eben noch tief geschlafen.

»Jemand hat geschossen auf meine Mann, alles voller Blut. Schnell. Bitte.«

»Moment g'schwend.«

Es knackte am anderen Ende der Leitung, und es dauerte, bis sich die Stimme wieder meldete.

»So jetzetle. I hab bloß g'schwend der Fernseher leiser stella müssa. Der Lanz kommt, und da sen wieder so ein paar Radaubrüder zu Gaschd. Also, was isch passiert?«

»Jemand hat geschossen. Auf Siggi. Er blutet«, klagte Joanna und kämpfte mit den Tränen. Siegfried stöhnte. Das Blut. Überall Scherben. Alles befand sich in Auflösung.

»Herrgott, jetzt hab i nix zum Schreiba. A Sekündle bitte.«

Wieder polterte es am anderen Ende der Leitung. Mit einem Ächzen meldete sich ihr Ansprechpartner in der Notrufzentrale zurück.

»Also, no mol. Was isch los? Ja, sackzement, jetzt bricht mir der Spitz ab. Was isch denn des für an Scheiß? Augablick ...«

Mit einem lang gezogenen Schrei entlud sich Joannas Verzweiflung. Selbst Siegfried Röder vergaß einen Moment seinen Schmerz und starrte sie an.

»Wenn Sie nischt sofort kommen, dann rufe isch Polizei!«, brüllte Joanna in den Hörer.

»Nicht nötig. Wir sind schon da«, sagte jemand vor der Wohnungstür. »Bitte machen Sie auf.«

54

Sebastian Strobel hatte Glück. Die Schrebergärten am »Lindele« waren zu dieser späten Stunde wie ausgestorben. Im Sommer saßen die Betreiber oft lange vor den einfachen Holzhäuschen, unterhielten sich oder trafen sich, um gemeinsam zu grillen. Aber die Nächte waren noch zu kalt, um sie im Freien zu verbringen.

Er hatte sein Fahrzeug in der Widdersteinstraße abgestellt, war in den schützenden Schatten der Gebäude getaucht, hatte sich lautlos fortbewegt.

Die Kleingartenanlage schien jeglichen Lichtschein zu absorbieren, und Strobel hatte Mühe, sich zurechtzufinden. Er folgte dem Weg, bis er an eine abgelegene, nicht einsehbare Hütte kam, und stieg über das Gartentor.

Natürlich war die Hütte verschlossen, die Fenster waren durch Holzläden gesichert. Strobel fluchte, stapfte über Beete auf das Nachbargrundstück und versuchte dort, in das Gebäude zu gelangen. Er fand ein ungesichertes Fenster, schlug es mit dem Knauf seiner Pistole ein, legte den Hebel um und quetschte sich durch die Öffnung. Es war stockfinster im Inneren der Hütte. Er stieß gegen Gegenstände, fluchte, rieb sich die geschundenen Schienbeine, tastete sich weiter voran.

Stuhl, Tisch, noch ein Stuhl.

Er stolperte über einen Gegenstand, der sich klirrend wehrte. Ein Getränkekasten. Strobel fuhr mit den Fingern über die Oberfläche, erfühlte Kronkorken. Bier. Er nahm eine Flasche, hielt sie nahe vor das Gesicht, um das Etikett lesen zu können, sah aber ein, dass das ein sinnloses Unterfangen war.

Er brachte den Flaschenhals an den Kistenrand, schlug mit der flachen Hand von oben auf den Kronkorken, der mit einem ploppenden Geräusch die Öffnung freigab. Strobel ließ sich auf einen Stuhl niedersinken und die Flüssigkeit in sich hineinströmen. Er kostete der erfrischenden Bitterkeit nach und rülpste. Mit jedem Schluck wich ein Stück seiner Verzweiflung.

Hier konnte er es aushalten, bis Joanna das Geld beschaffen konnte. Aus der letzten Wette stand noch der Gewinn aus, Röder hatte ihm versprochen, dass er einen Großteil davon erhalten würde. Schließlich hatte er ihm das Leben gerettet. Er hatte ihn aus der Schusslinie dieses unbekannten Wahnsinnigen gezogen. Hätte er nicht tun müssen. Er hätte ihn auch liegen lassen können.

Röder war ein Schwein, dem es bei allem, was er tat, nur um den eigenen Vorteil ging. Der kannte keine Freunde.

Ein großer Schluck gegen den Frust. Dabei hatte es sich so gut angefühlt, dass ihm nach der schlimmen Zeit bei der EVB und in der Psychiatrie endlich wieder jemand vertraut hatte. Strobel hatte an eine neue Chance geglaubt. Und es lief doch auch so gut. Bis Kaiser aufgetaucht war. Plötzlich war alles ins Wanken geraten. Röder war abweisend und gereizt gewesen. Ilka Kaiser hatte täglich beim Manager des 1. FC Oberschwaben angerufen. Geheimnisvolles Getuschel, sorgenvolle Miene.

Strobel hatte sich zunächst zurückgehalten, hatte keine Fragen gestellt. Ging ihn ja auch nichts an. Aber er hatte Röder seine Hilfe angeboten.

»Wenn du jemand zum Reden brauchst …«, hatte er zu ihm gesagt.

Basti konnte gut zuhören, konnte sich gut auf andere Menschen einlassen. Das hatte er in den Gruppensitzungen während seiner Therapie gelernt.

»Reden hilft nun nicht mehr weiter«, hatte Siegfried erwidert. »Es muss eine Lösung geben. Eine endgültige.«

Und dann hatte er doch geredet. Er hatte ihm diese unglaubliche Geschichte aufgetischt, das gesamte Netzwerk aus Lug und Trug vor ihm entwirrt, für das eigentlich nur einer verantwortlich war: Karlheinz Kaiser. Der sich in einer Reihe mit den ganz Großen sah. Wie Bayern München hatte auch der 1. FC Oberschwaben seinen Kaiser. Den Kaiser von Biberach.

Strobel war darüber in Rage geraten und hatte keinen Moment gezögert, Röder zu dem Treffen zu begleiten. Einmal wenigstens wollte er diesem Kaiser die Meinung sagen, ihm seine Verachtung entgegenschleudern. Er sollte zumindest wissen, was er anderen mit seinem rücksichtslosen Verhalten angetan hatte.

Sie waren zu spät dran. Ilka und Kessler waren bereits da.

Röder hatte ihn am Arm festgehalten und ihm zugeflüstert, er solle abwarten. Kaiser sollte sie noch nicht sehen.

Dann war alles sehr schnell gegangen. Das Blitzen des Stahls in Kaisers Hand, Kesslers wahnwitziger Auftritt, das Körperknäuel. Ilkas Schreie, dann ihr beherzter Schlag, das dumpfe Geräusch, Kesslers Flucht.

Sie hatten sich langsam genähert. Ilka stand wie versteinert vor ihrem Mann. Noch nie im Leben hatte er jemanden so zittern sehen.

»Ist er tot?«, hatte er gefragt.

Siggi hatte sich zu Kaiser hinuntergebeugt, sein Ohr auf den Brustkorb gepresst. »Keine Ahnung … Warte … Nein, er atmet noch …«

»Lasst uns abhauen«, hatte Ilka gefleht.

Die Situation war so unwirklich gewesen. Wie in einem Traum. Er hatte die Waffe entdeckt, Röders Worte hatten geklungen, als spräche er durch einen Filter, und dennoch erreichten sie ihn. Er bewegte sich wie in Zeitlupe auf Kaiser zu, der in diesem Moment die Augen aufschlug und Strobels Namen murmelte. Möglicherweise war es auch eine Schmähung. Röders Aufforderung, ihm die Waffe in die Hand zu geben und abzudrücken, der Schuss. Und als er langsam in die Realität zurückglitt, sah er sich dabei zu, wie er den leblosen Kaiser mit Röder zu Ilkas Wagen trug. Sie waren zum Kieswerk in der Ehinger Straße gefahren, hatten die Leiche in einen dieser großen

Plastiksäcke gesteckt und den Sack mit Steinen aufgefüllt. Zurück zum Badesee bei Ummendorf.

Siegfried kannte einen Schleichweg, der zum Ufer führte. Zu dritt schleiften sie den Sack hinter sich her, immer wieder verfing er sich an Wurzeln und Sträuchern. Dann endlich dieses friedlich gurgelnde Geräusch, als die Luft aus dem Transportsack entwich und Kaiser in die Tiefe glitt.

Ilka hatte geweint, Röder hatte ernst dreingeblickt, und Strobel hatte nicht so recht gewusst, wie er seines Gefühlschaos Herr werden konnte.

Er hatte das Gewicht der Pistole in der Tasche gefühlt, es hatte ihn beruhigt. Sie war seine Lebensversicherung. Genau wie das Geständnis, das er aufgenommen und in einem Schließfach am Bahnhof in Biberach deponiert hatte. Röder würde aus dieser Nummer niemals straffrei herauskommen. Dann wäre es mit seiner Managerkarriere vorbei.

Und Ilka? Sie hatte am schnellsten reagiert, war abgebrühter, als er gedacht hatte.

Er öffnete noch eine Flasche Bier. Der Alkohol machte ihn schläfrig, er genoss dieses Hinübergleiten in die Schwere.

Zwei Tage, was sind schon zwei Tage? Er musste sich nur vorsehen. Ganz leise musste er sein. Die Augen musste er offen halten. Und die Ohren. Er nahm noch einen Schluck. Schlafen, einfach mal schlafen. Was sind schon zwei Tage …

55

Die Vorderreifen schrammten am Bordstein entlang, als Laura Behrmann das Einsatzfahrzeug vor Röders Villa zum Stehen brachte. Strobel war wie erwartet nicht zu Hause gewesen, und die Befragung seiner Lebensgefährtin Lizzy hatte nichts Erhellendes ergeben. In der Wohnung hatte es gerochen wie in einer Bahnhofspinte kurz nach Mitternacht, und Lizzy selbst hatte erheblichen Anteil an dem olfaktorischen Grauen. Sie hatte wieder oder immer noch den pinkfarbenen Hosenanzug an, der an einigen Stellen dunkle Flecken aufwies. Offenbar hatte nicht jedes Pralinchen den Weg in den Mund gefunden.

Das Gekläffe ihres Hundes und ein tobender Nachbar, der lautstark seine Nachtruhe einforderte, hatten die Befragung erschwert. Ohne Hinweis auf den Aufenthaltsort ihres Lebensgefährten waren Laura Behrmann und Greta Gerber zum Fahrzeug zurückgekehrt. Die Hauptkommissarin löste über Funk die Fahndung nach Sebastian Strobel aus, und wenig später erfuhren sie von den Schüssen auf Siegfried Röder.

Der Manager des 1. FC Oberschwaben wurde im Rettungswagen behandelt. Joanna stand vor der offenen Heckklappe und zitterte vor Kälte. Noch immer hatte sie nur den Bademantel an, ihre Füße steckten in hochhackigen Pumps.

Einige Bewohner aus den Nachbarhäusern waren auf die Straße getreten, um jedes Detail der Szenerie neugierig zu verfolgen.

»Endlich ist hier mal was los, was?«, zischte Greta Gerber einem Schaulustigen zu.

»Ja scho, aber mr sieht jo nix. Sie hen ja Ihren Karra direkt davorg'stellt. Könntet Se net a bissle z'rückfahra?«, beklagte der sich, stellte sich auf die Zehenspitzen und versuchte, einen Blick in das Rettungsfahrzeug zu erhaschen.

»Unglaublich!« Greta Gerber schüttelte fassungslos den Kopf.

Polizeiobermeister Fritz war dabei, die Aussagen der Nachbarn zu protokollieren. Als er die Hauptkommissarin sah, unterbrach er die Befragung und kam auf sie zu.

»Vier Schüsse sen von do drüba abg'feuert worda. Mir hen die Hülsa g'fonda. Tatwaffe isch a ziemlich großkalibrigs G'wehr.«

»Hat irgendjemand der Nachbarn etwas gesehen?«

Fritz nickte. »Ja, a Auto, des sich in Richtung Wetterkreuzstroß bewegt hat.«

»Fabrikat? Kennzeichen? Irgendeinen Hinweis auf den Fahrer?«

Greta verlor langsam die Geduld.

»Es war Heimerdinger.«

Die Antwort auf die ungestellte Frage kam von Kommissar Schneider, der von hinten hinzugetreten war.

Greta lachte zynisch. »Na, auf den haben Sie sich wohl eingeschossen, was? Was soll er denn noch alles verbrochen haben?«

»Nicht Thomas Heimerdinger. Sein Großvater war es. Als wir ihn neulich besucht haben, hat er uns mit einem Gewehr bedroht, das zu den Hülsen und den Projektilen passt.«

»Und dann sind Sie noch hier? Festnehmen den Mann!«,

herrschte Greta ihn an. Schneider verzog das Gesicht, als hätte er in eine Zitrone gebissen, gab POM Fritz ein Zeichen, ihm zu folgen, und machte sich auf den Weg zum Hof des alten Heimerdinger.

Greta begab sich zum Rettungswagen, in dem Siegfried Röder behandelt wurde. »Was ist mit ihm?«, fragte sie einen der Sanitäter.

»Zum Glück nur ein Streifschuss. Aber er hat viel Blut verloren. Wir nehmen ihn mit ins Krankenhaus.«

Greta Gerber nickte. »Laura, Sie gehen mit und halten Wache vor seinem Zimmer. Ich sorge dafür, dass Sie in ein paar Stunden abgelöst werden.«

Die junge Polizistin schmollte einen Moment, dann nickte sie und entfernte sich.

»Und Sie, Herr Röder, sind vorläufig festgenommen!«, rief Greta Geber dem Manager zu. »Die Anklage lautet auf Wettbetrug und Spielmanipulation in mehrfachen Fällen. Kann sein, dass noch mehr hinzukommt. Nur für den Fall, dass Sie Ihren Anwalt anrufen wollen.«

Sie wandte sich Joanna zu. »Kommen Sie, wir gehen in die Wohnung. Sie holen sich hier draußen doch den Tod.«

Die junge Frau klapperte zustimmend mit den Zähnen und tippelte mit kleinen Schritten voraus. Dass sie auf den hohen Absätzen überhaupt laufen konnte, wunderte Greta.

In der Wohnung angekommen, verschwand Joanna im Schlafzimmer, um sich etwas überzuziehen. Im Wohnzimmer war die Spurensicherung dabei, ihre Untersuchung abzuschließen. Der Mediziner Oliver Raible sah zu, wie sie die Utensilien zusammenpackten. Als er Greta entdeckte, huschte ein Lächeln über sein Gesicht.

»Was machen Sie denn hier?«, fragte sie.

Nur mit Mühe gelang es ihr, die Freude über seine Anwesenheit zu unterdrücken.

»Tja, ich wollte mal wieder unter Menschen sein. Nein, im Ernst. Ich war auf dem Weg nach Hause und habe über Polizeifunk gehört, was passiert ist. Da dachte ich, ich sehe mal vorbei, ob ich helfen kann«, erwiderte er.

»Zum Glück brauchen wir Ihre Hilfe dieses Mal nicht. Und das nächste Mal sollten Sie vielleicht lieber ins Kino gehen, wenn Sie unter Menschen sein wollen.« Greta Gerber lächelte ihn an, um ihm zu signalisieren, dass ihre Bemerkung scherzhaft gemeint war.

»Mit Ihnen würde ich überall hingehen. Auch ins Kino«, erwiderte Raible.

Greta sah verlegen zu Boden, der immer noch mit Glasscherben überzogen war. Auf einen Flirt am Tatort war sie nicht vorbereitet.

»Die Schüsse stammen aus einem großkalibrigen Gewehr«, sagte Oliver Raible, um die Peinlichkeit des Moments aufzulösen.

Greta nickte. »Wir haben auch schon einen Verdächtigen.«

»Ach ja?«

»Heimerdingers Großvater. Das ist wohl seine Auffassung von Gerechtigkeit. Röder hat seinem Enkel geschadet, nun soll er dafür büßen.«

»Ziemlich alttestamentarische Auslegung von Gerechtigkeit«, sagte Oliver Raible und schälte sich aus seinem weißen Schutzanzug. Er hielt sich einen Moment an Greta Gerber fest, als er aus den Hosenbeinen stieg. Die Hauptkommissarin war verdutzt über diese vertrauliche Geste, aber sie konnte es nicht leugnen: Es gefiel ihr.

Raible lächelte sie zum Dank für ihre Hilfestellung an. Dann bekamen seine Züge etwas Weiches. »Wenn das hier alles überstanden ist …«, begann er.

Greta schluckte.

»… also, wenn Sie den Fall gelöst haben und etwas mehr Ruhe einkehrt, könnten Sie sich dann vorstellen, mit mir essen zu gehen?«

Die Hauptkommissarin hätte ihre Zustimmung am liebsten laut hinausgebrüllt. Aber sie wollte Raible auch nicht das Gefühl vermitteln, dass es so einfach war, ein Date mit ihr zu vereinbaren.

»Mal sehen«, sagte sie. Es sollte eigentlich neutral klingen, doch so wie sie es sagte, hatte es etwas Hochnäsiges.

Oliver Raibles Mut stürzte zusammen wie ein Kartenhaus, er hatte mit einer anderen Antwort gerechnet. Er räusperte sich, um seine Enttäuschung zu verbergen. »Gut. Ich würde sagen, ich frage dann einfach noch mal nach. Wenn es so weit ist.«

»Tun Sie das. Unbedingt!«

Greta wäre ihm am liebsten um den Hals gefallen. Aber die Umstände und der Ort waren alles andere als geeignet für eine euphorische Sympathiebezeugung. Sie sah dem Mediziner nach und begab sich auf die Suche nach Joanna, um sie zu befragen.

Die Brasilianerin saß zusammengekauert auf ihrem Bett. Sie hatte sich einen schwarzen Hausanzug und dicke Wollstrümpfe angezogen, zitterte jedoch noch immer am ganzen Körper. Ihre Lippen hatten einen bläulichen Grundton und bildeten einen obskuren farblichen Kontrast zu ihren schneeweißen Zähnen.

»Wie geht es Ihnen?«, fragte Greta Gerber sanft.

Sie setzte sich neben Joanna und legte ihr tröstend einen Arm um die Schulter. Sie stutzte. Die junge Frau hatte rote Striemen am Hals, als sei sie gewürgt worden.

»Was haben Sie da?«, hakte die Hauptkommissarin nach und fuhr mit einer Fingerspitze über die Male.

Die junge Frau versteifte sich.

»Das ist nischts«, presste sie hervor. Sie versuchte, den Kragen ihres Oberteils hochzustellen, konnte jedoch die Striemen damit nicht verdecken.

»Wurden Sie gewürgt? Von wem?«

»Nur ein Spiel«, erwiderte Joanna. »Zwischen Siggi und mir.«

Greta bemerkte, dass irgendetwas nicht stimmte. Joanna betrachtete ihre Hände, ihre Stimme klang rau, ohne Lebendigkeit.

»Ein sexuelles Spiel?«

Joanna nickte. Sie zog die Beine an den Körper und umschlang sie mit den Armen. »Er mag es, wenn er mir wehtut. Und isch mag es auch.«

Geschmäcker sind verschieden, dachte die Hauptkommissarin, auch wenn sie der jungen Dame das Bekenntnis zum Masochismus nicht so recht abnahm. Sie wirkte eingeschüchtert, so ganz anders als neulich in der Bar.

»Soll ich den Arzt fragen, ob er Ihnen etwas zur Beruhigung geben kann?«

Die Brasilianerin schüttelte den Kopf. »Nein, mir geht es gut. Isch bin nur müde.«

»Was ist passiert? Haben Sie irgendetwas gesehen?«

Joanna sah Greta Geber nicht an, als sie antwortete: »Wir waren im Wohnzimmer. Jemand hat geschossen auf Siggi. Von draußen. Siggi hat geblutet. Isch habe Angst bekommen und habe misch versteckt in Bad. Isch habe gewartet, bin dann raus. Siggi lag auf Boden, hat gestöhnt. Dann isch habe Krankenhaus gerufen, aber der Mann hat nix verstanden. Polizei war vor der Tür. Die haben Arzt gerufen. Mehr weiß isch nix.«

Der Hauptkommissarin gelang es, die Lücken der Schilderung des Tathergangs zu ergänzen, sie sah jedoch ein, dass sie damit nicht weiterkam.

»Gut«, sagte sie und stand auf. »Versuchen Sie, sich ein bisschen auszuruhen. Und wenn Ihnen etwas einfällt, was uns weiterbringen kann, dann haben Sie ja meine Nummer.«

Joanna nickte schwach.

Als die Haustür hinter der Polizistin ins Schloss fiel, ließ sich die Brasilianerin auf die Matratze sinken und fing an zu weinen.

56

»Stimmt etwas nicht?«, fragte Ilka Kaiser den Schweizer Beamten der Flughafenkontrolle, der seit einigen Minuten ihren Personalausweis in der Hand hatte und telefonierte. Er hob eine Hand, um zu signalisieren, dass sie sich gedulden möge.

Ilka wurde unruhig. Mit wem sprach dieser Typ? Warum ließ er sie nicht einfach gehen?

Zwei weitere Beamte tauchten auf.

»Frau Hepburn?«, fragte der eine.

Ilka nickte.

»Wir müssen Sie bitten mitzukommen.«

»Aber warum denn? Ist mein Ausweis abgelaufen?«

Ilka drehte sich zu dem Mann, versuchte sich an einem Lächeln. Die finsteren Mienen der Offiziellen sprachen Bände. Die Reise schien zu Ende zu sein.

»Bitte machen Sie uns keine Schwierigkeiten. Kommen Sie.«

Einer der Beamten fasste sie am Arm und zog sie sanft mit sich, der andere versuchte, ihr den Koffer abzunehmen. Ihr Versuch, dies zu verhindern, scheiterte. Aus den Augenwinkeln registrierte sie, wie die Buchstaben und Ziffern auf der Anzeigetafel zu rotieren begannen und sich neu zusammensetzten. In der untersten Zeile erschien ein Flug nach Rio de Janeiro. Ihr Flug.

57

Ganz Biberach schien schon zu schlafen. In den Gebäuden waren die Lichter erloschen, die Fassaden hatten ihre Farbigkeit in den grauen Mantel der Nacht gehüllt. Der schmale Schein der Fahrradlampe wies ihr den Weg. Greta Gerber ließ die Füße auf den Pedalen ruhen und rollte die Waldseer Straße entlang. Sie genoss den kühlen Fahrtwind, der sie wach hielt und ihr das Nachdenken ermöglichte. Sie musste Ordnung bringen in die Bilder, die ihr durch den Kopf spukten. Sie musste die Puzzleteilchen aus Eindrücken sortieren und sie neu zusammensetzen. Und vor allem: Sie musste Strobel finden. Nicht mehr in dieser Nacht. Aber so bald wie möglich.

Sie bog vom Zeppelinring in die Ulmer-Tor-Straße und von dort in die Zwingergasse. Zu Hause. Endlich.

Sie schloss die Haustür auf, suchte den Lichtschalter, betätigte ihn. Nichts. Wahrscheinlich hatte ihr Nachbar wieder die Sicherung herausgedreht, um den Verbrauch des Allgemeinstroms zu deckeln. Leise vor sich hin schimpfend schob sie das Fahrrad in den Hausflur und legte das Schloss so an, dass Rahmen und Hinterreifen verbunden waren.

Sie schreckte auf. Da war etwas. Hinter ihr. Ein Geräusch. Die Härchen an ihren Unterarmen standen stramm. Sie spürte einen warmen Hauch an ihrem Nacken, dann eine Hand an ihrer Schulter.

Sie schrie, packte die Hand und biss hinein. Geröcheltes Gurgeln.

In wilder Panik drehte sie sich herum, zog das rechte Knie hoch, traf den Widersacher zwischen den Beinen, der wie ein Heißluftballon, der nicht mehr befeuert wird, zusammensackte und nach Luft japste.

Sie näherte sich der gekrümmten Gestalt, wollte ihm den Arm auf den Rücken drehen, doch dann erkannte sie, wer da vor ihr hockte und Schmerzenslaute von sich gab.

»Richard«, entfuhr es ihr. »Bist du wahnsinnig? Was willst du hier?«

Ihr ehemaliger Chef und Liebhaber in Personalunion keuchte und hielt sich den Unterleib. Er hob eine Hand zur Begrüßung und atmete geräuschvoll ein und aus.

»Was lungerst du hier im Dunkeln herum? Du hast mich zu Tode erschreckt.«

»Ich wollte dich sehen. Kein Grund, mich zu entmannen«, keuchte er.

»Du glaubst gar nicht, wie gern ich das würde. Hau ab, lass mich in Ruhe.«

Richard drehte sich zur Seite und übergab sich geräuschvoll. Greta verdrehte die Augen. Auch das noch. Statt sich in die Kissen fallen lassen zu können, musste sie nun dafür sorgen, dass Richards Mageninhalt von der Hausflurwand entfernt wurde, bevor die Nachbarn es entdeckten und sich ereifern konnten.

Sie reichte ihm ein Papiertaschentuch. Er nahm es und wischte sich unbeholfen den Mund ab. Er bot ein Bild des Elends. Er hatte abgenommen, hatte dunkle Ringe unter den Augen, trug einen ungepflegten Mehrtagebart. Sein graues Haar stand in wilden Strähnen vom Kopf ab. Und er hatte diesen Hundewelpenwinselblick, den er immer aufsetzte, wenn er mit Argumenten nicht weiterkam.

Greta wurde von einer Welle aus Wut und Mitleid

überrollt. Auch wenn sie über seine unerwartete Anwesenheit nicht erfreut war, konnte sie ihn nicht im Hausflur liegen lassen.

Sie zerrte ihn an einem Arm in die Aufrechte, stieg die Treppe nach oben und sah sich nach ihm um.

»Okay, komm rein. Aber nur kurz«, raunte sie.

Richard rappelte sich hoch und folgte ihr.

58

»Die schreibet, dass es für des Spiel gega Jahn Regensburg koine Karte meh gibt.«

Andreas Goettle ließ die Zeitung sinken und faltete sie akribisch zusammen. »Des isch net schlecht.«

»Oier, Floisch, Soife«, murmelte seine Haushälterin Münzenmaier.

Sie war dabei, die wöchentliche Einkaufsliste zusammenzustellen, und zwar so konzentriert, dass sie nur mit einem halben Ohr registrierte, dass ihr Chef mit ihr sprach.

»A Oile mit am Woile«, zog der Pfarrer sie auf.

Der Stift in Frau Münzenmaiers Hand blieb auf dem Papier stehen.

»Hen Sie was g'sagt?«, fragte sie.

»Ein kleines Ei zu einem Achtele«, übersetzte Andreas Goettle seinen sinnfreien Einwurf. »Sie hen mir gar net zug'hört. Morgen hem mir a volles Stadion. Des hoißt, onser Aktion erreicht a richtig großes Publikum.«

Frau Münzenmaier nickte. »Von mir aus. Soll i nächschde Woch wieder mol Linsa mit Spätzle macha?«

»Wer Ohren hat zu hören, der höre«, schalt Andreas Goettle.

»Was?«

»Ein Zitat. Matthäus.«

»Pff, Lothar Matthäus, dass Sie den Sembl zitieret. Mit seina ewiga Weiberg'schichta ... ond von Fußball hot der doch au koi Ahnung. Oder soll i lieber saure Kuttla macha?«

Goettle sah ein, dass er seine Haushälterin nicht erreichen konnte.

»Mir isch älles recht«, sagte er und stand auf. Es gab noch einiges zu tun.

Greta saß am Küchentisch und rührte in ihrer Tasse mit Kräutertee. Richard saß ihr gegenüber und fuhr mit einem Finger die Maserung des Tisches nach. Seit über einer halben Stunde hatten sie kein Wort mehr miteinander gesprochen, es war alles gesagt.

Richard hatte die Einladung, hereinzukommen, offenbar falsch interpretiert. Er hatte sie heftig umarmt und ihren Hals mit wilden Küssen überdeckt. Greta ließ es einen Moment lang geschehen, stieß ihn jedoch weg, als er seine Hand unter ihren Pullover schob.

Einen Moment lang hatten sie sich gegenübergestanden wie zwei Boxer, die den nächsten Angriff des jeweils anderen erwarteten. Greta gab ihre Deckung zuerst auf. Sie schleuderte Richard ihre Wut und Verletztheit ins Gesicht, fand Worte, die ihn wie Fäuste in der Magengegend trafen. Er hatte sich nicht gewehrt, ließ die Attacken auf sich herniedergehen.

Schließlich hatte er ihr seine Schuld eingestanden, hatte sie um eine letzte Chance angefleht, geschworen, seine Familie für immer zu verlassen – es sei alles geklärt, er sei frei und könne nun ein neues Leben beginnen. Er war auf die Knie gesunken, hatte ihre Hände vor sein Gesicht gepresst, hatte seine Liebesschwüre hineingesprochen.

Er war so klein in diesem Moment, winzig wie ein lästiges Insekt, das einen umschwirrt und am Schlafen hindert. Er hatte in diesem Moment allen Rest an Zuneigung vernichtet, die Greta noch für ihn empfand.

Sie hatte ihm ihre Hände entrissen. »Genieße die Freiheit und beginne neu. Aber ohne mich. Ich will deine Liebe nicht mehr«, hatte sie gesagt.

Seitdem war Ruhe.

Der Radiowecker im Schlafzimmer schaltete sich an und spielte einen Hit aus den 80ern. »Wake me up before you Go-Go« von »Wham!«.

Zeit zum Aufstehen, dachte Greta. Sie stand auf.

»Ich möchte, dass du jetzt gehst«, sagte sie zu Richard. »Und komm bitte nicht wieder.«

Richard verzichtete auf den Hundewelpenblick, erhob sich und schob sich in Zeitlupe zur Tür. »Ich werde dich immer lieben«, sagte er zum Abschied.

»Spar dir deine Liebe für eine andere auf«, erwiderte Greta.

Sie schloss die Tür hinter ihm, lehnte mit dem Rücken an der Wand und ließ sich langsam zu Boden sinken. Ein Weinkrampf schüttelte sie, sie hatte keine Kraft mehr. Schleim troff aus der Nase, auf den Boden, Speichel lief ihr über das Kinn. Die Nerven. Das waren nur die Nerven, versuchte sie sich zu beruhigen.

Als sie wieder aufwachte, war es kurz nach neun.

Denis Schneider wunderte sich. Er sah auf seine Armbanduhr. Halb zehn. Außer POM Fritz und ihm war noch keiner im Präsidium. Das war ungewöhnlich.

»Wissen Sie, wo Frau Behrmann und Frau Gerber sind?«, fragte er seinen Kollegen, der einen offenen Disput mit seinem PC austrug. Wann immer er eine Taste betätigte, quittierte der Computer dies mit einem trötenden Geräusch.

»Wenn der oimol des macha dät, was i will«, klagte Fritz. »Wie soll i denn so des Protokoll über die Verhaftung Heimerdingers schreiba?«

Walter Heimerdinger hatte sich gegen seine Festsetzung nicht gewehrt. Widerstandslos war er den Beamten gefolgt, hatte sein Attentat auf Röder gestanden, er wollte noch nicht einmal einen Anwalt zurate ziehen. Es schien, als habe er mit dem Leben in Freiheit abgeschlossen.

»Ich habe Sie etwas gefragt. Wo sind die Kolleginnen? Ermitteln die wieder ohne uns, oder wie?«

Schneider war aufgebracht. Wenn dieser Fall gelöst war, dann musste es ein klärendes Gespräch geben. Ansonsten würde er um seine Versetzung bitten. Diese Gerber sollte ihn kennenlernen.

Laura Behrmann trank ihre siebte Tasse Kaffee. Diese Krankenhausplörre aus dem Automaten war eine Zumutung. Aber sie brauchte das bisschen Koffein, um wach zu bleiben. Inzwischen saß sie bereits zehn Stunden vor Siegfried Röders Zimmer und wartete auf die versprochene Ablösung. Sie war ziemlich sicher, dass Hauptkommissarin Gerber sie vergessen hatte. Klar, die hatte ja nur noch diesen Raible im Kopf. Ihr war nicht entgangen, wie die nicht mehr ganz taufrische Polizistin die Restjugend rausgekramt hatte, um dem Gerichtsmediziner schöne Augen zu machen. Ausgerechnet ihrem Oliver, den sie seit der ersten Begegnung anhimmelte. Wahrscheinlich besuchte diese Gerber ihn unter einem fadenscheinigen Vorwand gerade in seinem Labor. Da passte es ja ganz gut, dass sie hier auf dem Abstellgleis saß. Gemein war das. Laura Behrmann hätte weinen können vor Wut.

Der große Zeiger der Krankenhausuhr fiel mit einem klickenden Geräusch auf die nächste Ziffer. 20 nach 10.

Strobel sah aus dem Fenster seiner Laube. Die Gärten lagen ruhig und friedlich da, kein Mensch weit und breit. Wahrscheinlich war es noch zu früh. Wer hatte schon um halb elf Zeit, in seiner Parzelle herumzuwurschteln. Er wandte sich wieder der Pistole zu, die mit herausgezogenem Magazin vor ihm auf dem Tisch lag. Zum gefühlt hundertsten Mal zählte er die Patronen. Fünf. Vier Mal Absicherung und eine Notlösung. So weit musste es ja nicht kommen. Er betrachtete die restlichen Bierflaschen in der Kiste und überlegte, ob er sich noch eine genehmigen sollte. Was sollte er sonst tun? Rasen mähen, die Hecken schneiden, die Bäume stutzen? Er lachte leise in sich hinein. Dann nahm er eine Flasche und öffnete sie.

»Ach, die Frau Hauptkommissarin. Dass Sie heute auch noch mal hier auftauchen. Waren Sie wieder in Solo-Ermittlungen unterwegs oder haben Sie einfach nur verschlafen?«, begrüßte Denis Schneider seine Kollegin. Er sah mit theatralischer Geste auf seine Uhr und schüttelte den Kopf. »Ts, ts, ts. Schon nach elf. Wie die Zeit heute rast.«

»Reizen Sie mich nicht, Herr Schneider. Ich bin heute nicht gut drauf«, entgegnete Greta Gerber scharf. »Haben Sie etwas über den Aufenthalt von Sebastian Strobel herausgefunden?«

»Noi, die Fahndung läuft no«, antwortet POM Fritz für ihn.

»Das gibt es doch nicht. Er kann sich doch nicht in Luft aufgelöst haben.«

Die Hauptkommissarin stampfte mit einem Bein auf, wurde sich jedoch im nächsten Moment dieser präpubertären Geste bewusst.

»Und wo ist die Kollegin Behrmann?«

Die beiden Männer sahen sich an.

»Keine Ahnung«, antwortete Schneider. »Wir dachten, sie sei mit Ihnen unterwegs …«

Greta Geber riss ihre Augen vor Schreck auf und presste eine Hand vor den Mund. »Oh mein Gott! Ich habe die Ablösung vergessen. Sie sitzt wahrscheinlich seit letzter Nacht vor Röders Krankenzimmer. Jetzt aber schnell.«

Dieser verdammte Kaffee. Seit etwa einer Stunde verspürte Laura Behrmann das dringende Bedürfnis, die

Blase zu entleeren. Und nun wurde der Druck so groß, dass sie es nicht mehr aushalten konnte. Sie sah den Gang entlang, sehnte eine Uniform herbei, die Ablösung versprach. Nichts.

Es gab keinen Ausweg. Sie musste zur Toilette. Sie sprach einen Pfleger an, der vorbeikam, ob er kurz ihre Position einnehmen könnte.

»Sie müssen nur aufpassen, dass keiner das Zimmer betritt oder verlässt. Ich bin sofort zurück«, instruierte sie den jungen Mann.

»Kein Problem«, erwiderte er und nahm auf der Bank vor Röders Raum Platz.

»Danke«, presste Laura Behrmann hervor und zischte den Gang entlang.

»So, Sie machen ein kleines Päuschen?«, sagte der Oberarzt wenig später zu dem Pfleger. »Machen Sie sich sofort an Ihre Arbeit, sonst können Sie etwas erleben«, setzte er nach, bevor der junge Mann seine Mission erklären konnte. Allerdings machte der Arzt auch nicht den Eindruck, als ob er sich auf Erklärungen einlassen würde. Also erhob sich der Hilfswächter und beeilte sich, aus dem Sichtfeld des Vorgesetzten zu entkommen. Der Oberarzt beobachtete mit vor der Brust verschränkten Armen, wie der junge Mann den Gang entlangtrottete.

»Unverschämtheit«, knurrte er. »Der hätte ja wenigstens bis zur Mittagspause warten können.«

Joanna kam kurz nach zwölf im Krankenhaus an. Sie studierte die Orientierungssäule im Eingangsbereich, begab sich in den ersten Stock, in die Notaufnahme, erkundigte sich bei einer Krankenschwester, in welchem Zimmer Siggi lag.

Sie war ein wenig verblüfft, keinen Polizisten vor dem Zimmer zu sehen. Sie musste also keine Überzeugungsarbeit leisten, um zu ihm zu gelangen. Schließlich wollte er ihr die letzten Instruktionen geben, was die Geldübergabe an Strobel anging. Sie sollte die Überbringerin sein, so viel hatte sie verstanden.

Siggi sah auf, als sie das Zimmer betrat. Ein Grinsen umspielte seine Miene. »Da bist du ja, meine Schöne«, sagte er.

»Ja, da bin isch«, flüsterte Joanna.

Laura Behrmann erstarrte, als sie die leere Bank vor dem Krankenzimmer sah. Sie blickte sich suchend um, konnte den jungen Pfleger jedoch nicht entdecken. Sie stieß einen Fluch aus.

Sie riss die Tür auf. Joanna fuhr hoch, sah die Polizistin erschreckt an, Röder grinste unverschämt. Offenbar hatte sie die beiden beim Austausch von Intimitäten gestört.

»Wie sind Sie hier hereingekommen?«, schrie die Polizistin.

»Sie ist durch die Wand gegangen, wie sonst?«, erwiderte Röder und lachte.

Joanna sagte nichts. Sie streichelte die Hand des Managers.

»Sie dürfen hier nicht sein.«

Laura Behrmann schoss auf Joanna zu, ergriff ihren Arm und zog sie mit sich. Die Brasilianerin sträubte sich, war jedoch den Kräften der Polizistin nicht gewachsen.

»Lassen Sie misch los«, zeterte sie.

»Sie verschwinden jetzt auf der Stelle«, ächzte Laura Behrmann.

»Was geht denn hier ab?«

In der Tür stand Hauptkommissarin Gerber mit einem Streifenpolizisten.

Laura Behrmann wurde es heiß und kalt.

»Ich … Also, ich kann das … erklären«, stammelte sie.

»Das hoffe ich«, entgegnete ihre Chefin schroff.

»Saget a mol, wer hot denn des g'schrieba? Was soll denn des sei? Ein Reh-Torten-Club? A Versammlung von Jägern, die in ihrer Freizeit gern Kucha backet, oder wie?«

Pfarrer Goettle ließ das Flugblatt, das die kriminellen Machenschaften, die zur Gründung des 1. FC Oberschwaben geführt hatten, aufdecken sollte, sinken und sah die Verfasser strafend an.

Seine Firmlinge Gustavo und Lara, die mit der Gestaltung des Pamphlets beauftragt waren, machten betretene Gesichter.

»Und da es koine Muh-Zehn gibt, gibt es au koine Mäh-Zehn. Mäzen hoißt des. Mit ›ä‹ und ohne ›h‹.«

»I hab halt a Lese- und Schreibschwäche«, verteidigte sich Gustavo kleinlaut. Dies vor Lara zuzugeben, fiel ihm ziemlich schwer. Er hatte sich eigentlich nur bereit erklärt mitzumachen, weil sie sich gemeldet hatte. Sie konnte ziemlich gut zeichnen, bediente grafische Programme am Computer wie keine Zweite und war auch sonst übel nett. Fand Gustavo.

Goettle förderte einen Stift aus seinem Sakko zutage und fing an, den Text zu korrigieren. Er übergab Lara den Ausdruck mit seinen Anmerkungen.

»Also, jetzt korrigiersch den Wisch, drucksch en aus und dann lasset ihr den Zettel 500-mol drucka.«

Er drückte Gustavo 50 Euro in die Hand. »Wenn de

guad verhandelsch, isch no a Eis für euch drin. A Redeschwäche hosch ja net.«

Goettle zwinkerte dem Jungen zu und fuhr ihm durch die schwarzen Locken.

Strobel rülpste. Soeben hatte er das dritte Bier geleert. Eine wohlige Schläfrigkeit überkam ihn. Außerdem hatte er Hunger. Er durchstöberte die Schränke nach etwas Essbarem. Außer einem Päckchen Cracker und einer angebrochenen Dose Erdnüsse konnte er nichts finden. Nicht so übel fürs Erste, dachte er. Und dazu noch ein Bier.

»Ilka Kaiser. Wir haben sie«, rief Denis Schneider Polizeiobermeister Fritz zu und ließ den Telefonhörer sinken. »Sie wurde am Flughafen in Zürich verhaftet.«

Freudig wählte er die Nummer von Kriminalrat Seidel. Er war sich sicher, dass er diese Nachricht mit Freuden entgegennahm. Endlich konnte er der Presse und der Staatsanwaltschaft Erfolge berichten. Und dass dieser Glanz auch ein wenig auf den Überbringer der Nachricht abstrahlen würde, dessen war sich Kommissar Schneider ziemlich sicher.

»Wie konnten Sie nur Ihre Position aufgeben? Ich bin wirklich enttäuscht von Ihnen, Frau Behrmann.«

Die junge Polizistin biss sich auf die Unterlippe. Sie war sich ihres Vergehens bewusst und bereit, die Konsequenzen zu tragen. Aber sie fühlte sich auch ungerecht behandelt.

»Ich musste dringend zur Toilette, und eigentlich hätte ich schon lange abgelöst werden sollen. Das hatten Sie mir versprochen«, maulte sie.

»Ja, das war mein Fehler«, knurrte Greta Gerber. »Aber ich weiß echt im Moment nicht, wo mir der Kopf steht. Da brauche ich Leute, auf die ich mich verlassen kann. Und ich dachte, Sie wären zuverlässig.«

Die junge Polizistin straffte sich, nahm Haltung an.

»Das bin ich auch«, entgegnete sie trotzig. »Aber ich bin auch nur ein Mensch mit einer gewissen Belastungsgrenze. Wenn Ihnen jedoch meine Leistung nicht mehr genügt, dann …«

Greta Gerber winkte ab. Sie ärgerte sich mehr über ihr Versäumnis, für die Ablösung zu sorgen, als über Behrmanns durchaus menschliches Verhalten. Durch die nächtliche Episode mit Robert war der Fall einen Moment aus ihrem Fokus geraten, sie hatte nicht an die Kollegin gedacht.

»Tut mir leid. Natürlich sind Sie zuverlässig. Und eine gute Polizistin. Außerdem können wir es eh nicht mehr rückgängig machen, dass Joanna bei Röder war.«

»Die beiden haben geknutscht. Was ist daran so schlimm?«

Laura Behrmann wusste nicht, was an dem Austausch von Intimitäten eines Paares so bedeutungsvoll sein konnte.

»Das glauben Sie doch selbst nicht, dass Joanna sich in die Höhle des Löwen wagt, um ein paar Streicheleinheiten zu verteilen. Ich bin mir sicher, dass sie von Röder Instruktionen bekommen hat. Ich weiß nur noch nicht, wofür.«

Laura Behrmann spürte, wie das schlechte Gewissen zubiss. Sie fühlte sich schuldig, dass sie dieses ominöse Treffen ermöglicht hatte.

»Und was sollen wir jetzt tun?«

»Wir müssen Joanna beschatten lassen. Ich habe so ein Gefühl, dass sie mir gestern Nacht nicht die ganze Wahrheit gesagt hat. Sie war komplett verstört. Mit ihr stimmt etwas nicht«, antwortete die Hauptkommissarin.

So ein Gefühl. Aha!, dachte Laura Behrmann. Durften nun schon irrationale Wahrnehmungen bei den Ermittlungen eine Rolle spielen? Wie unprofessionell.

Natürlich sprach sie es nicht aus. Sie wusste, dass sie im Moment nicht in der Position war, Kritik zu äußern.

Joanna packte ihren Koffer. In einer Stunde hatte sie einen Termin auf der Bank mit Filialleiter Erlbacher. Er sollte ihr das Geld aus der gewonnen Wette aushändigen, das auf Siggis Konto eingegangen war. Einen Teil sollte Strobel für sein Schweigen bekommen. Eine Art Starthilfe für ein neues Leben. Sie sollte ihn am nächsten Tag um 12 Uhr am Bahnhof treffen, ihm die ausgemachte Summe übergeben und dafür einen Schließfachschlüssel in Empfang nehmen. Den anderen Teil des Geldes sollte sie im Wettbüro einsetzen. Auf das Spiel Oberschwaben gegen Jahn Regensburg. Selbstverständlich auf Sieg für Oberschwaben. So lautete Siegfried Röders Plan.

Joanna hatte einen anderen, zumindest in Teilen. Sie würde das Geld von der Bank holen. So weit, so gut. Es war so viel, dass sie ohne Weiteres ein Weilchen in New York leben konnte. Dort wollte sie sich Musiker suchen, ein Studio mieten und eine Platte aufnehmen. Natürlich nicht unter ihrem eigenen Namen.

Ein bisschen schämte sich sich dafür, dass sie Sebastian und Siegfried betrog. Aber sie musste jetzt an sich denken. Es lief einiges schief, auch wenn sie nicht mit Sicherheit sagen konnte, was es war. Reine Intuition.

Das Auftauchen von Karlheinz. Ilka Kaisers Flucht. Der durchgedrehte Sebastian. Und wenn Siegfried erfuhr, dass sie Pfarrer Goettle geholfen hatte, Siggis Unterlagen zu beschaffen, dann hatte sie einiges zu befürchten. Die Angst besiegte die Scham. Joanna schloss den Koffer.

»Sie verlässt das Haus und hat einen Koffer dabei. Sieht aus, als wollte sie verreisen«, nuschelte Denis Schneider in sein Funkgerät. Er hatte die erste Schicht der Überwachung von Joanna übernommen, motiviert vom Lob des Kriminalrats, der, wie erwartet, ihm die Lorbeeren zu Ilka Kaisers Verhaftung zusprach. Nun wollte er durch seinen Einsatz weiter punkten.

»Gut, folgen Sie ihr. Ich bin gespannt, wo sie hingeht«, antwortet Greta Gerber blechern.

Schneider startete den Motor und fuhr dem Mini Cooper der Brasilianerin in gebührenden Abstand hinterher.

»Das ist ja eine ziemliche Räuberpistole, die Sie mir da auftischen«, sagte Phillipp Wenzler, der Chefredakteur des »Schwäbischen Tagblatts«.

Pfarrer Andreas Goettle und Wenzlers Vorgänger Frieder Hunzinger saßen ihm gegenüber und hatten ihm von unglaublichen Vorfällen rund um den 1. FC Oberschwaben berichtet. Ihren Aussagen gemäß waren Spiele des Clubs manipuliert worden, um Gelder von zwielichtigen Unternehmen über Wettbüros im Ausland zu waschen. Die beiden behaupteten auch, dass Karlheinz Kaiser und Siegfried Röder Initiatoren dieses Skandals waren. Alles in allem klang das so unwahrscheinlich, dass er nicht sicher war, ob er seinen Lesern diese Geschichte zumuten konnte.

»Mir ist nicht ganz klar, was es mit den Morden an Karlheinz Kaiser und Maik Riemenschneider auf sich hat«, sagte er.

»Kaiser war der Mittelsmann in Singapur. Wir gehen davon aus, dass er die Wetten am asiatischen Markt platziert hat. Aus einem Grund, den wir noch nicht kennen, wurden die Zahlungen an ihn eingestellt. Es ist zu vermuten, dass seine Gattin und Siegfried Röder Gelder für ihre Zwecke abzwackten und womöglich die Geschäfte direkt abwickelten. Sie brauchten Kaiser nicht mehr. Das konnte er sich natürlich nicht bieten lassen und tauchte wieder auf«, erklärte Frieder in ungewohnter Klarheit.

»Im Badesee bei Ummendorf«, ergänzte Andreas Goettle. »Er hot die G'schäfte g'stört, also hot mr ihn aus dem Weg g'räumt.«

»Ich nehme an, Sie sprechen von Ilka Kaiser und Siegfried Röder. Haben die beiden ihn umgebracht?«

»Des wisset mir net so genau. Aber es isch nicht auszumschließa.«

Wenzler spielte mit dem Füllfederhalter, der vor ihm auf dem Tisch lag.

»Und wie passt der Tod von Maik Riemenschneider in das Ganze?«

»Er wusste zu viel!«, riefen Frieder Hunzinger und Andreas Goettle gleichzeitig.

Draußen dämmerte schon der Abend heran, die Gärten leuchteten kupfern im Schein der untergehenden Sonne. Strobel öffnete die letzte Flasche im Kasten. Seine Bewegungen waren langsam und unbeholfen, er veranstaltete einen Höllenlärm bei dem Versuch, den Kronkorken am Tischrand abzuschlagen. Sechs Bier zeigten ihre Wirkung.

»Auf sechs Beinen kann ja kein Mensch stehen«, lallte Strobel und begann zu lachen. Er lachte, bis ihm die Tränen aus den Augen schossen. Sechs Beine. Der war wirklich gut. Auf sieben Beinen konnte man stehen, aber doch nicht auf sechs. Er wartete, bis er sich wieder beruhigt hatte, nahm einen tiefen Schluck. Langsam ließ er seine Stirn auf die Tischplatte sinken und schlief ein.

Joanna verließ das Bankgebäude am Marktplatz und hastete zu ihrem Wagen. Sie stieg ein, warf die Tasche mit dem Geld auf den Rücksitz, startete und lenkte ihren Mini rückwärts aus der Parklücke.

Denis Schneider folgte ihr. »Sie fährt auf der B 312 Richtung Ochsenhausen«, meldete er nach einigen Minuten.

»Bleiben Sie dran«, klirrte Greta Gerbers Stimme.

»Nichts lieber als das«, murmelte Schneider.

»Also gut, wir bringen den Bericht. Auch wenn ich mich da ziemlich weit aus dem Fenster hänge«, sagte Chefredakteur Wenzler.

Ganz wohl war ihm bei der Sache nicht. Ihm fehlten die Fakten, die letzten Beweise. Aber er wusste auch, dass andere Blätter, vor allem das eine mit den großen Buchstaben, wenig Hemmungen hatten, ihren Lesern diese Geschichte vorzusetzen, auch wenn sie später zurückrudern müssten.

Andreas Goettle zeigte sich zufrieden.

»Ihre Auflage wird sich in de nächschda Wocha verdoppla. Mindeschdens!«

Er stand auf und schüttelte Wenzler die Hand.

»Ihr Wort in Gottes Ohr«, sagte der Chefredakteur.

»Des passt scho. I han do ja an guada Droht.«

Joannas Wagen wechselte, ohne zu blinken, von der A 8 auf die A 99.

»Wir sind jetzt kurz vor München. Sie fährt in Richtung Flughafen«, meldete Denis Schneider. »War ja fast zu erwarten.«

»Alles klar. Sobald sie dort ankommt, nehmen Sie Joanna fest.«

Gretas Stimme drohte, im Rauschen des Funkgeräts unterzugehen.

»Mit welcher Begründung?«

»Gefahr im Verzug. So wie es aussieht, hat sie uns nicht die ganze Wahrheit gesagt …«

Ein pfeifender Ton unterbrach die Übertragung. Denis Schneider schlug mit der Faust gegen das Gerät, konnte jedoch keine Besserung erzielen.

»Over and out«, grummelte er.

59

Das Poltern einer umstürzenden Flasche und das unangenehme Gefühl, in einer Lache zu liegen, weckten Sebastian Strobel. Er öffnete die Augen. Es dauerte, bis er klar sehen konnte und sich seiner unbequemen Schlafhaltung bewusst wurde. Er saß noch immer auf dem Stuhl, den Kopf hatte er auf die verschränkten Arme auf der Tischplatte gebettet.

Als er sich aufrichtete, wusste er nicht, welcher Schmerz der größere war. Seine Rückenmuskeln wehrten sich krampfartig gegen die plötzliche Bewegung, und sein Schädel drohte zu platzen. Er taumelte in Richtung Waschbecken, drehte den Wasserhahn auf und schaufelte sich kaltes Wasser ins Gesicht. Die Uhr zeigte halb zehn. In zweieinhalb Stunden wollte er Joanna am Bahnhof treffen. Nicht mehr viel Zeit. Er schlug sich gegen die Wangen, um wach zu werden. Kaffee, schoss es ihm durch den Kopf. Eine Tasse Kaffee wäre gut.

»Welche Laus ist Ihnen denn heute Morgen schon über die Leber gelaufen«, murrte Siegfried Röder den Pfleger an, der ihm mit deutlichem Widerwillen das Frühstück gebracht hatte und nun die Wunde neu versorgte.

Er ging dabei ziemlich grob zur Sache.

»Au, verdammt noch mal. Passen Sie doch auf, Sie Tölpel!«, schrie er, als der junge Mann beherzt an der Wundabdeckung riss.

Der dachte gar nicht daran, seine Behandlungsmethode zu ändern. Nicht bei diesem Schwein.

»Stellen Sie sich nicht so an. Sie sind doch sonst auch nicht so zimperlich«, sagte er und tupfte mit Druck auf die Wunde.

»Aaaah. Sind Sie wahnsinnig?«, brüllte der Patient.

Die Tür ging auf, der wachhabende Polizist streckte seinen Kopf herein.

»Alles in Ordnung bei Ihnen?«, fragte er.

»Nein, gar nichts ist in Ordnung. Dieser Vollpfosten hier misshandelt mich!«, bellte Röder.

»Wer hier ein Vollpfosten ist, das ist ja wohl keine Frage. Jemand, der die Leute bescheißt und in zwei Mordfälle verstrickt ist, der sollte die Klappe nicht so weit aufreißen«, sprudelte es aus dem jungen Mann hervor.

Röder sah ihn verdutzt an, dann blickte er zu dem Polizisten.

»Was reden Sie denn da? Haben Sie heute schon etwas genommen?«

»Nein, aber die Zeitung gelesen. Da steht alles schwarz auf weiß, was Sie für ein Monster sind.«

Röder versuchte, den Pfleger wegzuschieben, wollte aufstehen. Er musste sich eine Zeitung besorgen. Er musste wissen, was da vor sich ging. Doch der junge Mann war den Umgang mit störrischen Patienten gewohnt. Er stemmte sich gegen den massigen Leib des Managers und drückte ihn in die Kissen zurück.

»Das könnte Ihnen so passen, jetzt stiften zu gehen. Sie bleiben schön liegen«, ächzte er.

Siegfried Röder sah ein, dass er keine Chance hatte, sich durchzusetzen, also änderte er seine Taktik.

»Holen Sie mir meine Brieftasche aus meinem Jackett. Los, machen Sie schon.«

Der Pfleger sah Röder misstrauisch an, aber schließlich kam er seiner Aufforderung nach. Er durchsuchte die Jacke, förderte das Portemonnaie zutage und warf es auf Röders Bett. Der Manager fischte eine Zwanzigeuronote heraus und hielt sie dem jungen Mann hin.

»Besorgen Sie mir eine Zeitung. Den Rest können Sie behalten.«

Der junge Mann sah zum Polizisten. Der zuckte mit den Schultern. Der Pfleger griff nach dem Geldschein und entfernte sich.

Frieder sammelte Seife, Shampoo, Zahnpasta und die Reisezahnbürste in seinen Toilettenbeutel, warf sich ein Handtuch über die Schulter und schlenderte hinaus, um auf der Bahnhofstoilette seine Morgenwäsche durchzuführen. Die Sonne stand bereits recht hoch am Himmel, es roch schon ein wenig nach Sommer.

Das wird ein schöner Tag, dachte Frieder und begann, eine Melodie zu pfeifen: »Schön ist es, auf der Welt zu sein.«

»Woiß jetzt jeder, was er zum doa hot?«

Andreas Goettles Frage erntete zustimmendes Gemurmel. Sein Störtrupp, der sich aus den »Grünen Minnen«, den Firmlingen und dem Bibelkreis zusammensetzte, war bereit.

»Gut, dann goht's jetzt los. Mir treffet uns vorm Stadion.«

Stühle scharrten über den Boden, aufgeregtes Geplapper setzte ein, Goettles Mitstreiter strömten zur Tür des Gemeindesaals.

»Aber Sie ziehet sich scho no was drüber, Frau Schultheiß, gell?«, schrie er der »Grünen Minna« hinterher, die sich bereits jetzt in ihrer Demonstrationstracht befand.

»Awa, des lohnt sich doch net. Bis i des älles ei- und auspackt han, da sen mir scho am Stadion«, brüllte sie zurück und winkte.

Den männlichen Firmlingen fielen fast die Augen aus dem Kopf.

»Euer Herz erschrecke nicht. Vertraut Gott und vertraut mir«, murmelte Goettle. »Johannes 14,1.«

Sebastian Strobel hielt sich im Schatten des Bahnhofsgebäudes auf und beobachtete den Vorplatz. In seinem Kopf hämmerte es wie in einer Schmiede, das Sonnenlicht schmerzte in seinen Augen. Er war sich nicht sicher, aus welcher Richtung Joanna kommen würde, deshalb hatte er sich so postiert, dass er das gesamte Areal im Blick behalten konnte. Es herrschte reger Verkehr auf der Eisenbahnstraße, Passanten strömten in das und aus dem Bahnhofsgebäude.

Er sah auf seine Armbanduhr. Fünf vor zwölf.

Joanna saß Greta Gerber gegenüber und spielte mit der Kette an ihrem Hals. Sie fühlte sich elend. Wenn Siggi mitbekam, dass sie mit dem Geld hatte fliehen wollen, war sie ihres Lebens nicht mehr sicher.

Als der Kommissar sie festgenommen hatte, hatte sie noch einmal auf ihre Weiblichkeit gesetzt. Auf dem Rückweg von München hatte sie sich so gesetzt, dass er sie im Rückspiegel sehen musste. Sie hatte ihm eindeutige Angebote gemacht, wenn er sie freiließe. Doch Denis Schneider hatte sich nicht ködern lassen.

»Woher haben Sie das Geld?«, fragte die Hauptkommissarin zum wiederholten Male. »Was sollten Sie damit tun?«

Joanna schwieg.

»Gut, wir können ja Herrn Röder anrufen und ihm sagen, dass Sie abhauen wollten. Das interessiert ihn bestimmt.«

Joanna riss die Augen weit auf. »Das dürfen Sie nicht«, sagte sie.

»Dann sagen Sie uns endlich, woher das Geld stammt, das Sie bei sich hatten. Und was Sie damit vorhatten.«

»Meine Platte«, hauchte Joanna und begann zu weinen.

Frieder pfiff noch immer, als er aus dem WC trat. Er sog seinen eigenen Duft ein und genoss das angenehme Gefühl der Frische. Er reckte sich und stieß einen wohligen Seufzer aus.

Ein Mann, der im Schatten des Bahnhofsgebäudes stand und eben noch um die Ecke geschielt hatte, sandte ihm einen genervten Blick zu. Frieder erkannte sofort, wer da vor ihm stand. Betont lässig schritt er an Sebastian Strobel in Richtung Kiosk vorbei. Er musste telefonieren. Dringend.

In Siegfried Röder tobte ein Orkan. Er zerfetzte die Zeitung in tausend Stücke und schleuderte sie in den Raum. Er wusste nicht, auf wen er wütender sein sollte: Auf diese Schmierfinken, die sich nicht zu schade waren, Mutmaßungen in die Welt zu setzen, die ihn zum Betrüger und Mörder machten, ohne es hieb- und stichfest beweisen zu können. Oder auf den- oder diejenige, die ihn verraten hatte. Einige Anschuldigungen waren so präzise formuliert, dass er davon ausgehen musste, dass irgendjemand aus dem Kreis der ihm nahestehenden Personen geplaudert hatte. Letztendlich richtete er seinen gesamten Hass auf seinen Anwalt, den er trotz diverser Versuche nicht erreichen konnte.

»Wo ist dieser Winkeladvokat, wenn man ihn braucht?«

Er musste handeln, riss sich die Infusionsnadel aus dem Handrücken, zog seine Sachen aus dem Schrank und kleidete sich an.

Er bezog hinter der Tür Stellung, ließ einen Schmerzenslaut ertönen und wartete, bis der Polizist den Kopf hineinstreckte. Dann schlug er mit aller Kraft zu. Wie ein gefällter Baum ging der Beamte zu Boden. Röder riss ihm die Waffe aus dem Halfter, stieg über den Ohnmächtigen hinweg und rannte den Gang entlang. Strobel, er musste Strobel stoppen.

»Schnell. Ihr müsset zum Stadion komma. Hier goht's ab wie d' Sau.«

Der Beamte in der Notrufzentrale konnte die Ernsthaftigkeit des Anrufers schlecht einschätzen. »Jetzt mol langsam. Was isch denn do los?«

»Des kann mr schlecht beschreiba. Da sen halb nackte Fraua, die hen sich an die Stadiontore kettet und brüllet wie am Spieß. Auf dem Parkplatz laufet alte Leut rom, verdoilet Zettel, auf denne stoht, dass der 1. FC Oberschwaben in Spielkorruptiona verstrickt isch. A paar Jonge, an Typ, der aussieht wie Karate Kid, und an Pfarrer schlägret sich mit Fans und Ordner. Ihr müsset komma.«

Halb eins. Keine Spur von Joanna. Strobel wurde unruhig. Wo blieb diese kleine Nutte?

Er sah zu dem ungepflegten Typ hinüber, der mit einem Waschbeutel unter dem Arm und einem Handtuch über der Schulter vor dem Kiosk stand und ihn zu beobachten schien. Was wollte dieser Penner von ihm?

Er griff noch einmal in die Tasche seiner Jacke, um sich davon zu überzeugen, dass die Pistole noch da war. Solange er die hatte, konnte ihm nichts passieren.

Den zwei eintreffenden Streifenpolizisten, die zum Stadion geschickt worden waren, um nach dem Rechten zu sehen, bot sich ein Bild des Chaos.

Einige Ordner versuchten, Frauen loszumachen, die sich mit bloßen Oberkörpern an die Tore gekettet hatten. Die Damen traten um sich, schrien Parolen wie »Kampf dem Kapitalismus«, »Der Betrüger muss weg«, »Spielabbruch, Spielabbruch« und »Wir haben Eier und Ihr nicht«.

Hinter den Toren hatte sich ein Pulk von Körpern gebildet, der im Kampf miteinander verschlungen war. Wütende Schreie, Schmerzenslaute, Jagdszenen.

Ein Geistlicher und ein junger durchtrainierter Mensch hielten einige Sicherheitskräfte in Schach, die sie mit Elektroschockern attackierten.

»Wir brauchen Verstärkung«, rief einer der Streifenpolizisten in sein Funkgerät. »So viele Leute wie möglich. Und zwar schnell.«

»Vor dem Bahnhof stehen Sebastian Strobel und Siegfried Röder und wollen sich duellieren«, lautete ein weiterer Notruf, der ein wenig später in der Zentrale einging.

»Gott, was isch denn heut da draußa los?«, fragte sich der Beamte, der für den Telefondienst eingeteilt worden war. Er hatte sich eigentlich auf einen gemütlichen Tag eingestellt und sah wehmütig zu dem neuen Kriminalroman von Jürgen Seibold hin, der ihm die Zeit vertreiben sollte. Keine einzige Zeile hatte er bisher gelesen. Er wählte die Nummer der Soko Kaiser.

Greta Gerber hob ab. Zunächst konnte sie mit dem Gestammel des Polizisten nicht viel anfangen. Er nannte die Namen von Strobel und Röder, brabbelte etwas von Duell am Bahnhof. Die Waffe, schoss es ihr durch den Kopf. Strobel hat die Waffe, mit der Kaiser getötet worden war.

»Schnell«, rief sie Laura Behrmann und Ernst Fritz zu. »Strobel und Röder gehen aufeinander los. Und anscheinend sind beide bewaffnet. Schneider, Sie bleiben hier und kümmern sich um unser Sorgenkind.«

Sie wies mit dem Kinn auf Joanna. Schneider wollte protestieren, doch seine Widerworte wären ungehört verhallt.

Der Manager des 1. FC Oberschwaben und sein Assistent standen sich gegenüber und richteten die Läufe der Pistolen aufeinander. Das heißt, eigentlich stimmte nur die Richtung. Frieder hatte sich in die Schusslinie der Kombattanten gestellt und weigerte sich hartnäckig, sie zu räumen.

»Hau ab, du Penner«, brüllte Röder. »Sonst knall ich dich über den Haufen!«

Frieder schüttelte trotzig den Kopf.

»Nein, meine Herren, ich kann es nicht zulassen, dass Sie Ihre Meinungsverschiedenheiten auf diese Weise regeln wollen. Man kann über alles sprechen, sei das Problem auch noch so groß. Es wird viel zu wenig miteinander kommuniziert …«

»Halt die Fresse!«, kreischte Strobel in Frieders Rücken.

Einige Passanten waren stehen geblieben und sahen dem eigenartigen Schauspiel zu. Handys wurden gezückt, um die Szenerie zu filmen.

Ein Schuss ertönte. Frieder ging zu Boden.

Ein kurzer Moment der Unaufmerksamkeit schickte auch Pfarrer Goettle in den Staub. Polizisten waren dabei, die »Minnen« mit schwerem Werkzeug von den Toren zu trennen. Er sah, wie Ilona Schultheiß von zwei Beamten zu einem Einsatzfahrzeug geschleppt wurde, in dem schon Eleni Theadopoulo und Mandy Biselski saßen. Die Polizisten hatten ihnen Jacken umgehängt, um ihre Blöße zu bedecken. Eine Sekunde hatte er nicht aufgepasst, da hatte er das Britzeln des Elektroschockers gehört, hatte die Lähmung verspürt. Er verlor das Bewusstsein.

Im Gegensatz zu seinem Freund registrierte Frieder, dass er durchaus noch am Leben war. Der Schuss hatte nicht ihm gegolten, Strobel hatte ihn in die Luft gefeuert, um Frieder zum Aufgeben zu bewegen. Was irgendwie auch geklappt hatte. Reflexartig hatte er sich auf den Boden geworfen und lag nun zwischen den Duellanten. Der Weg war frei.

»Wo ist Joanna mit dem Geld?«, brüllte Strobel. »Oder willst du mich reinlegen, du mieser Sack? Vergiss nicht, ich habe noch das hier.«

Er zog den Schließfachschlüssel aus der Hosentasche und hielt ihn hoch.

»Es gibt kein Geld, du mieses Verräterschwein«, brüllte Röder. »Und dein Geständnis nützt nun auch nichts mehr. Steht doch schon alles in der Zeitung!«

Strobel war überrascht und ließ kurz die Waffe sinken. »Was steht in der Zeitung? Das denkst du dir aus.«

»Tu nicht so scheinheilig, du Hurensohn. Alles steht da drin. Von den Wetten, von Kaisers Auftauchen, von Maik. Was haben sie dir gezahlt, hm? Eine Million, zwei? Du Trottel. Wir hätten ein Mehrfaches verdient in den nächsten Jahren. Aber jetzt ist es eh zu spät«, brüllte Röder und drückte den Abzug durch.

Karatelehrer Bischoffsberger war auf dem Weg zur Sprecherkabine. Den Text mit der speziellen Ansage hatte er in Kopie von Pfarrer Goettle bekommen. »Falls ebbes schiefgoht«, hatte er gesagt.

Es war etwas schiefgegangen, Goettle war außer Gefecht gesetzt und von zwei Ordnern weggezerrt worden. Aber das hatte ihm den Weg geöffnet. Mit einem gezielten Tritt gegen den Kopf hatte er seinen Widersacher ausgeschaltet und war ins Innere des Gebäudes gelangt.

Der Stadionsprecher verlas gerade die Aufstellung der heimischen Mannschaft. Er nannte nur die Vornamen, die Nachnamen der Spieler wurden von den Zuschauern ergänzt.

Auf dem Rasen bereiteten sich die Teams auf den Anpfiff vor. Die Fußballer schoben Bälle hin und her, wärmten die Muskeln auf, übten sich in kurzen Sprints.

»Oh mein Gott, kommen Sie schnell. Hier draußen liegt einer«, rief Bischoffsberger aufgeregt. Der Stadionsprecher sah sich um, wusste zunächst nicht, wie er reagieren sollte.

»Jetzt kommen Sie schon. Er ist verletzt. Wir müssen etwas tun.«

Der Sprecher erhob sich von seinem Platz und folgte dem Karatekämpfer auf den Gang. Dort sah er sich verwundert um.

»Hier liegt doch gar keiner«, sagte er, dann verlor er das Bewusstsein.

»Jetzt schon«, sagte Bischoffsberger. »Sorry, Kumpel, aber es ging nicht anders.«

Siegfried Röder spürte den Schmerz, als die Pistole getroffen und ihm aus der Hand gerissen wurde. Sie schlitterte über den Asphalt und blieb zehn Meter von ihm entfernt liegen. Beamte stürmten den Platz, überwanden ihn und den sprachlosen Strobel. Handschellen klickten, und nur Sekunden später saß er auf der Rückbank eines Streifenwagens und sah, wie Strobel ebenfalls in ein Fahrzeug bugsiert wurde.

»Guter Schuss«, lobte Hauptkommissarin Gerber Polizeiobermeister Fritz. Der zwirbelte sich zufrieden die Bartspitzen.

»I war dreifacher Biberacher Schützakönig«, sagte er stolz.

Laura Behrmann stand bei Frieder und drückte ihm einen Becher Kaffee in die Hand. »Ich glaube, Sie dürfen sich über eine ordentliche Belohnung freuen«, sagte sie.

Ihr Gegenüber nickte verhalten, Freude sah anders aus.

»Eigentlich wäre mir ein Besuch in Ihrer Asservatenkammer lieber«, erwiderte er zögerlich.

»Was wollen Sie denn dort?«

»Mein Bewusstsein erweitern«, antwortete Frieder.

Laura lachte. »Ich weiß nicht, ob ich da etwas für Sie tun kann. Aber wir wollen mal nichts unversucht lassen.«

»Der 1. FC Oberschwaben hat sich seinen Status als Spitzenmannschaft der Regionalliga und Aufstiegsaspirant nicht durch sportliche Leistung erworben, sondern wurde durch gezielte, unfaire und unsportliche Methoden gefördert. Wir fordern: Gebt uns das Spiel zurück. Lizenzentzug für den 1. FC Oberschwaben, Reformierung der ursprünglichen Clubs FV Biberach und Olympia Laupheim. Ein Neuanfang, das ist es, was uns nun helfen kann. Danke.«

Bischoffsberger faltete seinen Aufruf zusammen und schaltete das Mikrofon ab. Auf den Rängen erzeugten seine Worte unterschiedliche Reaktionen. Einige pfiffen und buhten, andere spendeten Beifall.

Die Spieler und der Schiedsrichter standen wie vom Donner gerührt auf dem Platz. Als die Ansage verklungen war, beriet sich der Unparteiische mit seinen Linienrichtern. Er kehrte zum Mittelkreis zurück und pfiff die Partie an.

Greta Geber, Denis Schneider, Laura Behrmann, Ernst Fritz und Kriminalrat Seidel lauschten gespannt den Ausführungen von Sebastian Strobel, die er auf seinem Smartphone aufgenommen und in einem Gepäckschließfach deponiert hatte. Er erzählte von dem Mord an Kaiser auf dem Stadionparkplatz, wie er dem aus der Ohnmacht Erwachenden auf Röders Geheiß die Pistole in die Hand gedrückt und ihn gezwungen hatte, den Abzug zu betätigen. Es sollte wie eine Selbsttötung aussehen, doch Ilka Kaiser hatte darauf bestanden, den Toten zu beseitigen, um den Fragen der Polizei und vor allem der Versicherung zu entgehen.

Strobel gestand auch das Attentat auf Maik Riemenschneider. Röder hatte ihn beauftragt, den jungen Mann zu erschrecken, damit dieser künftig das Maul nicht mehr so weit aufriss. Riemenschneider war zur Gefahr geworden, da er bemerkte, dass Röder keine Anstalten machte, seine Karriere weiter zu fördern. Er versuchte, den Manager unter Druck zu setzen, wollte Kenntnisse ausplaudern. Das durfte nicht passieren.

Er hatte das Gerangel vor dem »Tweety« ausgenutzt, um Maik die Treppe hinunterzuschubsen. Es sollte eine Warnung sein. Dass er so hart mit dem Kopf aufschlug, hatte er nicht gewollt.

Strobel sprach von schlaflosen Nächten, von Panikattacken, die noch schlimmer waren als die, die er während seiner schweren Phase bei der EVB durchlitten hatte. Seine Existenz stand auf dem Spiel, ein Geständnis von Riemenschneider hätte seinen Plan vom besseren Leben durchkreuzt.

Und dann war Maik aus dem Koma erwacht, die Polizei war schon an ihm dran, da hatte er keine andere Lösung gesehen, als ihn aus dem Weg zu räumen.

Dass der Verdacht auf Heimerdinger fiel, war eine glückliche Fügung des Schicksals gewesen. Allerdings war damit das letzte Quäntchen Glück aufgebraucht.

»Siegfried Röder denkt, dass er mich nicht mehr braucht. Er denkt, dass er mich weiter demütigen kann. Er denkt, dass er es geschafft hat. Aber ohne mich wäre er da nicht hingekommen. Es ist Zeit, die Rechnung dafür zu begleichen, Siegfried Röder. Dein Traum stirbt mit meinem.«

Mit diesen Worten endete Strobels Aufzeichnung.

»Mann, Mann, und das alles für ein bisschen Luxus«, sagte Denis Schneider. »Nein, hier ging es um mehr. Röder ging es um Geld, Macht und Einfluss, Strobel ging es um Befreiung. Von der Vergangenheit und von der Gegenwart. Ilka Kaiser ging es um Rache. Maik Riemenschneider ging es um das schnelle Geld, und Thomas Heimerdinger, tja, dem ging es um die Absicherung des Großvaters. Sie hatten alle ihr ureigenes Motiv, an dieser Geschichte mitzuwirken, und haben alle mitverdient.«

»Apropos, Heimerdinger senior. Was wird aus ihm?«, fragte Laura Behrmann.

»Kommt darauf an, ob die Staatsanwaltschaft auf gefährliche Körperverletzung oder auf versuchten Totschlag plädiert. Im ersten Fall könnte er mit einer Bewährungsstrafe davonkommen«, klärte Kriminalrat Seidel auf.

»Und wie goht's em Thomas?«, fragte POM Fritz.

»Er ist über den Berg. Aber das Torwarttraining wird er so schnell nicht wieder aufnehmen können«, teilte Denis Schneider mit. Irgendwie schien es ihn zufrieden zu stimmen, dass er dies mitteilen konnte.

»Und wie geht es Pfarrer Goettle?«, erkundigte sich Greta Gerber. Die Kollegen zuckten mit den Schultern.

Andreas Goettle erwachte in der Notaufnahme des Krankenhauses. Er versuchte, seine Gliedmaßen zu bewegen. Es gelang ihm nur partiell. Die Lähmungserscheinungen hatten nachgelassen, waren jedoch noch spürbar. Eine Krankenschwester huschte vorbei.

»Wie hot der FC g'spielt?«, fragte er schwach, doch er erhielt von ihr keine Antwort.

»Spielabbruch in der 70. Minute.«

Goettle drehte den Kopf in die Richtung, aus der die Stimme gekommen war, und sah einen älteren Herrn, der sich die Wangen in den Vereinsfarben des 1. FC geschminkt hatte. Man hatte ihn in eines dieser am

Rücken offenen Flügelhemden gesteckt und offenbar nicht auf seine Größe geachtet. Das weiße Leinen lag auf seinem stattlichen Bauch wie ein Tischtuch, der Rest des Körpers blieb unbedeckt.

»Was isch denn passiert?«, hakte Goettle nach.

»Da war so eine komische Ansage. Dass der FC in Spielmanipulationen verstrickt sei, alles nur Beschiss und Betrug. Die Leute im Stadion waren außer Rand und Band, haben die Spieler beschimpft, Feuerzeuge auf den Platz geworfen, Fahnen verbrannt. Zum Schluss haben sie die Stühle aus den Verankerungen gerissen und wollten das Spielfeld stürmen. Da hat der Schiri abgepfiffen. Ich hab mich dabei so aufgeregt, dass meine Pumpe einen Aussetzer hatte.«

Goettle sah ihn mitleidig an. »Des hoißt also, der FC steigt net auf.«

Der Alte stieß einen Zischlaut aus. »Nein, den FC wird es so nicht mehr lange geben, das ist Fakt.«

»Des isch guad.« Goettle schloss zufrieden die Augen.

60

»Herr Schneider, ich habe Sie in mein Büro gerufen, weil ich etwas mit Ihnen besprechen will.«

Denis Schneider lehnte sich zurück und sah Kriminalrat Seidel gespannt an. Ein selbstgefälliges Lächeln umspielte seine Miene, er war der festen Überzeugung, dass es eine gute Nachricht sein würde, die ihm der Kommissariatsleiter übermitteln wollte.

»Das, was ich Ihnen jetzt sage, müssen Sie zunächst für sich behalten. Es ist noch nicht offiziell.«

Seidel sah über die Ränder seiner Brille hinweg, als erwartete er eine Antwort.

Schneider legte sich den Zeigefinger auf die Lippen.

»Gut. Aus vertraulichen Kreisen habe ich erfahren, dass in Ulm die Stelle des Sachbereichsleiters Mord- und Tötungsdelikte ausgeschrieben ist. Und ich dachte, ich teile Ihnen das mal mit. Das ist doch eine Riesenchance für Sie. Sie sind jung, ungebunden, wollen sicher noch etwas erreichen …«

Schneiders Miene entgleiste. »Wollen Sie mich loswerden?«, fragte er.

Seidel hob abwehrend die Hände vor sich. »Nein, ganz gewiss nicht. Sie sind ein hervorragender Polizist, das haben Sie ja in den letzten Wochen wieder einmal bewiesen. Aber mal im Ernst, Herr Schneider. Sie sind hier doch hoffnungslos unterfordert. Normalerweise.«

Denis Schneider wusste nicht so recht, wie er reagieren sollte. War das wirklich ein freundschaftliches Angebot oder hatte diese Gerber gegen ihn intrigiert? Zuzutrauen war es ihr.

»Ich fühle mich hier eigentlich wohl. Warum fragen Sie denn nicht Frau Gerber, ob sie den Posten übernehmen will?«, schnappte Schneider.

»An sie habe ich auch schon gedacht. Aber sie ist halt noch neu in der Region, braucht noch ein Weilchen, um mit Land und Leuten zurechtzukommen. Und Sie sind hier aufgewachsen. Das ist ein Vorteil. Und bedenken Sie: Sie wären dann der Schneider von Ulm.«

Seidel lachte laut.

Schneider war so gar nicht zum Lachen zumute. Schon gar nicht über einen Witz, den er in seinem Leben schon hunderttausendmal gehört hatte.

Seidel war über die verhaltene Reaktion seines Kommissars überrascht.

»Denken Sie darüber nach«, sagte er. »Ulm ist eine schöne Stadt, und wie ich gehört habe, sollen in dem Sachbereich ein paar hübsche Damen angestellt sein.« Seidel zwinkerte Schneider zu.

Der Kommissar schmunzelte. »Okay, ich überlege es mir.«

»Aber warten Sie nicht zu lange mit Ihrer Entscheidung«, sagte Kriminalrat Seidel. »Die Konkurrenz schläft nicht.«

61

»Wollen Sie es sich nicht doch noch überlegen? Ich meine, wir haben doch schon geprobt. Wir können doch die Aufführung zum Sommerfest nicht absagen.«

Greta Gerber versuchte, Chorleiter Andreas Goettle umzustimmen, das Musical »Jesus Christ Superstar« doch noch aufzuführen, das er zum Leidwesen vieler aus dem Programm gestrichen hatte.

»Die Vorstellung wird ja net abg'sagt. Natürlich singet mir am Sommerfest. Aber net ›Jesus Christ Superstar‹.«

»Ond wieso net?«

Matilde Haubensack war sichtlich erregt und stand mit vor der Brust verschränkten Armen vor ihm.

»Weil koine von euch die Maria Magdalena senga kann. Ohne die Joanna wird des nix. Ond die isch jo bekanntermaßa in Sicherheitsverwahrung. Sozusaga.«

Goettle sah in die betroffenen Gesichter seiner Sängerinnen und Sänger. »Jetzt glotzet halt net so bled. Im Kloster Reute bei Bad Waldsee isch se. Se hat sich gewissermaßa läutern lassa.«

Greta Gerber schmunzelte. »Wie haben Sie denn das geschafft?«

»Die Schwester Oberin hot mir no an G'falla g'schuldet. Schließlich han i au mei Gosch g'halta, als sie mit dem Bischof bussiert hat. Aber leicht war des net, des Menschle onterzumkriega«, wisperte Goettle hinter vorgehaltener Hand. »Was isch denn jetzt eigentlich mit meiner Belohnung, der Schaukel?«

»Das Kinderhaus Sonnenschein wird die beste Schaukel bekommen, die der Markt hergibt. Und was wird mit unserem Sommerfest?«

»Mir senget ›Hallelujah‹ vom Cohen, den ›Earth Song‹ vom Michael Jackson und ›Hey Jude‹ von de Beatles. Des kennet ihr wenigstens.«

Ein Murren und Knurren ging durch die Reihen der Sangesfreunde.

»Und was ist mit ›Bohemian Rhapsody‹?«, fragte Greta Gerber. Ihr Vorschlag wurde vielkehlig bejubelt.

»In Gottes Nama«, gab sich Pfarrer Goettle geschlagen.

»Amen!«, ergänzte Greta Gerber.

62

Frieder saß vor seinem Eisenbahnwaggon und ließ sich sein Pfeifchen schmecken. Guter Stoff. Viel zu schade, um in der Asservatenkammer der Polizei zu vertrocknen. Drei Minuten hatte er Zeit gehabt, um sich etwas auszusuchen, und er hatte mindestens eine Minute gebraucht, um sich zurechtzufinden. Doch Laura Behrmann ließ sich nicht erweichen. Drei Minuten waren ausgemacht, mehr gestand sie ihm nicht zu. Er durfte all das mitnehmen, was er in dieser Zeit in die Taschen stopfen konnte. Natürlich waren die harten Sachen vorher unter Verschluss genommen worden, und so musste er sich mit »Schwarzem Afghanen«, »Rotem Libanesen« und »Grünem Türken« zufriedengeben. Die Menge, die er greifen konnte, würde für die nächsten zwei Monate, mindestens aber für die nächsten zwei Wochen reichen.

Im Radio berichteten sie gerade über den Fall des 1. FC Oberschwaben.

Eine Sonderermittlungsgruppe war einberufen worden, um die Spielmanipulationen und den internationalen Wettbetrug aufzuklären. Röder war wegen Wettbetrugs in unzähligen Fällen und Beihilfe zum Mord im Fall Kaiser angeklagt. Ilka saß wegen versuchten Totschlags, ihr Geliebter Arthur Kessler wegen Beihilfe im Gefängnis.

Sebastian Strobel hatte für zwei Morde die Höchststrafe bekommen, wurde jedoch aufgrund eines psychologischen Gutachtens in die Psychiatrie eingewiesen.

Walter Heimerdinger war auf freiem Fuß geblieben. Sein Anschlag auf Siegfried Röder wurde mit einer Freiheitsstrafe von zwei Jahren auf Bewährung geahndet.

Sein Enkel Thomas und etliche andere Spieler aus der Regionalliga Südwest wurden aufgrund ihrer Bestechlichkeit vom DFB für zehn Jahre gesperrt. Und so, wie es aussah, verlor der 1. FC Oberschwaben tatsächlich seine Lizenz. Damit war das Aus des Clubs besiegelt, etliche Sponsoren hatten ihre Unterstützung zurückgezogen, der Verein war pleite.

»Geld ist halt nicht alles«, seufzte Frieder und entließ eine Rauchsäule in die Nacht. Mit ein bisschen Fantasie konnte man ein Peace-Zeichen darin erkennen.

63

»Eigentlich hatte ich mir vorgestellt, dass Ihre Einladung zum Essen in einem etwas romantischeren Rahmen stattfinden würde«, klagte Greta Gerber und sah Oliver Raible strafend an.

Der lächelte verlegen. »Kann ja noch kommen. Beim nächsten Mal.«

Die Hauptkommissarin betrachtete mürrisch das Speisenangebot.

»Gehen wir dann eine Fleischtasche bei Farids Dönereck essen? Sagen Sie mir rechtzeitig Bescheid, damit ich mich möglichst lange darauf freuen kann.«

Oliver Raible grinste. »Was haben Sie gegen Fleischtaschen?«

»Ich bin Vegetarierin.«

Als wäre dies sein Stichwort, blickte der Kantinenkoch, der eben noch in einem Trog mit Soße herumgerührt hatte, von seiner Arbeit auf.

»Do sen Se jo. Wega Ihna hab i zwoi Wocha lang vegetarische Gerichte auf der Kart ghet. Ond wer war net do? Sie!«

Greta Geber überhörte den vorwurfsvollen Ton.

»Na, das ist doch super. Dann haben die Kollegen ja endlich mal etwas Gesundes gegessen. Und was haben Sie heute auf dem Programm?«

Der Koch richtete die Soßenkelle auf die Hauptkommissarin.

»Ha, Sie sen guad. Erschd net komma und dann Forderunga stella. Mir sen wieder ins alte Programm zurückg'anga. Außer Ihne wollt des schlonzige Glomb jo koiner essa.«

Bei dieser Beschreibung war Greta fast erleichtert, die Vegetarier-Wochen versäumt zu haben.

»Das heißt, Sie haben heute kein vegetarisches Gericht?«

»Doch. Kässpätzla.«

»Oh, wie habe ich die vermisst«, seufzte Greta Gerber. »Die nehm ich.«

»Wollen wir uns noch ein Eis zum Nachtisch gönnen?«, fragte Oliver Raible, als die beiden aus der Kantine traten.

»Oh, ich weiß nicht. Ich seh gar keinen Supermarkt in der Nähe. Oder meinen Sie etwa ein Eis in einer richtigen Gelateria?«

Raible kam nicht dazu, etwas zu erwidern, denn ein Mann mit angegrautem Haar trat auf sie zu.

»Richard?«, sagte Greta überrascht.

Ihr Ex-Liebhaber baute sich breitbeinig vor ihr auf. Seine Augen waren zu Schlitzen verengt, er ballte die Fäuste.

»Ach, deshalb hast du mich neulich abserviert. Ist das dein Neuer? Du hast dich ja schnell getröstet«, raunte er.

Greta sah ihn nachdenklich an. »Tja, Richard, nichts ist für ewig. Noch nicht einmal der Kummer.«

Sie hakte sich bei dem überraschten Raible ein und zog mit ihm an Richard vorbei.

»Wer war das denn?«, fragte der Mediziner. Er sah sich nach dem Typen namens Richard um, der auf dem Bordstein saß und das Gesicht mit den Händen bedeckte.

»Ein entfernter Bekannter. Der sich mit jedem Moment noch weiter entfernt.«

Greta strahlte Raible an. »Ich nehme Stracciatella. Und Sie?«

Oliver Raible zog sie an sich. »Ich hätte gern heiße Liebe.«

»Oha, nicht so stürmisch, Herr Doktor.«

»Ich meine natürlich Vanilleeis mit heißen Himbeeren.«

Greta Gerber befreite sich aus seiner Umarmung, hielt ihn aber an den Händen fest. »Vor dem Nachtisch kommt immer die Vorspeise. Und auch die gilt es, langsam zu genießen.«

Sie gab ihm einen zärtlichen Kuss auf die Lippen, und Raible ließ es geschehen.

»Ja, schmeckt nach mehr«, sagte Greta. »Könnte was werden mit der heißen Liebe.«

NACHWORT

Diese Geschichte und alle darin vorkommenden Personen sind gänzlich frei erfunden. Den 1. FC Oberschwaben und sein Stadion hat es bisher nie gegeben, und ich vermute, dass es zwischen dem FV Biberach und Olympia Laupheim bislang keine Fusionsgedanken gegeben hat. Möglich wäre es jedoch schon, dass sich die Vereine zusammentun, um die Kräfte zu bündeln wie eine Nachfrage beim DFB ergab. Aber ob dies im Sinne der Fans wäre?

Und doch habe ich mir erlaubt, die Erzählung an eine wahre Episode anzulehnen und sie im fiktionalen Bereich auszubauen.

Denn es gab im Oberschwäbischen mal einen, der viele Ideen hatte, wie man den Sport in der Region voranbringen könnte, und der viel Geld investierte, um seine Visionen umzusetzen. Er hat Vereine und Sportler unterstützt, hat einem oberschwäbischen Verbandsligisten zu einem sensationellen Sieg gegen Bayern München verholfen und hätte womöglich das Zeug dazu gehabt, sich in in die Annalen der Sportgeschichte einzutragen.

Er war ein netter, freundlicher Mensch, und ich behaupte, dass er das Herz am rechten Fleck hatte, wie ich bei unzähligen Begegnungen mit ihm erfahren durfte, aber letztlich hat ihn sein Streben nach Anerkennung, Einfluss, Geld und Macht zum Betrüger gemacht.

Das Geld, das er investiert hatte, war nicht sein eigenes gewesen, er hatte es bei dem Unternehmen, in dem er angestellt gewesen war, unterschlagen. Das war nur die eine Seite des Betrugs. Die andere war die Tatsache, dass er das Vertrauen von Menschen, die mit ihm die Euphorie geteilt haben, missbraucht hatte. Ihnen allen ist dieses Buch gewidmet.

DANKSAGUNG

Bei der Recherche zum Thema Wettbetrug diente mir das Buch »Der gekaufte Fußball« von Benjamin Best, erschienen im Murmann Verlag, als Nachschlagewerk. Seitdem sehe ich Fußballspiele mit anderen Augen, vor allem, wenn eine klar führende Mannschaft noch auf die Verliererstraße geschickt wird.

Bedanken möchte ich mich bei Silke und Phillip, die mich bei der Vor-Ort-Recherche unterstützt und mich in das Biberacher Nightlife eingeführt haben. Ohne die beiden hätte ich manche Orte und das Nightlife wahrscheinlich nicht gefunden.

Gunter Schmidt, Leiter der Stabsstelle Sicherheitspartnerschaft in der kommunalen Kriminalprävention, Stuttgart, und Kriminaldirektor Winfried Walter aus Biberach haben mir dabei geholfen, die Ermittlungsarbeit von Greta Gerber und ihrem Team auf korrekte Pfade zu leiten. Herzlichen Dank dafür.

Bedanken möchte ich mich auch bei dem Team des Gmeiner-Verlags für das Vertrauen in die Fälle des Pfarrers Goettle, das dazu geführt hat, dass diese Geschichte weiterhin Leserinnen und Leser finden darf.

Weitere Titel finden Sie auf den folgenden Seiten und im Internet:

WWW.GMEINER-VERLAG.DE